Best Time

白马时光

这是一场找寻自我的探索旅程，

也是一场回望生命的人生旅程。

献给亲爱的生活，

献给逝去的岁月、辽阔的山河，

献给陪在身边不离不弃的人。

# 你是人间理想

大柠 著

百花洲文艺出版社
BAIHUAZHOU LITERATURE AND ART PRESS

图书在版编目（CIP）数据

你是人间理想 / 大柠著 . — 南昌：百花洲文艺出版社，2021.3
ISBN 978-7-5500-4038-0

Ⅰ. ①你… Ⅱ. ①大… Ⅲ. ①散文集－中国－当代
Ⅳ . ① I267

中国版本图书馆 CIP 数据核字（2020）第 272231 号

你是人间理想
NI SHI RENJIAN LIXIANG

大柠 著

出 版 人　章华荣
出 品 人　李国靖
特约监制　何亚娟　夏　童
责任编辑　游灵通　程　玥
特约策划　夏　童　杨　帅
特约编辑　杨　帅
营销编辑　王　荃
封面绘图　[日]磯﨑菜那
内文绘图　VIVID 雨希
内文摄影　林知逸
封面设计　棱角視覺 ANGULAR VISION
版式设计　木南君
出版发行　百花洲文艺出版社
社　　址　南昌市红谷滩世贸路 898 号博能中心Ⅰ期 A 座 20 楼
邮　　编　330038
经　　销　全国新华书店
印　　刷　河北鹏润印刷有限公司
开　　本　880mm × 1230mm　1/32
印　　张　10.75
字　　数　229 千字
版　　次　2021 年 3 月第 1 版第 1 次印刷
书　　号　ISBN 978-7-5500-4038-0
定　　价　49.80 元

赣版权登字：05-2020-379

发行电话　0791-86895108　　网　址　http://www.bhzwy.com

## 题记

何谓旅行？活着就是旅行。

我从一天去到另一天，一如从一个车站去到另一个车站，

乘坐我身体或命运的火车，将头探出窗户，

看街道，看广场，看人们的脸和姿态，

这些总是相同，又总是不同，如同风景。

—— 费尔南多·佩索阿

童年之所以美好，

是因为再也回不去。

我可以去许多地方，

却回不去过去的时光。

# 目录

西塘
浙江省嘉兴市嘉善县
南浔
浙江省湖州市南浔区
挪威
瑞典
芬兰

周庄
江苏省苏州市昆山市
同里
江苏省苏州市吴江区
宏村
安徽省黄山市黟县
西递
安徽省黄山市黟县
冰岛
丹麦
土耳其

一生一次的人间之旅，

你有没有想过理想中生活的模样？

这是一趟生命向时间、向空间，

追寻人生答案的旅程。

谢谢你打开这本书，

你将和我一同踏上梦境与现实交织的人生之旅，

去江南古镇、北欧五国找寻人间理想。

跨越时间与空间，

你会遇见回忆，遇见未来，遇见自己，

遇见生命旅程中的光。

与你相逢，来日可期。

# 引 梦里不知身是客

此番出走应该是从那个梦开始的。

循着袅袅炊烟，我沿着长廊来到下榻旅馆的厨房。

灶台上热气腾腾，红烧肉的香味扑鼻而来，唇齿间似乎已感受到肉质的酥软嫩滑。

炉灶里的火苗欢快地跳跃，一位老妇人坐在灶台旁添柴，柴草遇见火苗，发出噼里啪啦的声响。火势愈旺，映得老妇人的脸分外慈祥。

“婆婆，需要我帮忙吗？”我走过去，微微弯下腰。

“姑娘，你怎么来了？”老妇人显然才发现我。

“一个人待在屋里闷得慌，出来散散心。”我如实说。

“厨房里烟尘大，别把你衣裳弄脏咯！你去院子里走走，待会儿菜好了我叫你。”

我当日身着一件天青色旗袍,蹲下来委实不太方便。

尽管帮不上什么忙，我还是留下来陪她聊天。

我喜欢和老人家聊天，总觉得经历岁月久长的人本身就是一部书。

“婆婆，您今年贵庚?”

“七十九了。”老妇人眼神专注地盯着炉灶里的火苗。

“看不出来呢，您看起来像五十九岁。”

老妇人闻言神色微动:“曾经有个人对我说，我在他心里永远年轻。”

说这句话的时候，她的目光似乎穿过时光深处，和年轻时的自己相遇。

“那个人是您喜欢的人吗?”

“嗯。很喜欢很喜欢的人。”那一瞬，老妇人脸上的皱纹仿佛消失不见，浑然是二八少女的模样。

“不过呀，那家伙走得太早，把我一个人留在人世间。”老妇人的眼神倏忽黯淡下去。

人间最是离别苦，空留孤影对朝暮。

也不知是否受到她的感染，我竟有种揪心的痛。

“婆婆，您觉得人世间什么最珍贵?”为避免悲伤情绪继续蔓延，我岔开话题。

“当然是爱。”

她的眉眼间漾着温柔。

“什么是爱呢？”

“爱就是一起吃很多很多年的饭，依然相看两不厌。”

“受教了。您的生命中有没有遇见什么特别的事呢？”

老妇人沉思几秒钟，然后说：“有一年八月，我死去了七分钟，之后，我总是做一些稀奇古怪的梦。”

“是因为生病失去知觉灵魂出窍？”我好奇地问。

“病重，家人说医生那时已宣判死亡。但我自己却感觉做了个漫长的梦，那家伙在梦里给我梳头发，感觉真好。”老妇人脸上又恢复了少女般的神采。

差点被死神带走，她却毫无惧色，只因在梦里遇见了喜欢的人。这就是爱了。

我们聊天之际，锅里的红烧肉悄悄听着故事也听熟了。

老妇人掀开铁锅锅盖，夹了一块肉，放到嘴边吹一吹，递到我嘴边。

我吃的时候想起儿时奶奶也曾这样喂过我。

“真好吃！还是小时候的味道。”肉入口即化，香浓软糯。

“你喜欢就好。”老妇人和蔼地笑道，“姑娘，你在这边站了半天也累了吧？我还有两道菜要煮，你先去院子里逛逛，春天的花可好看了！”

春花秋月素来是我的心头好，为了不负那撩人春色，我暂别老妇人，朝门外走去。

“不到园林，怎知春色如许？”

当我踏入庭院，春色满园的景致别有洞天，我如同杜丽娘初次步入后花园。

湖山石边，姹紫嫣红开遍。池塘里的水清澈见底，杨柳和桃树的身影倒映其中，漾出满满一池春色。

穿过蜿蜒的长廊，不觉间走到书房，室内摆着古雅的家具，引人注目的是一排长长的紫檀书架。书架上堆满书籍，那一本本书就像一个个鲜活的人，等待着有缘者去翻阅。

我的目光在一本本书的书脊上流连，去《论语》里听孔子讲学？不，现实中人情世故够累人了，且让我歇会儿。去《红楼梦》里找林黛玉吟诗作赋？不，她的眼泪还在为宝玉流，我暂不打扰她。还是去《诗经》里看看采车前草的女子和美目清兮的男子吧！

我的手伸向《诗经》，在手指距离《诗经》仅一厘米时，视线却落在《诗经》旁边的书上。它安静地站在书架的一角，却在一排靛蓝色古籍中尤为醒目。我情不自禁地抽出这本书，封面上赫然印着大大的书名——《人间锦囊》。

“人间锦囊。”我不由得念出。这本书真有意思。

翻开第一页：

世事一场大梦，人生几度秋凉。

万般疾苦何解？还看人间锦囊。

目录更有意思，有时间旅馆，有记忆小镇，有爱情博物馆……我根据感兴趣的标题翻开对应的篇章。

每个篇章只有一幅图和一句话。

《时间旅馆》画有一间流水上的屋舍，里面透着昏黄的灯光。画旁写着：

时间旅馆里住着沉睡的灵魂，我们还没来得及与他们告别。

《记忆小镇》画着一个小女孩站在空旷的原野上，夕阳和绵羊陪伴着她。旁边配文：

当我数完夕阳下的绵羊，我就回到了记忆的故乡。

《生活海洋》画着茫茫无边的大海，一叶小舟在海面上航行。画旁有字：

有时碧海蓝天，有时乌云密布；有时风平浪静，有时惊涛骇浪。做自己命运的摆渡人，才不会迷航在生活海洋。

《情绪草原》画有一片辽阔的草原，上面长满了形态各异的草，仔细看那些草又好像一样，都像欲望。画旁写着：

长了就拔，拔了又长，情绪草原是“野火烧不尽，春风吹又生”。

《极速列车》是一辆在黑暗的隧道穿梭的红色列车。列车旁配字：

每个人都想乘坐极速列车抵达成功站，可极速消磨的是生命，只有慢下来，才能听见生命乐章的旋律。

每幅图每句话都仿佛映照着我的内心世界，我径直翻到最后一页，上面写道：

日复一日，年复一年，你有没有弄丢内心深处的美好？

像是对灵魂的叩问，我愣怔了一下，竟然有些怅然若失。如果可以，我想要前往记忆小镇找寻一些遗忘的记忆。

“柠儿，来吃午饭啦！”寻思间，奶奶的声音萦绕在耳边。

书房忽然变成一座迷宫，看不见出口，寻不见书架，我紧握那本《人间锦囊》，借着微弱的灯光找寻出路。慌乱中看见目录最后一行写有“答案之书”，迫切地翻到那一页，居然是一纸空白！

灯光越来越弱，眼前一片漆黑……待恢复光亮，我已身处一间狭小的屋子，餐桌上摆着一碗热气腾腾的红烧肉。刚想找之前在灶房里的老妇人，抬眼间，却瞥见老妇人的黑白照片摆在案桌上，老妇人面容慈祥，像极了我亲爱的奶奶。

我惊叫出声，这时有人温柔地问我：“大柠，是不是做梦了？”

哪儿有红烧肉？哪儿有老妇人？哪儿有《人间锦囊》？

不过，这些都不重要，重要的是做梦时，身旁有个陪我一起做梦的人。

未知的远方，仍有一个答案等我去寻觅。

我知道，他会陪我一同启程，踏上漫漫寻梦之旅。

我想和你一起生活
在某个小镇，
共享无尽的黄昏
和绵绵不绝的钟声。

——茨维塔耶娃

浮生若梦，
何不长醉江南？

人间四月，你陪我看夕阳映舟；
来日方长，我陪你看细水长流。

## 一

是在一个细雨蒙蒙的春夜，我们抵达西塘古镇，颇有“杏花春雨下江南”的意味。

下榻的旅馆是林知逸选的，有着温婉动听的名字：烟雨江南。

与名字呼应的是旅馆内的明清风装饰：大堂里侧有张案桌，上面摆着仿古斗彩花卉纹瓷盘，瓷盘两旁分别立着身段优雅的青花瓷瓶；案桌前是八仙桌，两侧摆了两把做工精细的雕花木椅，体态稳重敦实，仿佛青花瓷瓶的守护神。

下过雨的江南小镇，春寒料峭，湿冷中透着沁骨的寒意。

“感觉这里比北京还冷。”进了房间，寒意犹在。

“下了雨，倒春寒嘛。”林知逸放下行李。

“不过我不怕冷。”我坐在床头说。

“你是打算明天拍照不要温度要风度？”林某人现在已有摄影师

的自觉。

“没想那么远，我想的是，今晚睡觉我有小棉袄和大暖炉护航！”

“那你赚大了，还有温暖套餐。”

“以前有个作家说，找个男人就是冷天找个暖炉帮暖手暖脚。我不但找到了，还买一赠一。”我心满意足地说。

“买一赠二也可以。”林知逸一本正经地说。

## 二

卧听雨声入眠香，一夜无梦到天明。

“今天穿旗袍不冷吧？”我问林知逸。

“你可以自己出去感受下。”他拉开窗帘，推开房门。

我这才发现，原来我们住的房间自带一个小庭院，庭院内摆放着一张圆形石桌，两张石凳。想来是留给客人对弈、饮酒所用。

我披件薄外套站在院内，微风拂来，却是吹面不寒杨柳风。

透过庭院围墙上的那扇小窗，窗外的一抹春色尽收眼底。三两棵绿杨依着岸边，乌篷船在清波里穿行，不时有行人从窗前路过，春风送来行人的欢笑声。

眼前景在画中游，心中诗意油然生。

“此情此景让我想起了苏东坡的词：‘墙里秋千墙外道。墙外行人，墙里佳人笑。’”我说。

“确实如此，你现在就是墙里的佳人。”林知逸说。

“不应该是穿睡衣的懒人吗？”我笑道。

“你穿睡衣，也是佳人。”

“你曾经有个笔名，是不是叫‘墙外行人’？”忽然想起林知逸曾用“墙外行人”发表过文章的往事。

“是啊，当时我有两个笔名，一个叫‘墙外行人’，另一个叫‘丛中笑’，发表文章时轮流宠幸。”

“现在怎么不宠幸了呢？”想当年他可是个喜欢舞文弄墨的文艺青年。

“现在只有时间宠幸佳人，没有时间宠幸名字了。”林知逸看着我，回答得一本正经。

“你的两个名字都很有诗意。‘墙外行人’出自‘墙外行人，墙里佳人笑’，‘丛中笑’出自‘待到山花烂漫时，她在丛中笑’。”说完忽然发现其中相似处，我补充道，“两个名字居然都和笑有关！难怪你后来给自己取名‘笑三少’。”

“或许这两个名字就是月老提前帮我为你准备的。”

“此话怎讲？”

“当时你的笔名不是叫‘落了一夜泪’吗？我爱笑你爱哭，咱俩天生一对。”

我笑了。那个笔名不过是随手取之，孰料竟和姻缘有着千丝万缕的联系。

“和你恋爱后，有一阵我的网名叫‘泪在丛中笑’。感觉我和你在一起，性格变开朗许多。”我说。

“那当然，我认识你时，你还是林黛玉，现在都成史湘云了。”

这世间难得的是能遇到懂你的人，更难得的是能遇到开启你快乐源泉的人。

此时，窗前恰巧路过两个身穿汉服的行人。男生一身白色长衫，女生一身齐腰襦裙，仿佛误入画中的仙子。

“这身衣裳，很适合西塘。”我说。

“与其临渊羡鱼，不如退而结网。你换上旗袍，也很适合西塘。”

进屋换旗袍时，发现右侧的暗扣自己扣有些费力，喊林知逸过来帮忙。

“我喜欢看你穿旗袍。”他说。

“是不是觉得穿旗袍显得优雅？”

“不是。你每次穿旗袍都让我帮你系纽扣，我觉得这时候的你风情万种，让我心动。”

“……”

难怪刚才看我的眼神不对劲，系完纽扣还要亲我一口……

## 三

“走，为夫带你入画去！”待一切收拾妥当，林知逸背上相机包，领我出门。

沿着长廊走出房间，一幅江南春日的画卷在眼前徐徐展开。

风和日暖，白墙黛瓦，翠竹依着白墙向上生长。拳石堆叠的小池畔，垂柳迎着东风对着池面梳碧发。

宽一米多的小石桥下，满池春水被风吹皱，连同碧树青草、天光云影一起荡漾。

不由想起杜甫的诗：“名园依绿水，野竹上青霄。”

“这里仅仅是旅馆的一处园林造景，我居然有了欣赏名园的情致。”我说。

“心慢下来，处处都是风景。”林知逸说。

穿过庭院旁的长廊，将要走到尽头时，发现长廊左侧忽生一条石径，径旁一株花树亭亭玉立。

“真是‘曲径通幽处，禅房花木深’。”我边说边踏上石径，前去赏花。

“你这叫‘小园香径独徘徊’。”林知逸在身后说，同时传来相机的快门声。

枝头绽放的浅粉色花朵明艳动人，含苞待放的深红色花蕾如胭脂万点。花开似锦，仪姿高雅，想必是“几经夜雨香犹在，染尽胭脂画不成”的海棠花。

“你知道这是什么花吗？”我问道。

“海棠。”他不假思索地说。

“咦，你怎么知道？”

“我们有一年春天一起去看过元大都遗址公园的海棠花溪，你那时候还往花树下一躺，口中念念有词：‘海棠花下睡，做梦也悠然。’”

往事如梦，若不是他提起，我已忘记这海棠花下睡的逸事了。

一阵风飘过，花落纷纷。我想起那天阖眼躺在花树下，一阵风吹落花如雨，淡淡清香坠落在我脸颊。然后，一只手轻轻地抚走我脸上的花瓣，我说：“等一等，我还要做花瓣面膜。”

“那天你真的特别好看，脸上红红的，像酒醉微醺。”

“那是托了西府海棠的福，花仙子是自然界最好的滤镜。”

“都说海棠无香，偏偏这西府海棠既好看又香，就和你一样。”

“……”

“不过，相比较你的容颜，我更喜欢你的诗心玉骨。”

“……是说我颜值不够气质来凑吗？”我很少对老天爷给我的这副皮囊有过自信。

“当初我对你一见倾心，是始于颜值，后来想和你白头偕老，是因为你热情善良又诗意盎然。”他一本正经地说完，摸摸我的头，“傻丫头，你有多好，你怎么自己都不知道？”

“你知道就好。”

花开有时，有人欣赏，花的一生，便值得。

## 四

步入古镇景区已是正午，我们准备先去镇上寻找老字号餐厅“钱塘人家”享用午餐。

时方四月，阳春烟景，小镇的街上人声鼎沸。

西街古老的青石板路，已被历年来无数的行人脚步磨得透亮。

街道两侧俱是商铺，以经营当地特色小吃为主，荷叶粉蒸肉、八珍糕、芡实糕、青团子等美食一溜排开，食物甜美的香气萦绕鼻端，勾得我的胃将军蠢蠢欲动。

“好饿啊！还有多久才到呢？”欣宝问。或许她也受到了美食的诱惑。

“看地图不算远，但是前面都是人，走不动啊！”我看着面前熙熙攘攘的人群说。

“这条巷子很窄，人又多，连穿行而过的机会都没有。平时只见过堵车，没想到今天会见识到‘堵人’。”林知逸说。

头一回听到“堵人”可以这么用，我和欣宝不约而同地笑了。

“游人这么多，看来不能走遍所有景点了。”我略有些遗憾地说。

“不如今天换种方式旅行，我们不去找景点，就这样慢慢地走，让景点自己浮现在我们眼前。”

“妙哉！”林知逸的提议令我忍不住称赞。

我和欣宝终究没抵挡住路边小吃的诱惑。

卖手工牛轧糖的店家特别热情，主动提供免费试吃，而我又是那种吃了不好意思不买的人。于是——

“原味的很纯正，要不要来点？”

“来一点。”

“杧果味的很香，要不要来点？”

“也来一点。”

“核桃的补脑，要不要来点？”

“来一点吧。”

没想到每个“一点”汇聚在一起，是好大一袋。

我提着大袋子糖果出门，站在门口等我的林知逸皱眉望着我：“我们才在镇上走了没几步，你就收获这么多战利品，到晚上那还得了啊？”

为了方便接下来能轻装行走，他帮我想了个法子，只留了点糖果随身吃，其余的托店家快递到北京的家。

步行不多时，右侧有条狭窄的弄堂里挤满了游客，两侧老房子的高墙延伸出去，尽头是狭长的天空。

莫非这就是传说中号称“一线天”的石皮弄？

定睛一瞧，果然看到了立在路旁的“石皮弄”三个字。

“我们是偶遇了风景，不过现在不是赏风景的最佳时机。”我觉得人少的时候漫步弄堂比较有韵味。

“据说西塘的夜晚更好看，等晚上人少了，我们再来。”林知逸说。

石皮弄旁边是江南宅第种福堂，取自民谚“种瓜得瓜，种福有福”。

一路走过去，还偶遇了著名的西园，我仍旧过其门而不入。我想等到游人少一点的时候，静静地去欣赏。就像是一位美人白天宴宾客十分忙碌，我想等到她忙完之后和她说几句悄悄话。

信步漫游，倒令每次偶遇风景都心生欢喜，连餐厅都是偶遇而来。

因为偶遇一家叫“水轩坊”的餐厅，我们没选择原先的“钱塘人家”。“水轩坊”的名字甚有诗意，心想临水用餐是不错的体验。

尽管临窗靠河的赏景位置已有客人，我们还是另择位置坐下来。

菜单上的美食甚得我心，我点上久违的酱爆螺蛳、盐水河虾，还点了西塘特色美食老鸭馄饨煲。林知逸则点了宫保鸡丁和万年不变的酸辣土豆丝。

“走了这么久，都走饿了。”林知逸说。

“我不太饿。”我说。

“我也不怎么饿。”欣宝说。

“你们当然不饿了，一路嘴就没停过，试吃都吃饱了吧？”林知逸一语道破天机。

他认为“好吃不如宽坐”，之前拒绝了我递给他的美食，也难怪他现在饥肠辘辘。

酱爆螺蛳和盐水河虾率先上桌，都是林知逸从来不吃的水产。我有一次说他没有口福，鱼虾蟹如此鲜美，是人间美味，他却从来不去品尝，未免太可惜。他说，我吃了就等于他吃了。我起初不解，后来，他附在我耳边说了句“亲你，犹如亲自品尝，也很鲜美”，我当即羞得无言以对。

此后再也不怂恿他去尝试河鲜海鲜，毕竟天南海北的饮食习惯不同。

“妈妈，这就是你说的‘螺螺’吗？”欣宝指着酱爆螺蛳问我。

“没错，味道非常好。”我说。

“看来你妈给你讲她小时候摸‘螺螺’的故事让你印象很深啊！”林知逸说。

读小学二年级时，学校门口有条小河。课间，我去河边洗手，日光照得河水清澈见底，青青螺蛳的身影映现眼前。心下一喜，当即招呼小伙伴一起来摸“螺螺”（“螺螺”是家乡人对螺蛳的称呼）。

脱了鞋，光着脚丫下水，凭借脚底的触感摸索潜藏的螺蛳，不一会儿，我的衣服口袋里就装满了螺蛳。

我和小伙伴们满载而归。我本想把我的战利品带回家，让妈妈给我炒田螺饱餐一顿。孰料，不仅战利品被老师没收，还背负“班长带同学下河摸螺螺”的罪名，当着全班同学的面，我挨了老师的板子。这还不止，为此事，老师还找我父母要了五元罚款，以儆效尤。

不过，清清河水漫过脚踝，螺蛳在脚底挠痒痒的感受至今记忆犹新。

清明螺，赛肥鹅。我拿起筷子，夹一颗螺蛳含在唇间，舌尖顶着螺壳，轻轻一吮，螺肉顺着舌尖滑入口中，细细咀嚼，满口浓香。

随着柔嫩鲜美的螺肉漫步舌尖，沉睡的时光从味觉中醒来。儿时的味道，家乡的味道，在我吸着带有酱汁的螺蛳时，一点一滴又回来了。

“味道很鲜，要不要尝一个？”我问林知逸。

他摇头：“不要。”

“但是，据说嘬螺蛳会提高一项技能，你也不尝试吗？”

他将信将疑地望着我。

“有人说吃螺蛳像接吻，喜欢吃螺蛳的人，接吻的功夫不会差。”我凑近他的耳朵，低声说。

在一盘青青螺蛳面前，我看到他悄然红了脸。

## 五

站在永宁桥上，视野极佳，可以一览胥塘河两岸的景致。

古朴雅致的小阁傍水而建，灵巧的乌篷船摇曳在碧波荡漾的水面。

相传春秋时伍子胥开凿伍子塘，才形成了现在的西塘。不知这春秋之水历经了多少风霜雨雪，见证了多少悲欢离合。

“大柠，快看这里。”林知逸的话将我翩飞的思绪拉回。

我对着他的镜头嫣然一笑。

“你站在桥上看风景，看风景的人透过镜头在看你。”林知逸把相机对着我说，“你看到了世界的美，我看到了你脸上的笑。”

林知逸即将按快门时，欣宝突然跑到我身边，抱紧我的腿。

“欣宝别做鬼脸，赶紧走开一点，刚才叫你拍照你不拍，要给你妈拍照，你就乱入镜头捣乱。”林知逸“赶”欣宝走。

“待会儿给我买冰淇淋。”欣宝趁机谈条件。

“好，你乖就给你买。”桥上人多不宜久留，林知逸很快投降。

永宁桥的右侧，是挂满大红灯笼、沿河蜿蜒的千米长廊。

林知逸告诉我，这就是传说中的烟雨长廊，是西塘独一无二的建筑风景。《碟中谍 3》中，阿汤哥就是在这烟雨长廊间飞速狂奔，和敌人进行了精彩的追逐。

此刻，长廊里游人如织，纵然有阿汤哥的敏捷身手也无法健步如飞。

人多也有人多的好处，有那种民间赶集的热闹，可以慢慢逛廊街的商店。

吃饱喝足逛街，美食已经吸引不了我，吸引我的是那些有趣的店名。

有家店叫“别有洞天”，只是一家茶馆，门帘却布置得像水帘洞，透过五光十色的洞内灯光向里张望，隐约可见舞台上弹唱的歌手和坐在店内聆听的客人，果然是“别有洞天”。

有家店叫“脑子进水”创意联盟，里面播放着民谣歌曲，门前挂着各种创意文案招牌。“我会给你做一道菜，小鸡炖蘑菇，小鸡用你的。”“同心锁：锁上了，就是一辈子。”“我妈说了，只要在这家店给我买过东西，就把我嫁给你。”

林知逸瞥了一眼说：“我可不敢在这家店买东西。”

有家店叫“童年小食光”，货架上都是儿时吃过的小零食：大白兔奶糖、北冰洋汽水、西瓜泡泡糖……店铺门口摆放着的黑白电视机和录音机，连同散落一旁的磁带，无声地将我拉回一去不复返的旧时光。

“以前磁带 9.8 元一盘，我记得很清楚。”林知逸说。

“你毕业时，把你的宝贝随身听和磁带都送我了。”林知逸还在学校时都是他陪我上晚自习，他毕业后，我上晚自习会带着他的随身听，听他喜欢的歌曲，就当他还在身边陪着我。物品因为主人用过，便有了主人的温度，有了主人的情感。

“上次收拾家里我还收拾出来那些磁带了，没想到你毕业后还带着。”

“那当然，你送我的西城男孩和 98 度的专辑，是我上晚自习时的最佳 BGM（背景音乐）。”带着那些磁带，就像是带着自己的青春时光。爱过的人，看过的书，伴着熟悉的旋律在岁月里低吟浅唱。

“现在大概没几个年轻人知道西城男孩和 98 度了。”林知逸感慨。

“也没几个年轻人知道磁带，连 CD 用得都不多了。”磁带、CD 是属于“80 后”“90 后”的回忆，现在想要听歌只要打开音乐 APP，海量歌曲可以选择。

然而选择的空间多了，并不代表更快乐，有时反而会怀念从前的日子，可能如一首歌唱的那样，“越单纯越幸福”吧。

沿着店面一路走过去，走到这段长廊的尽头，我们倚着美人靠，坐了下来。

河对岸是西街的老屋，午后的阳光照在高耸的马头墙上，暖意融融。

风轻云淡，临水桃花映清波，艄公摇着乌篷船从面前穿行而过，有种“你摇着乌篷船，行在白云间”的诗意。

波长舟远，绿如蓝的春水印在心间，时光变得悠长缓慢。

对面的小阁多是临水的客栈餐馆，正前方的客栈有着文雅动听的名字——听雨轩。

眼前忽然浮现这样一幅画面：细雨绵绵的江南，雨水顺着廊檐滴落，形成朦胧的雨帘，独坐临河长廊边，听雨水滴滴答答落入水中，融入河流。

正是艳阳天，但一个名字引起的联想，让我明白为何这千米长廊叫作烟雨长廊。

“江南六大古镇，只有西塘有廊棚，你知道廊棚的由来吗？”林知逸问我。

这次我只说梦见江南古镇，想去古镇，具体的目的地是林知逸选的，看来他是有备而来。

“民间流传两个版本，有一个‘积善而搭’的版本，有一个‘为郎而盖’的版本，你想听哪个？”

这次林知逸真是做足了功课，居然给我出选择题了。

“就听‘为郎而盖’的版本吧。”

“为郎而盖”感觉和爱情相关，女生总是对爱情分外敏感。

“据说有个年轻的寡妇胡氏开了一家店铺维生，店铺前的河边，是摆豆腐摊的小伙子王二。王二常帮胡氏做一些体力活，两人日久生情。但碍于世俗，胡氏对这份感情难以启齿，便借修缮店铺的机会，请人沿河建起了棚屋，将店铺前的街路遮盖了起来。这样，王二既可免受风吹日晒，两人也可同在一个屋檐下。没想到胡家铺子因这棚屋生意一下子红火起来，镇上商家纷纷效仿，就形成了这千米廊棚。后人就取‘为郎而盖’之意，将棚屋叫作廊街了。”

“这个故事还挺浪漫的。其实两个人只要真心喜欢，就算没有世俗的婚恋嫁娶，每天看到彼此，也会感到开心。”我说。

“你知道吗，我之所以订那个旅馆，是因为河对面就是烟雨长廊。”

心微微一动。“怪不得那旅馆叫烟雨江南。”眺望远方，隐隐约约看到一片白墙，那里就是我们入住的旅馆。

“你看对面！”林知逸喊我看对岸的阁楼。

此刻，听雨轩的阁楼上，一对年迈的老人并排而坐，身后站着一位女士，前面站着一位举着相机为他们拍合照的男士。

“我好像看到了我们的将来。”我说，“将来等欣宝长大了，我们一家拍全家福可能是这样的画面。”

林知逸摇头：“你这思维跟不上潮流啊。”

“怎么说？”

“我们摆那样的姿势太传统，我们应该并排站着，往一个方向倒，笑得很欢，从年轻笑到老。到时候老了，把我们仨不同年龄段同一个姿势的照片放在一起看，应该很有意思。”

“……”我是被老人的感情、一家的和睦打动，林知逸却说到了拍照风格上。作家思维和摄影师思维分明不在同一个纬度里。

时间如流水永不知疲倦地流淌，桃花年复一年绽放新颜，和家人相伴同游的小欢喜，是温润绵长的人世风景。

## 六

西塘依河而建，沿河一路走，不为任何景点而去，倒有种处处皆风景的心境。

走累了，我们决定换种方式游西塘——乘船去！

去游船码头的路上偶遇一座桥，名曰“送子来凤桥”。桥的造型很别致，桥顶有棚，红檐黛瓦，中间有花墙相隔，两边行人皆可走。有意思的是，桥的一侧是台阶，另一侧是坡道。据说左侧的石阶供男人使用，右侧做成小斜坡供缠足女子专用。桥的设计十分人性化。

林知逸化身“林导”，告诉我：“新婚夫妇走一走，向南走送子，向北走来凤。”

“那结婚多年的夫妇一起走呢？”我问。

“男左女右，幸福长久。”林知逸说。

“如果你们希望贝贝是男孩，可以一起向南走；如果你们希望贝贝是女孩，可以一起向北走。”欣宝插话。

我和林知逸相视而笑。贝贝在何方？欣宝看起来好像比我们还着急。

“公子向北走，小女子向南瞧……”待我们走上送子来凤桥，欣宝哼唱起这首热门歌曲。

倒是适合做此刻的背景音乐，我也加入形成临时女团：“愿你三冬暖，愿你春不寒，愿你天黑有灯，下雨有伞……”

登舟而行，水面清风徐来，人语歌声入耳。

伴随舟身摇曳，心也一点点沉静下来，尘世间的烦恼顷刻烟消云散。

岸边的烟雨长廊，游人往来不绝。方才在廊下行走，我亦是熙攘游人其中之一。此刻看在眼里，沿河商埠门前喧闹，结伴而行的游人谈天说地，一派和乐融融，宛如一幅现代版的《清明上河图》。

“春秋的水，唐宋的镇，明清的街，现代的人。”直到此时，我方才对这座千年古镇有了真切的感受。

烟雨行舟，我和林知逸一人一只耳机听着古风歌曲：“一卷空白，心照的人不宣。”这首后弦的《唐宋元明清》是他夜游西塘时创作的，听来别有一番风味。

欣宝也要听，给她听了两句，她不懂欣赏，说我的审美跟不上潮流，给我推荐《 一生独一》。

我一听，几乎被惊艳到，无论歌词还是旋律，都那么妥帖地和眼前风景呼应。

“一城烟雨一楼台，一花只为一树开。”这里有独一无二的烟雨长廊，这里的花树下美人颜如玉。

有些歌词，并非特意为某地所作，却因为在恰到好处的时候遇见相应的风景，便走进了赏风景的人心里。

就像有些人，并非故意要相遇，却因为在恰到好处的时候相遇，相视一笑便决定相偕一生。

夕阳斜照，晚霞满天，水中可见倒影如画。

前方画舫穿桥而过，桥上行人匆匆，有身穿汉服的女子轻盈走过。晴朗春日，在如此美的地方，是该把自己捯饬得好看一些，好融入画里。

我们到得桥跟前，发现桥洞两侧刻有对联：“船从碧玉环中过，人步彩虹带上行。”可不正是眼前景象吗？

船夫告诉我们，这座桥叫环秀桥，初建于明代万历九年，是西塘镇最早的高桥。此桥在 1944 年突然倒塌，现在这座桥是 1997 年重建的。

西塘的河面横卧石桥近百座，历经岁月变迁，就像是一本本古书，诉说着西塘的过往。

“我说我不会写诗，我只是在诗里刻画了你的影子。”耳边的歌声，眼前的美景，让我心中不觉泛起诗意。

“这样的美景，有没有让你们想起哪首诗？”我问。

“关关雎鸠,在河之洲。窈窕淑女,君子好逑。”林知逸脱口而出。

两三千年时光倏然而过，来自春秋的诗和春秋的水，在此时此刻，通过一个现代人的吟诵，再次跨越时光相逢。

不禁遥想,若有前世今生,在很久很久以前,我有没有来过此地?不然怎有今生相见的缘分?

西塘没有传说中的雎鸠，但是有立在小船上的鸬鹚。同是擅长捕鱼的水鸟，难怪林知逸触景生情，想起了《关雎》。

“千里莺啼绿映红，水村山郭酒旗风。”欣宝说的诗句，让我从春秋穿越到唐宋。

小舟穿桥而过，桥下便有酒旗飘扬，可不正是杜牧《江南春》中的景象?

我心中的诗和他们的都不一样。当心灵和风景相遇，会产生诗歌。同一片风景，印在不同的人心里，会产生不同的诗。

西塘素有“吴根越角”之称，在这吴越之地，又是乘船而行，我想起了华夏民族最早的一首船歌《越人歌》。

“今夕何夕兮，搴舟中流。今日何日兮，得与王子同舟。”说出前两句诗，我又回到了吴越春秋之时。

正值春日，钟鼓齐鸣，荡舟的越女遇见了楚王的母弟鄂君子皙，心生爱慕，于是以歌声表达了心中欢喜。

“心几烦而不绝兮，得知王子。”我刚说完此句，林知逸便接了下句：“山有木兮木有枝，心悦君兮君不知。”

“现在想来，我当年送你桂花枝，你应该就明白我的心意了吧？”他说。

“并不知道。”通常当局者迷，当年我只知将桂花枝插入宿舍的玻璃瓶，任那甜美的香气萦绕，还不知其中蕴藏爱情的香气。

“如果你送桂花枝时附上这句诗，我肯定会明白。”我说。

“我哪敢表现得那么直白，万一你拒绝我，就没有下文了。”他如是说。

我笑了。爽朗如他，也有如此小心翼翼的时候。

摇桨的船夫道：“你们谈诗配上酒才好，我们嘉善的黄酒很有名的，酿酒的糯米白，酒不加色很白，装酒的坛子外面涂成白色，所以又叫‘梅花三白’。你们来西塘一趟，不妨尝尝。”

“梅花三白”，多雅致的名字！船夫此言引起了我的酒兴，想着晚上回去若在客栈闲庭里对月小酌，颇有雅兴。

暮色笼罩着柳影樱云，夕霞映得水波粼粼，小船优哉游哉，我们在时光里徜徉。

“梅花三白”让我想起字三白的沈复，想起他在《浮生六记》里记录的他和芸娘乘船游太湖的趣事。

江上渔火点点，待月升起之际，沈复、芸娘与船家女素云一同饮酒，以射覆行酒令。其间沈复打的比喻惹得素云捶他的肩膀，芸娘出酒令规则：“只许动口，不许动手。违者罚大觥。”沈复说：“动手但准摸索，不准捶人。”芸娘笑挽素云，推倒在沈复怀里，说：“请君摸索畅怀。”

我把此事分享给林知逸，问他：“素云捶沈复肩膀，和他有肢体接触时，芸娘出酒令的规则是‘只许动口，不许动手’，应该是吃醋介怀的。但是，当沈复说不许动手可以摸索时，为什么芸娘又将素云推到沈复怀里，任由他摸索呢？这个我一直想不太明白。”

“想这个问题干吗呢？女人的心思你别猜。”

“主要是林语堂先生说，芸娘是中国文学中最可爱的女子。沈复写这一点是不是想体现他的夫人可爱呢？主动让别的女子对他投怀送抱，显得很大度的样子。”

“芸娘可不可爱我不知道，我只知道大柠可爱。”林知逸望着我说。

波光里的倒影，忽然在心头荡漾。

“永宁，永与柠结秦晋之好。”林知逸指着一座古朴的石桥说。

此时，船绕河一周，刚好回到我们先前逗留片刻的永宁桥。

恰如小桥长久凝望着河水，我也愿一生只凝望着你。

于我，浮生所爱，唯一人而已。

人间四月，你陪我看夕阳映舟；来日方长，我陪你看细水长流。

西塘西塘，我们朝夕相伴，你是我人间的糖。

## 七

天色向晚，游人渐渐散去，走进空无一人的石皮弄，像是在和喜欢的风景约会。

昏黄灯光照在斑驳的墙壁上，越发有历经岁月的沧桑。

“你靠墙站着，我给你拍一张大柠版《2046》。”林知逸说。

靠上古老的墙，抬头望着被两边高墙框出的细长天空，仿佛穿越到了王家卫的电影中。

《花样年华》中，张曼玉演活了爱穿旗袍的苏丽珍。这个苏丽珍的前世在《阿飞正传》里，苏丽珍的来世在《2046》里。

错过苏丽珍今生的周慕云始终沉溺回忆，他写一部名为《2046》的小说，小说中只要搭上了前往2046的列车，人们就可以找回失去的记忆。

当林知逸将照片给我看的时候，我愣了一下。光影艺术下，灯光映照的幽深石皮弄仿佛成了一条时空隧道，身着旗袍的我仿佛就是我的前世。

不管前世，也不管来生，因为那都是玄之又玄的东西。我只管今生，牵着他的手，就不放开。

如此，便有一个人可以与我一起创造美好的回忆。

夜幕降临，西塘披上了华彩的霓裳，廊檐的一串串红灯笼被点亮，河岸人家的窗户透着昏黄灯光，各色光影倒映水面，构成一幅流动的油画。

游人、垂柳、石桥，各种景物已融入夜色，只见流水潺潺，灯影幢幢。

几只乌篷船缓缓地摇过来，船前挂的两只红灯笼如美人顾盼的眼眸，凝视着千年西塘。

灯影迷离，眼前景象让人如同置身盛唐，恍惚在梦中般不真切。

就这样倚在河边的长椅上，静静地盯着西塘的夜色看了许久，春风美景令人不饮自醉。

夜晚的街道很安静，随意走进一家文创店，一排排古雅的书签吸引了我的视线。

店主告诉我，这些书签由牛骨而制，上面的字都是手写后刻上去的。难怪书签最上方有一行字：“因为刻骨，所以铭心。”

也不知是刻在书签上的句子本身动人，还是手写字刻在牛骨上有了温度，许多书签上的话猝不及防撞入我的眼睛，开始在我的心上雕刻。

我心切慕你，如鹿慕溪水。

出自《圣经》的一句话，已被年轻男女用来对心上人表白。

愿无岁月可回首，且以深情共白头。

《和花和月长少年》里的两个章节名，读者连在一起略改字句，便成了一句情深意切的告白。

**吹灭读书灯，一身都是月。**

这句出自作家桂苓的话深得我心，读书滋润心田，如月华洗礼身心。

我拿起这枚书签，将这句话读了出来："吹灭读书灯，一身都是月。"读完都觉得神清气爽。

"合上双眼皮，世界全是你。"孰料林知逸接了这一句，读书的美好意境瞬间被破坏。

"顾城说'合上双眼，世界就与我无关'，你倒和他相反。要是让我来接一句，我会接'摇起乌篷船，君是杨柳风'。"

"我来接，就是'吃上冰淇淋，世界真美好'。"欣宝说。

不仅我和林知逸笑了，连店员都笑了。

"幸福就是你在闹，我在笑。"又一枚书签跃入眼帘。

爱看书又爱书签的我，在这家店收获颇丰。我将其中写有"陌上人如玉，公子世无双"的书签送给林知逸。

礼尚往来，林知逸在一家叫"我在西塘等你"的慢邮记概念书店，买了一张特殊的明信片送我。

明信片仿照以前的粉红色火车票设计，列车车次是 520 次，出发地是"我心里"，目的地是"你心里"。双箭头表明不是单程车，是双程车。出发日期是“爱上你那天”，发车时间是 5:20，座位是 13 车 14 号，属于新空调软卧 VIP 专区。票价：真爱无价。有效期：爱你一辈子，终生有效。

现在的高铁票是蓝色的，速度也更快，这张粉红色火车票模样的明信片，让我想起我和林知逸异地恋时，乘坐列车去看彼此的日子。有时候买不到坐票要站一晚上，林知逸心疼我，总会想办法给我买卧铺票。

如今我和林知逸结婚十年，从相识相恋算起已十七年，他依旧如从前那样爱着我。从前异地恋的日子，回忆起来也是美好。

踏夜而归时，我们路过一家名为“从前慢”的咖啡馆。

“车、马、邮件都慢，一生只够爱一个人。”木心的诗句写在店名旁。

这首诗已被谱曲唱成歌，几乎被人们说得泛滥，但此时看到，依然会被打动。

高铁、飞机，无论天涯海角，想见一个人变得容易；微博、微信，无论你在哪里，信息一分钟即可传递。当今交通和信息都变得发达，然而，爱却变得越来越奢侈。因为速度变快，许多人都失去了耐心，失去了对别人的耐心，也失去了对自己的耐心。

我们怀念那个消失在时光深处的车马邮件慢时代，是因为在那个时代，我们可以用时间慢慢陪自己长大，允许自己比别人慢半拍。

何况，回忆通常自带滤镜，回不去的时光往往都成了最好的时光。

我在微博发了林知逸为我在石皮弄拍的旗袍照，有读者问我，西塘哪些景点值得去？我才发现，我并没有特意去找景点，就是随便闲逛。

我未能去小西园醉雪亭赏景，未能去木雕馆和纽扣馆看藏品，也未能去古戏台听剧，可是我沿途偶遇的那些风景，石桥、花树、廊棚、晚霞……每一片风景都深深印在了我的心里。

闲庭信步，会发现曲径通幽处自有风景。原来，真正的景致，在景点之外。

人生风景那么多，走着走着就遇到属于自己的风景了，守住那片风景就好。

从前慢，慢的不是时光，慢的是从容的心境。

有人说在城里过的日子叫生存，在小镇过的日子才叫生活，因为在小镇能感受到慢节奏。日子慢下来以后，心中只生欢喜不生愁。

临睡前，林知逸将买来的三白酒温过之后，倒进茶杯，拿到小庭院。

本想着就月光对酌是何等风雅，偏偏赶上初一，新月之时，看不见月亮。

我们索性拿到屋内，就着台灯对酌。

与相悦者，酬酢于心，实在是人间一大幸事。

“就算月亮出来，它也不稀罕看人间平常夫妻对饮之事吧？这万千年来，月亮不知看过人间上演的多少类似剧目，大概早看腻了吧？”甘醇的三白酒入口，思绪有些翩飞。

“不腻，你看我天天看你，腻过吗？”林知逸说。

久处不厌，方为喜欢。

我笑道：“你这是借酒表白吗？”

“你要不要借酒传情？”他看着我。

“传什么情？”我不解地问。

“中午你不是说吃螺蛳能提高某项技能，待会儿让为夫感受下，你的技能有没有提升。”他一本正经地答。

“……”果然，撩别人总是要还的。

夜深人静，西塘俨然沉入梦乡。

听不见桨声，看不见灯影，只余手中温热的酒。

浮生若梦，何不长醉江南？

# 人间一趟，知己难寻

如果有人因为你破戒，

那你对她而言一定是生命中的例外。

谁是你的例外，谁就是你的偏爱。

## 一

天尚未黑透，一盏盏暖橘色灯笼点亮南浔的夜晚，门前的小河温柔地流淌，水中倒映着灯光树影和灰蓝天空。岸边开得正盛的樱花树下，两叶扁舟泊在一旁。

我们吃完晚餐，沿着河岸的南西街散步归来。夜风中飘散着不知名的花香，口中留有砂锅焗南瓜的软甜。

推开“悦木堂”客栈的木门，穿过小院，来到灯火通明的屋里。

这是一栋两层小楼的古雅客栈，一楼是客厅和餐厅，二楼是客房。

林知逸泡了一壶茶，欣宝抱着一本书，我和小西坐在灯下闲话家常。

初来南浔古镇，但因老友做伴，竟像是与故地重逢。

小西养了只布偶猫，她说别人家的布偶猫都是雍容华贵的萌妹子，她家这只猫活脱脱臃肿的汉子。

“这只猫是男生还是女生？”欣宝放下手中书，饶有兴趣地问。

“男生。名叫喵哥。”小西答。

“这就是你不讲理了，要求男生变萌妹子。”我说。

“你养了猫，有没有觉得很治愈？”欣宝又问。

“致郁！喊它也不理人,是‘郁闷’的‘郁’。”小西一本正经地说。

我和欣宝都笑了。

欣宝表示想去小西家和喵哥玩。小西友情提示，喵哥比较高冷，对人并不友好，小弟去她家“撸猫”，喵哥也是横眉冷对。

“我们也养只猫吧。”欣宝用渴望的小眼神望着我。

“等我们家贝贝来了再养猫。”林知逸帮我打圆场。

“这只猫好养吗？贵吗？我攒了一千零三十块压岁钱。”欣宝倒提前和小西请教起养猫心得。

“我家老太太帮我养着，倒挺好养。我买的这只有点贵，所以小弟有次揪住喵哥说：‘你比人家贵，贵在哪里呢？贵在比较丑吗？’”

我和欣宝又忍不住哈哈大笑。

小西看起来娴静腼腆，但常常不经意间冒一句话，让在场的朋友忍俊不禁。她的冷幽默，一如她笔下的李安宁。

## 二

夜深了，安顿好欣宝上床睡觉，我也洗漱完毕后，亲吻了下林知逸的脸颊，叮嘱他先睡，不用等我。

我穿着睡衣走出去，敲响隔壁房间的门。

小西果然未睡，看到我来，略有些歉意地说：“我这次过来，没打扰你们一家人玩吧？”

“哪里的话，你来见我，我求之不得。何况，我们是相识七年的老朋友，你对我早就是家人般的存在了。”从西塘来南浔的路上，我想起小西家在浙江，离南浔不远，便邀她出来一同踏青。于是，她便袅袅婷婷地来了。

好朋友就是这样，哪怕平时不常联络，但是彼此需要时，一句话就可以到你身旁。

“时间过得真快，我们都已经认识七年了。”小西感慨。

我们像从前一起住旅馆时那样，并肩躺着竹窗夜话。

那些在记忆里沉睡的过往，悄然探出头来，穿过尘封的岁月涌上心头。

我和小西相遇时，恰逢我俩都处于事业低谷期。

那是一个寒冷的冬日，我坐在中国作协旁边高楼的九层办公室里，像一只松鼠一样猫在电脑前，四处搜罗松果——好作家的好作品。

小松鼠在网上刨啊刨，穿过一片片文字丛林，来到一棵树下休息，咚的一声，一枚松果猝不及防砸在心上，小松鼠捡起来瞅瞅，这枚松果叫《对的时间对的人》（以下简称《时间》）。

小松鼠望向这棵树，树上刻有名字：顾西爵。小松鼠想起来了，这棵树以前曾长出一枚可爱美味的松果叫《最美遇见你》。

觅到心仪的美食，小松鼠乐呵呵地去找树的主人，孰料主人却告知：《时间》已经有两家出版社编辑相中，正在洽谈中。

小松鼠不甘心，问主人家有没有余粮，往年的也可以。主人小西盘点了家中所有尚未兜售的松果，打包发给小松鼠。

小松鼠从中发掘出一枚叫《我的朝花夕拾》的松果，美美的甜甜的，兼具青春和岁月流淌的气息。小松鼠如获至宝，和小西探讨起，这枚松果应重取名，不然容易和鲁迅先生的《朝花夕拾》混淆。小西表示赞同。

或许因为小松鼠能感受到小西所产各种松果的不同香味，尚未见面就相谈甚欢。

小西有天说："我觉得你很懂我的作品，也很有人格魅力，《时间》交给你做，我觉得更放心。"

小松鼠受宠若惊。

"不过，有件事我想提前说清楚，我一不爆照，二不签售。"

"没问题，我尊重你的'二不'选择。"

我认真填好两枚心仪松果的选题表，提交到选题会，谁知编辑部总监以"作者微博只有 18000 粉丝，开卷数据有本书销量只有 4000 册"为由，将我的选题打了回来。他的原则是"用数据说话"。

大概总监见我的脸皱得像包子，安慰我："没事，一个过气作者而已，选题没过没什么，省得咱做了还亏本。"

听完他的话，我的脸皱成核桃了……

我并未把选题会的结果告诉小西，因为我在考虑要不要接受我前同事老蒋的建议：跳槽到她所在的公司。

到新公司会不会有做自己喜欢作品的空间？

我虽心怀憧憬，但对工作六年的单位又有一丝不舍。毕竟这里的女性阅读品牌是我当初和文婷一起创建的，她走后，我丢下合适吗？

第二天，总监召集编辑们开会，会议的主题是“如何告诉作者，本月支付不了稿酬”。如果我没记错，上月、上上月的会议主题也是这个。

会后，我无奈地回到办公桌前，望一眼早已换了新人的文婷座位，叹口气，在心里说：我是和作者们关系好，但是不能拿我的面子当信用卡刷吧？这样刷迟早有一天会透支。文婷，你告诉我，我该怎么办？

我进退维谷之际，QQ上弹出前同事老蒋的消息：“大柠，我们老板对你来我们公司很感兴趣，要不要约个时间聊聊？”

只犹豫了两秒，我在键盘上敲下一个字：“好。”

前单位弹性工作离家近，新单位需要每天打卡，需要坐十站公交车从三环内到四环外，但新单位有一点好：愿意给我喜欢的作家树生长的土壤。

我将这些年积攒的作家树和松果一同带了过去，其中包括小西的松果。

《对的时间对的人》这枚松果小西还要打磨，她说之前把《我站在桥上看风景》（以下简称《风景》）签给了别家，现在想和对方谈解约，和我签约。那枚成熟的松果已经躺在另一位编辑的信箱四个月了，尚未进入编辑流程。

那位编辑很爽快地答应了解约。我和小西的正式合作就从这本《风景》开始。

那时的我们谁也没想到，我们会成为彼此生命中不可或缺的风景。

小西的偶像是作家辛夷坞，我想，小西把《风景》签给我，这是我在新公司收到的一份礼物。如果辛大能给她写序推荐这本书，岂不是我也能送给小西一份大礼？

那时候，我和辛大还不熟，辛大的经纪人是老板。一有机会我就在老板面前念叨顾西爵，老板大概耳朵都听长茧了，终于答应帮我问问辛大。

老板问我："顾西爵可以出来签售吗？"

"她不愿意签售。"我想起了小西的"二不"原则。

"那估计长得不太好看，长得不好看的女作家都不愿意出来签售。"

"你怎么知道人家长得不好看？"我下意识地反驳。

"你见过她的样子？"

我被问住了，我对她的样子的确一无所知。

第一次见到小西的照片，是在一个春日午后。

身穿藏蓝色连衣裙的长发女孩站在树下，手捧一枝洁白的百合，眼神清澈如水，仿佛小清新电影里的女主角。

窗外斜照过来的阳光刚好打在她的脸上，嘈杂的办公室忽然变得安静了。

她站在树下望着我，我坐在椅子上回望着她。时间在我们的眼神交流中静止了。

不知过了多久，小西的信息弹出来："是不是不如你想象中的样子？"

"比我想象中的样子还好看！让我想起你笔下的女主角，清新淡雅，看得我心动。"

小西发来一个害羞的表情。

"小西长得这么美，要不要考虑把照片放在书里？读者看到肯定会惊喜。"

"不要！也可能有读者看到会受惊吓。"她毫不客气地拒绝了我。

"这是哪个明星啊？……哦！我想起来了！这不是《那些年，我们一起追的女孩》里的那谁，沈佳宜吗？"不知何时老板来到我身后，瞧见了我电脑屏幕上的照片。

"这不是沈佳宜，这是顾西爵。"我说。

"啊？"我看到老板的表情转了几道弯，然后听到他说："长这么好看，不出来签售都对不起她这张脸！"

老板打算转身离去时，想起什么似的说："对了，辛大看完《风景》了，可以帮推荐。"

或许是偶像帮写序推荐的好消息激励了小西，那个下午，在我的说服下，小西同意把照片放到书里。

那年五月，小西的《我站在桥上看风景》出版。封面印的那句话是我从文中选出来的："不管你心里藏着什么秘密，我只想告诉你，你守你的秘密，我会好好守着你。"这是章峥岚对萧水光的承诺，后来也成了我和小西对彼此的承诺。

那年八月，我鼓励小西参加了人生中第一场签售会。签售会前，我叮嘱她提前备好"战袍"，她买衣服时会拍试衣照给我确认。她的第一次签售，我因为有事没能过去，但我把微博上关于她签售时的照片全都下载了。

那年十月，我和小西在杭州西湖畔第一次见面。她一头中分长发，穿件简单黑 T 恤，搭条膝盖破洞的蓝色牛仔裤。说起话来声音软萌甜糯，带着江南特有的口音。我说她的日常穿衣风格和照片上不一样，她笑道："我妈今天还说我，你去见你天天挂在嘴上的编辑姐姐，就这身乞丐进城的装扮啊？"我说："你哪怕披件床单过来我都没意见。"我俩初相识，却如同见老友。

与小西合作的第一年，小西的家人并不支持她全职写作，觉得不稳定，仅仅靠爱好养不活自己，建议她去考公务员。

我给小西拟了份出版计划表，附上稿酬预算清单。哪一年出版哪本书，每本书预计拿多少稿酬，一目了然。发给小西，问她："不知道这些稿酬够你养活自己吗？"

"哇！你对我太有信心了。我不过偶尔买买衣服和化妆品，这些稿酬能养活自己。”

“你的要求就是养活自己吗？你有写作的天分和灵气。相信我，只要走对了路，就可以走很远，未来你的父母一定会为你感到骄傲的。”我对她说。

小西坚持住了，没有去考公务员，继续创作作品。

后来，我跟着老板一起创业，小西跟着我一起走。

那年在我的陪同下，小西参加了一场又一场签售会，人气越来越高，读者也越来越多。

我们一起去南京，去广州，去武汉，去长沙，去沈阳，去昆明……签售会现场是小西和可爱的读者们约会，签售会结束，是我和小西约会的时间：有时候觅美食，有时候逛街，有时候躺在酒店的床上聊天。

比较有趣的是，每次小西见到我都要想办法“包装”我，给我介绍好用的护肤品，拉着我去买衣服。有次本来陪她逛街，结果她一样东西都没买，反而怂恿我大包小包买了一堆东西。有一次我一个人逛街啥也没买，我对林知逸说“去购物街结果什么也不想买，看来我对购物免疫了”，结果第二天小西过来，一起逛街时我买了两件衣服四双鞋。林知逸说：“在金牌推销员小西面前，你基本毫无招架之力。”

我一边可怜我的钱包君，一边对小西说：“是不是我给你包装书？你就要想办法来包装我？”她说：“你这个工作狂也别忘记照顾自己。”

大概我俩深厚的革命友情就是在合作书和签售陪伴的过程中一点一滴建立起来的。

遇到我，小西破掉了“二不”原则；而我，也成了她出书编辑的“不二”选择。

如果有人因为你破戒，那你对她而言一定是生命中的例外。谁是你的例外，谁就是你的偏爱。

因为文字，我和小西相识；因为默契，我和小西成了长期合作的好伙伴。

我们不仅成就了彼此的事业，也成就了一份珍贵的友情。

生活并非一帆风顺，我们也会遇到糟心事：友人的背叛，网上的流言蜚语，努力的事并未有回报……

面对生活困惑，我对小西说：“我就是你的陪跑员，不管是在工作上还是生活中，有我在，你就放宽心，我会陪着你跑下去。”

面对语言暴力，小西对我说：“有些人嫉妒别人，不会给自己增加任何好处。嫉妒别人，也不可能减少别人的成就。你就当看不懂事的小孩，继续强大下去！”

我们见证过彼此的高光时刻，也见证过彼此的艰难时刻。

好在，无论悲喜，我们共度。

## 三

暮春的南浔，惠风和畅，鸟鸣悠扬，春风拂动垂柳，门前的小河温柔地流淌。对岸的石阶上，有位妇人蹲着在洗衣裳，她的身影连同房屋古树一并倒映水中。岸边开得正盛的樱花树下，两叶扁舟泊在一旁。

小西坐在小院枫树下的秋千椅上，碎花裙子和红色枫叶相映成趣，阳光懒懒照着她散落脸旁的碎发。

她手上拿本《桃花扇》题画，抬头问我："今天是不是农历三月三日？"

我说："是啊，今天是三月三上巳节。"

"'春风上巳天，桃瓣轻如剪。'巧了，我刚好翻到这一页。"她低头看手上的书。

小西刚出了本以昆曲小生为男主角的书《我念你如初》，最近对昆曲的兴趣较浓。

"这句描写真美。现在大概没多少人记得上巳节这个中国情人节了。"

"提到中国情人节，忽然觉得我来这里有些碍你和大林的事儿。"小西笑道。

"别忘了三月三日也是古代文人雅士曲水流觞的日子，也适合我们这种喜欢舞文弄墨的人相会。有没有觉得我手上拿的《我念你如初》封面和你的《桃花扇》封面很配？都是粉色。"

"是挺配，咦，旁边这桌上摆的粉白花是叫杜鹃花吧？真是好看……"

万古长河，我们没赶上《诗经·溱洧》里"维士与女，伊其相谑，赠之以勺药”的场景，没赶上王羲之《兰亭集序》里“清流激湍，映带左右，引以为流觞曲水”的景象，也没赶上杜甫《丽人行》里“三月三日天气新，长安水边多丽人”的盛况，但我们赶上了和煦春阳的三月三，和友人坐在看得见风景的小院，念着《桃花扇》里“春风上巳天，桃瓣轻如剪”的当下。

谢灵运说：“天下良辰、美景、赏心、乐事，四者难并。”

而此时此刻，良辰美景与赏心乐事翩然相逢。

离开南浔前，我们一起吃午餐。得知南浔有个特色菜叫绣花锦菜，只在南浔方圆十里生长。

绣花锦菜的外形与普通青菜相似，叶缘像绣花边一样弯弯曲曲。

我们点了一份绣花锦菜，吃起来清脆可口，比一般的菜要甜上几分。

和小西分别时，我们互赠彼此新出版的书，她送我《我念你如初》，我送她《往后余生都是你》。

两本书的名字，就像是我俩在互相告白。七年的友情时光，令这告白带着岁月的芬芳。

“唯愿无事常相见”，在西塘的小店看到这枚牛骨书签时，心里想的就是日后要送给小西。

我将书签送给她，她插入我送她的书中。然后，我们互相拥抱，说着“下次再见”。

坐上返程的车，我隔着车窗和她挥手作别。车子开出去好远，我转过头，看到她还站在原地，望着车的方向。不觉，眼角渐渐湿润。

人生短暂，见一次少一次，唯愿无事常相见。

绣花锦菜只在南浔方圆十里生长，香甜友谊只在真情不变的心灵土壤生长。

# 此心安处是吾乡

当你把自己像一颗种子一样种在所在之地，
你便不会漂泊无依。
我遇见了可以让自己生根发芽的土壤，
就是你的心。

# 一

初遇周庄，像是不小心闯入水乡姑娘的梦境，那种感觉之前从未有过。

五月，凌晨一点半，行李箱在青石板路滑行的声音划破夜的宁静，商铺已打烊，街巷已沉睡，只有昏暗的路灯宣告着它最后的倔强。

我跟在林知逸身后，辨不清东西南北。

穿过一座桥，发现桥边小楼名“富安楼”，想必这桥就是桥楼合璧的富安桥了。古镇最繁华的地带此刻空无一人，河水静悄悄的，一艘小船停靠在岸边。

下了富安桥，面前是三岔路口，不知往哪儿走才是住宿的客栈。

林知逸给客栈前台打电话，询问客栈的具体方位。

寂静无人的空巷，不知从何处冒出一只大黄狗，大摇大摆地上了外婆桥，尾巴摇来晃去，渐行渐远，缓缓消失在夜色中。

欣宝望着大黄狗的背影有些怅然，直到被一阵虫鸣吸引，循声而去，原来有只蛐蛐在桥边的草丛里不甘寂寞地鸣唱。

欣宝蹲下身，饶有兴趣地欣赏。

“我小时候捉过两只蛐蛐，看它们打架。”林知逸说。

“真的吗？”欣宝的语气里透着艳羡。

“真的啊！看蛐蛐打架怪有意思的。”

这时，有位瘦高的年轻小哥走了过来，身穿一件简单的白 T 恤，眉眼清秀。

“请问你们是花间堂的客人吗？”小哥问。

“是啊，我们不认识路，辛苦你这么晚还要跑一趟。”我说。

“没关系。”小哥边说边伸手要帮林知逸拿行李。

林知逸拉过我手上小一号的行李箱，递给小哥：“你帮忙拉这个小的吧。”

在这个微风沉醉的夜晚，我们穿行在通往客栈的巷子，有种携手漫步人生路的惬意。

“到了！”不知走了多久，忽听小哥说道。

抬头间，我瞥见一面茶幌高悬前方，上书四个大字：三毛茶楼。

黑漆漆的悠长小巷里，这面黄色茶幌宛如一盏明灯，照亮了游人的心。

“没想到和三毛这么有缘，居然住在三毛茶楼旁边。”进了花间堂的门，我问林知逸，“订之前你知道旁边是三毛茶楼吗？”

“不知道。我主要看客栈美不美，如果住的客栈本身就是景点，就算没有走遍所有景点，你也不会遗憾，也不算白来一趟。”林知逸边拿身份证给前台小哥办理登记，边对我说。

“可不可以理解成，如果选择了心仪的客栈，客栈本身就是一趟旅行的目的地？”我说。

“您还真说对了，也有客人是冲着花间堂来周庄的，花间堂本身就是有些人旅行的目的地。”前台小哥说。

有人旅行是四处闲逛，买些旅游纪念品；有人旅行是为了散散心，放松下在俗世打拼困顿的心灵；有人旅行是景点打卡拍照，发朋友圈证明到此一游；有人旅行是想和喜欢的人一起走，圆一个环游世界的梦；有人旅行是为了文化考察，切身体验现实世界与书中世界的异同。

而我这次来到周庄，是因为一碗梦里的红烧肉，因为那个让我怅然若失的梦。

梦见一本《人间锦囊》，上面有个问题：“日复一日，年复一年，你有没有弄丢内心深处的美好？”我到底丢了什么？百思不得其解，心终日不得安宁，于是踏上旅途，边走边找。

通往旅途的车马，旅途上的客栈，都由林知逸全程安排。他说：“你就安心找、慢慢找，其他的我来操心。”

一只灰白色的猫气定神闲地端坐在椅垫上，眼神迷离地望着我和欣宝。

“好可爱的猫，它还在打哈欠呢！”欣宝说。

猫咪打完哈欠，换个姿势，伸伸懒腰，低头舔自己的毛发。随后，蜷缩成一团，闭上眼，沉沉睡去，不问春秋。

这只猫让欣宝对这家客栈好感倍增，穿过庭院上了楼梯，进到房间，她还在计划等明早醒来去“撸猫”。

林知逸放下行李，径直倒在床上。

我们先是从北京乘坐飞机到上海，抵达虹桥机场，他租了辆车开车带我们到周庄，又拖着大行李箱从停车场步行过来。这一天奔波，他太疲惫了。

白色纱帘隔开窗外的世界，帘旁是黑色吧台，吧台上摆着天青色瓷器，两侧各摆放几张藤制台椅。吧台对面的角落，是洁白的圆形大浴缸。墙上挂有民族项链做装饰，倒是颇有情调。

简约的中式床侧立有床头柜，古色古香的中式衣柜与床平行。

据说这家花间堂由戴氏老宅改建而成，由热爱中国文化的法国设计师设计，因此呈现中西合璧的风格。

“你过来一起躺一下。”林知逸说。

“我想先去刷牙洗脸。”

“躺下来有惊喜哦！”他神神秘秘地说。

我将信将疑地走过去，躺在他身侧。

“看头顶，像不像你家？”他说。

不同于其他酒店的天花板，屋顶是复古酒红色木质横梁，还有一扇小小的天窗。

“真的像我家二楼。”

躺在客栈的床上，我居然有小时候躺在老家床上的感觉。

“刚才你有没有注意到我们房间的名字？”林知逸问我。

“注意到了，叫‘茉香’。名字真好！住在这里好像可以闻到茉莉的香气。”我闭上眼，很享受地说。

“你们江苏不是有首民歌叫《茉莉花》？搬家时我买的第一盆花就是茉莉花，不仅香气清新，还可以解你的思乡之渴。”

“怎么能叫‘你们江苏’呢？你是江苏女婿,应该说‘咱们江苏’！”我纠正他。

“我说错了，自罚唱一曲。‘好一朵美丽的茉莉花，好一朵美丽的茉莉花，芬芳美丽满枝丫，又香又白人人夸……’”

林知逸的歌声把我带回故乡的院子，院子里飘着茉莉香和妈妈的歌声。

难怪浪迹天涯的三毛初见周庄便潸然泪下，说终于找到了几十年来盼望的那个魂牵梦萦的地方。

难怪在洛阳为官的张翰见秋风起便思念起家乡的莼菜和鲈鱼，决定辞官并感慨：“人生贵得适意尔，何能羁宦数千里以要名爵？”

旅行久了，便觉寄居人间，对故乡的意识越来越淡薄。而周庄，确实让人回到了故乡。

## 二

有一种味道，是无论离开多久都忘不了，甚至离开越久越怀念的，那就是故乡的味道。

我们坐在沈厅酒家品尝地道的江苏美食，这种体会愈深。

红烧鲃鱼是周庄特色美食。鲃鱼形似河豚，巴掌般大小，肉质细腻，味道鲜美。

韭菜炒螺肉里的韭菜明显比螺肉多，虽不及奶奶做的那般鲜嫩，但足以衔接与奶奶相关的回忆。

亲人已经远去，舌尖的味道却从未离开。

故乡是什么？故乡就是味蕾深处的思念，是这副对儿时味觉极度敏感的皮囊。

来周庄必点的是万三蹄，这是明代江南首富沈万三招待贵宾的必备菜肴。

江苏人自然要尽地主之谊，我请林知逸先开动。他用筷子剥开酱红色外衣，夹一块酥白的肉，蘸了汤汁，送入口中。

看他慢条斯理的动作，我情不自禁地咽下口水。

“香酥可口，真是人间美味！”林知逸啧啧称赞。

对无辣不欢的他而言，吃不辣的菜基本味同嚼蜡，此刻却对不辣的万三蹄给予如此高的评价，定是美味到极致。

我和欣宝再也抵挡不住扑鼻的肉香，纷纷将筷子对准万三蹄。

肥而不腻，咸甜相宜，味道和过年时妈妈用大锅做的红烧蹄髈并无二致。

美食构成了人生记忆不可或缺的一部分，美食就是故乡的白月光。

“太好吃了！我还要吃一块！”平常吃饭不专心的欣宝兴致勃勃地说。

“看来某人回去要研究万三蹄的做法了。”我看着林知逸说。

“爸爸可以向外婆学，外婆做的红烧肉也是这个味道！”欣宝边啃肉边说。

“怎么感觉你遗传了一个江苏胃？”林知逸有些吃醋地说，“作为半个贵州人，没有一点辣妹子的自觉。”

林知逸的表情让我想起上回欣宝的语文试卷，有一题是：你的家乡在哪里？那里有什么特色食物？

“你写的是哪里？”我和林知逸异口同声地问。

“我写的是——”欣宝仿佛知道我们的小心思，故意延迟。过了一会儿才缓缓说：“江苏。”

我瞬间有种江苏队赢了的自豪感。

“那你写的特色食物是什么？”我又问欣宝。

“我写的是黄桥烧饼。”欣宝说。

“欣宝，贵州也有特色食物啊！羊肉粉、乌江鱼，都很好吃。”林知逸极力推销家乡美食。

“那些我记不住，烧饼比较好记。”欣宝说。

原来这次并不以好吃取胜，而是以好记取胜。

“除了巧克力和冰淇淋，这是全世界最好吃的食物！”此刻欣宝吃得津津有味，嫌筷子夹着吃不过瘾，干脆用手抓了一块啃，脸颊沾了几点酱汁，活脱脱一只小花猫。

估计下回要是再考家乡美食的题目，欣宝要写万三蹄了。

在沈厅酒家用完餐，自然要去旁边的沈厅看看旧时的深宅大院。

沈厅并非沈万三所建，由沈万三后裔沈本仁建于清乾隆七年

（1742），至今有近三百年的历史。

沈厅是前厅后堂的建筑格局，有七进五门楼，共一百余间房，门楼和骑马楼轩昂气派。松茂堂是正厅堂，堂内雕梁画栋，悬挂的宫灯上绘制着梅兰竹菊、水乡风光等水墨画。

堂前高达 6.5 米的砖雕门楼在五门楼中最为宏伟，门楼字牌题有“积厚流光”，据说是沈家的家训。门楼上刻有人物、走兽、亭台、楼阁等浮雕，因岁月侵蚀和人为破坏，只留下沧桑的斑痕，有些浮雕已看不真切。

步入九曲沈厅，仿佛误入古代宅斗剧中的大户人家。

遥想古代女子足不出户，现代女子可以游历四方，深觉“放尔千山万水身”远比“庭院深深深几许”洒脱自在多了。

沈厅两侧厢房的墙壁上，是关于沈万三故事的浮雕画，在这里，最为人津津乐道的自然是沈万三颇为传奇的故事。

朱元璋当年修建金陵城墙，国库空虚，沈万三资助了三分之一的费用。此举令满朝文武震动，同时令朱元璋略有不快。沈万三正处春风得意之时，浑然不觉得意正是悲剧开始之际。他提出代替皇上犒赏军队。朱元璋龙颜大怒：你一个平民百姓，竟敢犒赏军队，这不是收买人心吗？于是给沈万三安上图谋造反的罪名，下令诛杀。在众人的谏言和马皇后的求情下，朱元璋才改变圣旨，将沈万三流放到云南。这位人称拥有聚宝盆的江南第一富豪，最终客死他乡，去世百年后遗骨才回到故土。

看着沈厅家宴上逼真的“八大碗”——万三蹄、三味圆、红烧鳝筒、田螺塞肉、红烧鳜鱼、飘香炸金砖、油卜塞肉、农家鳗鲤菜，眼前浮现的却是一个身形佝偻的老人不断回望故乡的画面。纵然云南也有当地美食，最难忘应该是故乡的万三蹄吧？

“这八仙桌上的菜有些像你老家那边逢年过节做的菜。”林知逸说。

“说明现在普通百姓的生活变好了，家宴都赶上当年首富的规格了。”我感慨道。

“这么丰盛的菜，我当时去都没来得及仔细品尝。”

“此话怎讲？”

“有两年跟着你一起回家过年，在最丰盛的两次宴席上，结果都被灌醉了。”

“哈哈，我记得这事儿，一次是在我亲戚家，一次是在我家。”

“那时候我也在吗？”欣宝问。

我和林知逸闻言乐了。

“那时候我和你爸还没结婚，你还不知道在哪儿呢！”我对欣宝说。

那时候，我和林知逸都是北漂青年，过年回家，如果今年选择去我家，明年就选择去他家，两家轮流去。

他第一次跟着我回家过年，我爸爸和他聊天，不可避免提到“什么时候结婚”的话题，顺着这个话题，不可避免提到彩礼，提到买房。

那次他和我一起去远房表哥家做客，席间，表哥说，想要做江苏女婿，首先要过酒量这关。

我没想到，外表斯文的林知逸从容地应对着表哥的一次又一次敬酒，我劝说："少喝点吧。"他摇头说："没事没事。"表哥对他竖大拇指："优秀！酒量关过了就算过了我这关！"

那天林知逸都没怎么吃菜，喝了好几杯白酒。饭后，他陪表哥又聊了两句，说要去洗手间，我带他去楼房后面的厕所。

结果还没走到厕所，他就歪倒在厕所旁的菜地里。

我问他："是不是醉了？"他还说："我没醉。"

我忙喊表哥过来帮忙。表哥将他扶到房间躺下，然后离开，我坐在床前，陪着他。过会儿他说想吐，我扶着他到卫生间。

回来躺好，他握着我的手，流着泪说："大柠，对不起，我都付不起结婚的彩礼。"

"彩礼算什么？彩礼的多少能证明感情的深浅吗？"男儿有泪不轻弹，林知逸很少哭，他流泪让我心疼。

"你跟着我受苦了，也不知道什么时候才买得起房子结得了婚。"

"只要感情好，想结婚随时都可以，跟买不买房没有关系，我又不是非要嫁给蜗牛。"

"但是你的父母在乎这些，我希望有能力让你幸福，让你父母放心。"

"你刚才那一杯又一杯灌酒，不会是借酒浇愁吧？你放心，和你结婚的人是我，不是我父母。"

他沉默了一会儿，对我说："大柠，我会对你好，一辈子对你好。"

听他流着泪说出如此真挚的话语，我的泪水不由顺着脸颊滑落。

"你还记得当时酒后吐真言说的话吗？"站在沈厅家宴前，我问林知逸。

“完全忘记了。是不是丈母娘后来跟我说的，她拿蜂蜜水给我醒酒，我说，这是神仙水吗？怪不得生个神仙女儿。”

“哈哈，这是你第二次在我们那边醉酒说的话。我说的是第一次醉酒。”他第二次醉酒是在我家，是爸爸和叔叔齐上阵的结果。

“记不清了。”

“你必须记得。你说：‘大柠，我会对你好，一辈子对你好。’”

“这事儿不用记得，时间会证明。”

“哟，对自己很有信心嘛！对了，你在我们老家是不是就醉过那两回？”

“一共醉过三回。”

“我怎么就记得两回？”

“还有一回，是你喊我去院子里看月亮，对我说‘今晚的月亮很美’，我就醉倒在你的笑容里了。”

“哈哈，那就是古有唐伯虎三笑姻缘，今有‘笑三少’三醉姻缘。”

旧时光真是个美人，回忆起来仿佛都带着美酒的芬芳。

## 三

清晨在鸟鸣声中醒来。窗外鸟语花香，室内两个人儿发出均匀的呼吸声。

我如此眷恋尘世间的幸福。

灵感翩然而至，机会难得，我决定早起写作。

我刚来到洗手台，准备刷牙洗脸，不料林知逸也来到旁边。

我看了他一眼："这么早起来去拍照啊？"

昨晚临睡前，他就放出"明天早上五点我就起床，去拍整个小镇的桥和青石板路"的豪言。

"当然，要赶在第一拨游客到来前去拍照，这就是住在景区的福利。"他边挤牙膏边说。

林知逸现在已有摄影师起早贪黑的自觉，昨晚十一点，他趁游人散去，专程去拍了周庄的夜景。

"现在几点钟？"我随口问。

"520——"一个"0"，他拐了好几道弯，听起来像告白。

"那时间还早，我写会儿东西再化个妆。你别等我，先去拍风景探路，看哪里拍照好看，再回来接我。"我也挤上牙膏。

这家盥洗室有两个并排的洗手台，我们一人一个。

"以前是同桌的你，现在是同台的你。"

洗完脸，对着镜子涂护肤品时，林知逸说。

只是同在洗手台，却被他说得好像在人生大舞台。

林知逸出去拍照，我透过窗棂望出去：翠生生的藤蔓顺着屋顶攀爬，形成四合院天然的遮阳屏障。藤蔓青翠欲滴，与白墙黛瓦相互映衬，因这肆意张扬的绿，老宅焕发勃勃生机。

我在吧台前坐下，肩披第一缕晨光，打开电脑写作。

我在写一本旅行告白书《见山是山见水是水，见你是全世界》，正写到我和林知逸去英国水上伯顿小镇旅行中的见闻。回忆是天然的滤镜，经过时光沉淀，回望从前的经历，不仅历历如新，还可能比当时写得更好。

英国的水乡与中国的水乡，除开建筑风格不同，行走的人群不同，那种贴近自然的质朴风格是相似的。周庄的清晨如此安静，耳边有小鸟啁啾，心里有清风拂过，在这里写水上伯顿再合适不过。

初升暖阳斜照河岸的二层旧楼，为灰白的墙、朱红的窗笼上一层金色，彼岸的葱茏绿树将河水倒映为墨绿色翡翠，水面尽头的石桥延伸出另一方风景。

这是林知逸镜头下周庄的清晨，温柔得像是一个尘世未及的梦。

林知逸走遍了周庄的青石板路，用相机捕捉的有些画面已有吴冠中水墨画的韵味，应该说，江南水乡的灵气滋养了吴冠中先生的创作才气。

如诗如画的风景，引得我想去画中一探究竟。

欣宝还沉睡在梦乡，我们在她枕边留下电话手表和一张字条，悄悄出门去和周庄约会。

尚不到七点，仅比林知逸晚出门一小时，路上行人已渐渐多了起来。此刻的周庄虽不如方才那般恬静，不过也多了一种生活的气息。

方才空寂的街巷已有行人来来往往，关着门的三毛茶楼已开张营业，寂静的角落已有阿婆在摆摊卖小河虾和鱼干，停泊的船只已穿行在河岸，蓝印花布顶篷呼应着蔚蓝天空。

蓝印花布，第一次在周庄见到是在沈厅，给人亲切温润的熟悉感。

蓝印花布由植物蓝草而染，透着草木天然的清香。于我而言，蓝印花布是“祖母布”，是刻在童年的回忆，因为那是奶奶喜欢穿的颜色。儿时奶奶带我走亲戚，会换上崭新的蓝印花布衣裳，乡间田野便添了几许靛蓝。

此刻，撑一把油纸伞走在周庄的青石板路上，不由想起年少时读过的一首诗：

你的心如小小的寂寞的城，
恰若青石的街道向晚，跫音不响，
三月的春帷不揭，
你的心是小小的窗扉紧掩。
我达达的马蹄是美丽的错误，
我不是归人，
是个过客……

人生如逆旅，我们每个人又何尝不是时间的过客？

但倘若路过之际，我们能把路过的美好记下，人间便会留下许多时间的礼物。

未去江南古镇前，江南水乡于我只有“小桥流水人家”的概念，

暮色笼罩着柳影樱云，夕霞映得水波粼粼，小船优哉游哉，
我们在时光里徜徉。

人生风景那么多，
走着走着就遇到属于自己的风景了，守住那片风景就好。

恰如小桥长久凝望着河水，我也愿一生只凝望着你。

当你把自己像一颗种子一样种在所在之地，你便不会漂泊无依。
我遇见了可以让自己生根发芽的土壤，就是你的心。

灯影迷离，眼前景象让人如同置身盛唐，恍惚在梦中般不真切。

坐落在湖光山色间的徽州民居，如同一幅水墨画卷，惊艳了我的初见。

时间仿佛就此停驻，这片近千年历史的村落，
在时间的洪流中，固守着质朴与宁静。

这世上，最珍贵的东西都是无法用金钱衡量的，

只有有心者才能得之，譬如朝露、晨曦、烟岚、晚霞。

去了以后才发现，每个古镇都有自己的风情。江南六大古镇中，周庄最具水乡气质。

如果说水是水乡的魂，那么桥就是水乡的眼。为什么说“我站在桥上看风景”？站在桥上看的风景是一幅画，人坐在桥上都可以入画，而透过桥洞看风景又是另一种风情。

就像有故事有特色的人容易被记住一样，有故事有特色的桥也容易被记住。

周庄有座桥叫太平桥，桥身被层层叠叠的藤萝环绕，一旁高低错落的民居外围着篱笆，再辅以流水、灰墙、漏窗、草木的点缀，实景阐述了“小桥流水人家”。日本画家桥本心泉曾到周庄写生，以太平桥为题材创作了一幅画——《周庄的某一天》，并送给周庄人民，寄望中日友好相处。

当我坐在太平桥对面南市街的石栏杆上，不仅看到了那幅画的创作原型，还惊喜地看到了“桥中桥”，透过太平桥和桥的倒影形成的圆形桥洞，刚好可以望见另一座石拱桥，依稀还可以望见另一座桥的桥洞外的风景，“桥中桥”让虚实风景叠加，令人不禁想，现实和梦境是否也会叠加？

周庄最有名的桥是双桥，在太平桥附近。双桥由纵横相连的世德桥和永安桥构成，桥面一横一竖，桥洞一方一圆，恰似古代的钥匙，又名“钥匙桥”。周庄当年就是通过这把钥匙走进了著名画家陈逸飞的油画《故乡的回忆》，走向了美国石油大亨哈默的画廊，走向了全世界。

从前的锁也好看
钥匙精美有样子
你锁了，人家就懂了

双桥让我想起木心《从前慢》里的诗句。

圆拱桥世德桥和方孔桥永安桥，像一把同心锁，连在一起就是几生几世，这座双桥真是浪漫！

有意思的是，周庄有双桥，同里有三桥。

因同里距周庄不远，我们仨也去同里走了走三桥。三桥由太平桥、吉利桥和长庆桥组成，每逢婚庆嫁娶，新人们会喜气洋洋地绕行三桥，口中长念："太平吉利长庆！"听着就感觉会有好兆头。

同里原名"富土"，名字太奢侈，宋代有文人将"富土"两字相叠，上去点，下隔断，拆字为"同里"，取名便可见古人智慧。

同里有不少明清建筑，我最喜欢的是退思园，集建筑和园林于一体。园林主人任兰生为官多年，后遭弹劾被罢职还乡，建造了退思园，取《左传》中"进思尽忠，退思补过"之意。

从"富土"到"同里"，从庙堂到退思园，从繁华到寂静，现在的同里有种曲折含蓄的美。

"种树者必培其根，种德者必养其心。"我们坐在退思园的后花园里，一坐就是两个小时，此处确实适合养心，适合虚度时光。

整个花园贴水而建，设计精巧，亭台楼阁、廊坊桥榭均以荷塘为中心，建筑如浮水上，因此园林学家陈从周称退思园为"贴水园"。

没有自然的大山水，有园林的小山水，也能怡然自得。

在花园里闲逛，偶遇动听的名字便觉欣喜，石舫名“闹红一舸”，亭楼名“眠云亭”，水轩名“菰雨生凉”。

我比较喜欢“菰雨生凉”。夏日雨后，主人闲坐亭中，捧一杯清茶，望着氤氲的翠色，身心清凉如洗。想想这番画面就觉得悠闲惬意。

“在这么美的地方待着，什么都不做，都不觉得浪费时间。”我说。

“那你们要好好努力赚钱，将来我们也要有这么好看的花园。”欣宝说。

“我其实想过退休后隐居山水间，有个四合院，院外种竹，院内挖池塘养鱼种荷花。”我说。

“也要养狗养猫，养只柴犬，养只暹罗猫。”欣宝提出自己的诉求。

“到时候动物有地方折腾了，自然可以养。”我说。

“我们的四合院叫什么名字好呢？”欣宝支起下巴思考。

“王维隐居的地方叫辋川别业，沈括隐居的地方叫梦溪园，袁枚隐居的地方叫随园，你觉得我们未来隐居的地方叫什么好？”我给欣宝提供参考。

“那个山间四合院还不知道在哪里呢，你们怎么说得有鼻子有眼，还取起名字来了呢？”林知逸疑惑地问。

“可以先大胆设想嘛！何况取名这事儿也不算早，像沈括取名梦溪园，名字就源于他的一个梦境。他有天梦见清溪花山相映成趣，梦里就好像游历过一般，醒来便开始寻找和梦中相似的地方。后来才有梦溪园，才有《梦溪笔谈》。”我说。

“退思园，梦溪园，都是三个字，我觉得我们的四合院可以叫‘柠逸园’。”欣宝说。

“哈哈，还蛮好听，是大柠和林知逸住的园子吗？”我问。

“我要是去住，可以改成‘柠荷逸’，‘荷花’的‘荷’，带我写诗的笔名‘夏荷’。”欣宝继续道。

“柠荷逸”，嵌入了三个人的名字，关于未来生活的想象让人甚觉美好。

“快日晴窗闲试墨，寒泉古鼎自煮茶”“种竹养鱼安乐法，读书织布吉祥声”，退思园的对联，大致写出了主人隐居后的生活美学。

“希望能有那么一天，我只做两件事：读书和写作。业余时间亲近山水、草木，无聊时听听音乐，学学绘画，练练书法。这样想着，我都对我退休后的生活有所期待了。”我满怀憧憬地说。

“你忘记了一件十分重要的事。”林知逸说。

“什么事？”

“陪我看日落。”

“爱你都深入骨髓了，不需要去想。那你有没有想好退休后的事？”

“每天给你种菜做饭，陪你做你喜欢的事，并用相机记录下来。”

池塘里的锦鲤欢快地游来游去，或许听见了我们关于未来生活的蓝图。

## 四

住在周庄的三日，我和林知逸好似过着神仙眷侣般的日子。

每天早上在花间堂的桔梗餐厅用餐，有我爱吃的豆腐脑，紫菜、虾皮、香菜、葱花、酱油、香油等佐料一应俱全。亲手调一碗，感觉回到了小时候。豆腐细嫩柔软，咸淡适中。在品尝豆腐脑的时候，时光仿佛停留在爸爸送我去上高中的那一天，并未走远。

“今日花间如昨梦，自锄明月种桔梗。”花间堂的对联甚得我心，昨日梦不可追，不妨今日将明月种心间。

在花间堂，我最喜欢花间书苑，从书架上拿本书坐在书苑前的庭院里，任凭时光在书页的章节一点一滴流淌，“窗临桂影琴书阁，人读花间字句香”。

欣宝喜欢在树荫下荡秋千，晃晃悠悠，不厌其烦。

林知逸则喜欢举着相机，记录这人世间难得的悠闲时光。

在周庄住了三日，竟不舍离去，这里莫名让人想要留下来。

神奇的是，以前旅行带着电脑计划写作，多数时候电脑成了行李箱里的摆设，要么没时间写，要么没心境写。这次住在花间堂，每天早上都能起来写上一段文字。

“要是能在这里长居，我相信，大概只需要一个月的时间，我就能写完手上这本书。回到北京，我需要一年时间。”我对林知逸说。

“你写得快，因为旁边就是三毛茶楼。”林知逸说。

我本以为是这里比较安静清闲，毕竟看书需要心情，写作需要闲情。谁知他说因为我们住在三毛茶楼旁边。

我们每天出门，都会从三毛茶楼门前经过，每回经过都有进去喝碗茶的冲动，但总有看起来更重要的事让我未能如愿。

为了不留遗憾，离开周庄的那个早晨，我们办完退房手续，把行李寄存在酒店，便去对面的三毛茶楼小坐了片刻。

点了两盏阿婆茶，我们踩着狭窄的木楼梯上了二楼。

茶楼临河而建，闹中取静，古色古香。墙壁上挂着三张三毛的巨幅照片，照片是三毛分别在苏州、在家里、在南美洲的留影。在南美洲的三毛笑得很洒脱，在家里的三毛面色凝重地望着我。

旅行最神奇的是解放了人的孩子气和好奇心，可以自在地笑，可以毫无顾忌地做自己。

爱情亦然，在爱人面前，也可以纯真得像个孩子。三毛和荷西在一起时创作的文字活力四射，像热情的沙漠。

从前看三毛的书，我十分羡慕她与荷西那种“你吃得多吗？”“不多，不多，以后还可以少吃点”的爱情。没想到后来遇见林知逸，我真正体会到有情饮水饱，两个一穷二白的北漂族，一起吃碗面都觉得格外香。

我不是三毛，我却遇见了我的荷西。

随着吱吱呀呀的声响，一位戴眼镜的银发老人走上楼来，提起红色热水瓶，亲手为我们泡了两盏外婆茶。

想必这位老人就是茶楼主人张寄寒先生了。当年，三毛来到周庄对这里一见如故，亲吻着油菜花和周庄依依惜别。文学青年张寄寒写下《三毛在周庄》的文章，并寄给三毛，三毛回了信。从此两人书信往来，成为笔友。三毛曾在信里说："真好，周庄有你在。"

后来三毛离世，为了纪念三毛，纪念这段友情，张寄寒开了三毛茶楼。三十年光阴转瞬即逝，朝如青丝暮成雪，文学青年张寄寒成了张寄寒老先生。

掀开茶杯盖，茶香清新扑鼻，沁人心脾。翠色茶叶在青花瓷茶杯中舒展身姿，几朵洁白的茉莉花在水面绽放。

氤氲茶香中，我注意到挂在木柱上的几本厚厚的留言簿。

我在最新的留言簿上写下彼时的心情：

三毛昔日周庄游，
春雨霏霏忆乡愁。
临河倚楼思故人，
一壶清茶慰人生。

然后，边喝茶边翻看留言簿，其中有写给三毛的话，有写给自己的话，有写给昔日恋人的话，也有写给故乡的话……

真是神奇，周庄会让人梦回故乡！三毛说这里有家乡的味道，陈逸飞在这里创作了《故乡的回忆》，我在这里也找到了内心的安宁。或许这里有着每个华夏儿女眷恋的风物，流淌着萦绕在每个游子心中的河水，储藏着相似的回忆。

"在一般意义上，家是一种生活；在深刻意义上，家是一种思念。

只有远行者才有对家的殷切思念，因此只有远行者才有深刻意义上的家。”余秋雨先生曾探讨过故乡。小时候我对“故乡”二字的感觉只停留在李白“举头望明月，低头思故乡”的诗里，长大后远离故乡，我终于理解那句简单的诗背后的深意。

“我们每个在外漂泊的人至少拥有两个故乡，一个是出生的地方，一个是长期居住的地方。像我的第一故乡是江苏，你的第一故乡是贵州，我们在北京长期居住了十多年，北京就是我们的第二故乡。”我对林知逸说。

“可是我出生在北京，也居住在北京，但是户口在江苏，爸爸又是贵州人，我的故乡在哪里？”欣宝问。

“那你觉得故乡是什么？”我把问题抛给她思考。

“故乡是家，是爸爸妈妈在的地方。”欣宝不假思索地回答。

故乡是家，是爸爸妈妈在的地方。说得真好。

“休对故人思故国，且将新火试新茶。诗酒趁年华。”林知逸说。

这是苏东坡的《望江南》，词间尽是洒脱。

曾和林知逸探讨过人生意义，他说人生意义无非就是快乐自在地过一生，而我却说人生意义是找到一件喜欢的事并坚持到底。我活得比较用力，他活得比较潇洒。

“那你觉得故乡是什么？”我问林知逸。

“你在哪里，哪里就是故乡。”他毫不犹豫地答，“当你把自己像一颗种子一样种在所在之地，你便不会漂泊无依。我遇见了可以让自己生根发芽的土壤，就是你的心。”

内心温柔的角落，几乎一下就被击中了。

他以前对我说过，如果读大学没有遇见我，大学毕业后，他会回贵州工作。但因为我的关系，毕业后他先是在江苏工作，后来等我快毕业，我说想要去北京追寻文学梦，于是他率先来到北京打拼。

年少时你陪我追寻梦想，年老后我陪你颐养天年。曾经的承诺，我不会忘。

去过许多地方，相比较而言，北京并不适宜居住，生活节奏快，喧嚣嘈杂，但是北京是个可以创造奇迹的地方，只要你朝着自己曾经的梦想坚持不懈，就真的会一步步实现梦想。

三毛说："心若没有栖息的地方，到哪里都是在流浪。"住在北京，窗外是车水马龙、尘世喧嚣，安心的原因大概是林知逸一直陪在身边吧。

北京能安放我的梦想，林知逸能安放我的心。

原来，故乡已经不仅是具体的地方，还是安放心灵的地方，正所谓"此心安处是吾乡"。

在周庄品茶时，有一瞬间我想起曾和我一起品茶的故友。

张寄寒先生以三毛茶馆延续着故友的故乡梦，而我以出版事业延续着故友的文学梦。

# 平行时空的另一个我

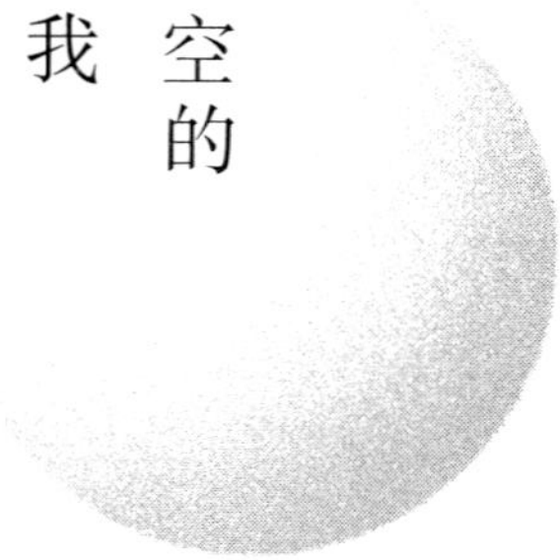

人生本就是一场大梦，短短人生数十年不管如何度过，
辉煌灿烂还是平淡无奇，终归会烟消云散。
但多么庆幸，我这场人生大梦中，你曾经来过。

# 一

我能成为今天的我，是因为在多年以前遇见了她。

我常常想，如果时间能回到 2009 年 5 月 12 日，我跟着她回家，故事的结局会不会不一样。

那个看似寻常的午后，改变了我们的人生。我清楚地记得，那天我们吃完午餐走回办公楼的路上，穿过绿树环绕的小区，她没有像往常那样逗流浪猫，也没有像往常那样谈笑风生。

有人说记忆会随着时间的流逝变淡，时间过去这么久，我也曾以为自己淡忘了，然而那些深藏于心的往事，随时等待机会重新跃出回忆的海平面。过去的十年，我始终没能忘记那个看似寻常的午后。

2019 年 3 月的某天，朋友白音发来微信："十年了，我们想去看看文婷。到时候你有时间可以一起去。"

收到白音微信的那个周末，我去了一趟以前办公的地方。春日迟迟，柳叶初发，办公楼前停着几辆共享单车，让我想起我曾骑自行车载着她穿街过巷，高挑瘦弱的她坐在后座，像孩子一样张开双臂满心欢喜地说着“我在飞”。

我们曾被称为“蝴蝶季双姝”，那是十多年前的往事了。但是当我走进昔日的办公楼，感觉一切仿佛是昨日。

我又想起那个看似寻常的午后。那天我们像往常一样绕着办公楼大厅散步消食，平常我们边散步边聊天，那天她一言不发；平常我们会绕三圈以上，那天只绕了一圈，她就说“上楼吧”。然后我们一同乘坐电梯上楼，电梯里就我们俩。后来的许多年，只要我一个人乘坐那部电梯，就能看到那天的她站在我对面，沉默不语，眼神不知飘向何方。

“好朋友，一辈子。”她眉眼弯弯对我说这句话的样子，忽然浮现在眼前。

忆起她，平行时空的另一个我，回想彼此的承诺，我想起我们在一起的青春，想起那段无法挽回的岁月，想起那个改变了一切的下午。

原来，有些回忆真的无法抹去，会长在我身上跟随我一生。

2019 年 5 月 11 日，我乘坐火车前往文婷的家乡，给她一场迟到十年的告别。

那时候北京的天空高远明亮，我们坐在一家茶馆二楼靠窗的位置，午后的阳光斜照进来，映得她的笑脸盈盈如水。从艳阳高照聊到暮色降临，从《诗经》里的“蒹葭苍苍”聊到海子的“春暖花开”，从项羽的乌骓聊到唐玄宗的照夜白。我们在一起总有聊不完的话题。那是很久以前的往事了，然而，此刻我坐在火车靠窗的位置，望着窗外流动的风景，似乎是刚刚才发生的事。

平旷的田野，青翠的树林，远处的村落，绵延的群山，随着火车的疾驰，窗外的画面一帧帧切换。火车一刻不停地沿着铁轨往前开，一直开到旧时光的深处。

## 二

那年我大学毕业，怀揣一腔热情和两个梦想来到北京。偌大的北京城，男友林知逸是唯一熟悉的存在。

彼时，我立志做个自由作家。白天林知逸上班，我在家写作。晚上林知逸陪我窝在家里追一部轻松韩剧，就是当时全部的乐趣。

我一边写小说，一边将发表过的文章整理成书稿，投给了几家出版社编辑。

那时我们年轻又贫穷，然而，爱和希望战胜了一切。尽管手头紧张，与别人合租，但因为有喜欢的事做，有喜欢的人陪，日子倒过得自得其乐。

直到陆续收到几位编辑的退稿信，我才开始怀疑自己到底适不适合从事文字工作，千万别“自由作家”最后成了“自由坐家”。

我对写作的热情被泼下一盆盆冷水后，初到北京看似灿烂的未来霎时蒙上一片迷雾。

我停下笔，点开某文学网站的个人专栏，看着作者简介里“读大学时发表过三百多篇文章，累计一百万字”，自嘲道：“别以为你发表过很多文章就拿到了缪斯女神殿堂的入场券，可能你连给缪斯女神提鞋的资格都没有！”

理想很丰满，现实很骨感。失去创作热情的我，在文学网站四处闲逛。有一天，我逛到了一个私家花园：沈文婷的文字乐园。

我曾尝试过在街头没有目的地行走和闲坐，虽然我更喜欢把那些时间花费在写字上，但我以为我的长发会需要这样的散心。它们需要看看阳光，见见风，它们不该和我一样地灰色与暗淡。而我能为它们做的，也仅仅如此，看风来，看风去，看我的长发轻轻飞舞。

——沈文婷《看长发飞舞》

我也喜欢一头如水的长发，我也尝试过在街头没有目的地行走和闲坐，只是，我没想过行走时我的长发也在散心。沈文婷细腻诗意的文字，连同她轻轻飞舞的长发，悄然飘进我的心里。

于是，我滋生了想要与她相识的念头。念头一起，挥之不去。索性顺着专栏留的联系方式加了她。

“我始终相信第六感的存在，不是存在于某个特别的人身上，而是存在于每一个有心人的感知里。”和文婷说的一样，我也相信第六感。我们刚交流不久，第六感就告诉我，我们是同类。

我们同是漂在北京的文学爱好者，相谈甚欢，相约有机会一定要见面。缘分有时候很奇妙，提及见面，才发现我们竟然距离如此近：我住的地方与她工作的地方，只需步行十分钟。

聊着聊着便知道了她的职业，爱写作的她从事着一份图书编辑的工作，创建了一个叫“格子部落”的青春文学品牌。

仿佛溺水的人抓住一根救命稻草，我尝试将被拒的三本书稿投给她。或许是之前遭受的打击太多，此次我并没抱任何希望。

那是个稀松平常的夏日清晨，林知逸和往常一样亲吻了我的额头，然后出门去上班。我在床上赖了一会儿，爬起来打开笔记本电脑，登录 QQ。

文婷的头像在闪烁，我小心翼翼地点开。

“大柠，我很喜欢你的文字，我想做你的书，你的三本书我都想签下来。”

一句话震飞了所有瞌睡虫，我难以置信地盯着屏幕，窗外清脆的鸟鸣混着辚辚的车声，宛如和谐的乐章般悦耳动听。

我拉开窗帘，阳光照亮了屋内的衣柜、双人床、我和林知逸的拖鞋、写字桌，还有电脑屏幕上的文字。

我又将屏幕上的字看了一遍，那些字如同清晨的阳光，照进我的心里，我的整个世界明媚起来。

## 三

文婷约我去签著作权合同。我走在车水马龙的街头，身披夜色，边走边唱。十分钟的路程，像在走红地毯，走的每一步，都晃动着星空。因为，路的那头，缪斯女神的使者沈文婷会递给我一把通往文学殿堂的钥匙。

女神的使者降落人间，也要食人间烟火，我们约在她单位附近的一家餐厅见面。

餐厅里坐满了人，环视一圈，一个长发女孩独坐在靠窗的桌旁，安静得似乎与周遭环境格格不入。她正低头看书，黛色锦缎般的长发垂在脸侧，看不清容颜。

是她！尽管素未谋面，但我还是那般笃定，那个低头的长发女孩就是文婷。

不过，为了以防万一，担心认错人比较尴尬，我拨通了她的电话。

果然，长发女孩桌上的手机响起来，她接起电话："喂——"

温柔动听的声音在面前和听筒里同时响起，我也说了句："喂。"

我俩竟然用的是同款手机，刚上市的橙色索爱 W800c，有 Walkman 功能，爱音乐之人的福音。

长发女孩抬起头，我俩的目光在空中相遇，她嫣然一笑，如水的眸子令餐厅益发亮堂。

我在她对面坐下："沈老师好。"

"沈老师把我叫老了，叫我文婷就好。"她嘴角微扬，温柔的笑让我倍感亲切。

"沈老师……哦，不，文婷，你的名字真好听，我觉得你是典型的'名如其人'。就像一位读者说的那样，文章锦绣人称羡，'婷婷玉立'若天仙。我觉得你就像仙女似的。"

这不是恭维话，眼前的她纤瘦高挑，长发及腰，清丽可人，袅袅娉娉，宛如《诗经》里走出来的古典女子：“蒹葭苍苍，白露为霜，所谓伊人，在水一方。”

她笑了起来：“还仙女呢！我哥倒是说过，你这么瘦，信不信我一口仙气就能把你吹得飘起来？”

“你哥也是个妙人。”我说。

“他确实妙，他说他是医生里写文章最好的，也是作者里最会动手术的。”提起哥哥，她面露些许崇拜之色。

我有点羡慕，作为家中长女的我，自小要照顾弟妹，很是羡慕被哥哥宠大的人生。

“文婷，你的名字不会是你哥给你取的吧？”

“我自己取的。我第一份工作在沈阳，沈阳相当于我的第二故乡，我又喜欢写文章，就取了这个名字。”

“咱们这一聊天就刹不住车，你等我等饿了吧……”

“是有点饿。你点餐，我请客。”她说。

“别啊！你给我出书，我感谢你还来不及，理应我请客才对！”

“那这样，这次我请客，下次你拿了稿费再请客。”

听起来好像有点道理，我接受了她的建议。

席间，文婷提及沈阳的海鲜好吃，提及作者白音的文字美得像诗，提及过两天她要去弘德家园看望那里的孩子。

“我很喜欢和孩子们在一起，如果我不做图书编辑，我想开家幼儿园，每天陪孩子们玩倒也有趣。”她说这句话时神采飞扬，眼中星光闪烁。

“是不是开像《窗边的小豆豆》里面巴学园那样的幼儿园？每个孩子都可以追随天性，发现自己的兴趣所在。”

“对啊。做个像小林校长那样的人，是多么棒！他会根据每个孩子的个性因材施教，经常鼓励孩子们。”

“你现在就是小林校长那样的人啊！只不过他教的是小孩子，你教的是爱写作的大孩子。他在学校的课堂教书育人，你在文学的课堂教书育人。而且，你不也是根据每个作者的风格量身定制吗？还经常鼓励我。”

“说得我现在好像在从事一项很伟大的工作一样。”她笑道。

“确实很伟大，至少点亮了我的文学梦想。”这是真心话。

…………

餐毕，她从随身携带的包里拿出一沓纸，摆在我面前：“签完字，你就是‘格子部落’的成员啦，我们以后一起爬格子。”

翻阅三份著作权合同，美好的未来在我面前铺展开。

“你放心，条款我都帮你把关好了，不是卖身契，放心签。”

签给她我当然放心，我只是第一次看到著作权合同太过激动，才将合同翻了又翻。

我在合同最后一页的甲方位置，格外认真地签下自己的本名，旁边的乙方签字代表是文婷的本名。

没见她之前，我还以为沈文婷是她的本名。

大概热爱写作的人都喜欢给自己取个笔名，好在创作的时候以观察者的视角，与真实世界保持一定距离，反而可以将真实世界表达得更客观。

“你看，我俩的名字写在一起，好像有种私定终身的感觉。”我指着合同落款对她说。

“那就私定终身。好朋友，一辈子。”她笑得眉眼弯弯。

虽是初见，却如故知。一见面，便许下了一辈子的承诺。沉甸甸的，却让人觉得温暖踏实。

走出餐厅，文婷说要回办公室拿份稿子带回家看，问我想不想去她办公室参观。我欣然同往。

她的办公室位于一栋老旧公寓的一楼，已是晚上九点，办公室里空无一人。

和我想象中的编辑部办公室不太一样，屋子里没有一整面墙的书架，只有一个小书架，上面摆着时下畅销的青春文学以及这家公司出版的书。

办公区是极为寻常的格子间，却因为是托起文学爱好者梦想的地方，甚至有可能是未来作家的摇篮，在我眼中并不寻常。

文婷带我来到她的办公桌前，拿起桌上两张封面打样，问我：“不一样的纸打样，看看哪个更好看。”

我仔细辨别，然后指着其中一张说：“这张吧，这张更有质感。”

“不错嘛！审美和我一致。”她赞许地说。

“我都有些期待我的书的封面了。”

“别着急，几个月后，我们的书孩子就会诞生。”

我笑了，倘若刚才签合同是作者和编辑私定终身，图书出版岂不就是孩子出生？

她将一摞稿子捧在怀中，对我说："走吧。我回家继续奋战。"

"回家还要工作，辛苦吗？"我问她。

"不辛苦。就像你写作，要是熬夜写作，你会觉得辛苦吗？"

"不辛苦。写作本身就是快乐。"

"这就对了。只要是自己喜欢做的事，就不觉得辛苦。"

我们边走边聊，走出老旧公寓，穿过一条街道，来到十字路口。

北京初秋的夜晚，天气不冷不热，吹过来的风带着某种食物的香甜。

我们站在路边等红灯，车辆从我们身边经过，文婷手中抱着书稿，我的手放在包上，生怕谁要抢走我的包一样。我的包并不珍贵，珍贵的是包里面的合同，那可是通往缪斯女神殿堂的入场券。

红灯变绿灯，我们肩并肩过马路。走到马路对面，文婷忽然将手中的书稿往我怀里一塞："你等我一下。"说完，甩着她如锦缎般的长发，走到旁边排队的人群中。

"栗满秋"，我抬头看了看这家店铺的招牌。原来是糖炒栗子，难怪在马路对面就有香甜的气息传来。

等了一会儿，文婷拿着两包栗子走过来，想要将其中一包给我，才发现我怀里已被稿子占满。她说："我得回去找店家要两个袋子，不然我根本没法拿回家。"说完，又去找"栗满秋"店小二。

回来时，她手上多了两个塑料袋。我帮她将书稿装进塑料袋，她将一包板栗放入另一个塑料袋，递给我："我留一袋带回去给小D。这袋给你。"

"你自己留着吃吧。"我说。

“别客气,就是买给你尝尝的。我每次下班回家都会经过这家店，每次都会被香味诱惑，下班早排队的人太多，打消了买栗子的想法。刚才看排队的人少赶紧去买，要知道，这家店的糖炒栗子可是我在北京吃过最好吃的。”

我不再推托，领了她的好意。

后来的很多年，我去过许多地方，吃过许多店的糖炒栗子，可偏偏没有一家店的糖炒栗子比这家店的更香甜。

“栗满秋”的栗子，不仅是北京异乡人初秋的甜，也是往后余生回忆的甜。

## 四

吃过文婷送的糖炒栗子，在北京的日子也变得甜蜜起来，不仅因为林知逸的陪伴，还因为陆续有好事发生：文婷和我签了三本书后，另两本书的选题分别在金城出版社和现代出版社通过。

我还记得，不久前的某个夜晚，我对林知逸说：“不管我适不适合当作家，我都希望有生之年能出一本书，算是圆了我的作家梦。哪怕只出一本，哪怕不要稿费，我都会心满意足。”

可见，当时收到退稿信的我是多么沮丧，对自己能否出书这件事是多么绝望。

然而，遇见文婷后，好事接连发生，未来充满希望。

我曾问她：“你为什么要给我出书呢？”

她说：“虽然你的作品不是架构宏大、人物众多，不是文字华丽优美似绫罗锦缎，不是情节跌宕起伏扣人心弦，但是你的可贵之处在于，人物幽默风趣，文字平实动人，故事贴近生活，总能写到人心里去，不同于那些无病呻吟耍花枪的所谓青春文学。”

“……”这到底是在说我的不足还是在夸我？

“你适合为生活而书,看似简单却自有智慧。生活是最好的老师，用心体验生活，为生活而写，你会越写越好。”

原来，世界上竟有一个人对你如此有信心，相信你有才华，比你自己还要相信。

高山流水遇知音，我不是俞伯牙，却遇见了我的钟子期。

在家专注创作的那段时光有苦也有乐，乐的是可以自由安排时间，做自己想做的事；苦的是灵感不来，写的东西始终达不到自己满意的水准。

尤其是在看了名家写的作品，再回头看自己的作品，都开始怀疑：我写这些到底有什么意义？

文婷却告诉我：“记录即意义，为生活而写，本身就是意义。”

很久以后，我在加西亚·马尔克斯的自传《活着为了讲述》里看到他说：“生活不是我们活过的日子，而是我们记住的日子，我们为了讲述而在记忆中重现的日子。”

纵然我的人生阅历不如大作家那般丰富，记录平凡人生活中难以忘却的日子，或许如文婷所说，记录本身就是意义。

不过，我妈妈不太在乎写作的意义，她关注的是现实的意义。

妈妈再次打来电话，问我有没有找到工作。

我和她强调：“我不用找工作，写作就是我的工作。”

“没有五险一金，没有固定单位，你这算哪门子的工作？”

“我能用稿费养活我自己，怎么不算工作？”我和她理论。

“你目前只是勉强够维持生计，将来要买房，要结婚生子，你不找工作，等着从天上掉馅饼吗？再说了，你就能保证，你能一直写下去？”

我被问住了。我不能保证，我能一直有东西可写；更不能保证，我写的东西让自己满意。连海明威都说创作顺利需要运气，我敢不敢和命运赌运气？

“听我说大柠，你还是要找一份相对稳定的工作，写作这件事，当爱好可以，当成工作，不行！”母亲大人三令五申并一再强调稳定工作的重要性。

妈妈挂了电话，我来到阳台上，望着窗外三环路上来来往往的车辆，思虑起自己的未来。

坚持写作这件事我不担心，从高一发表第一篇文章开始，我就决意终身侍奉文字，笔耕不辍。但我担心的是，我的创作水准不稳定；担心的是，仅仅靠写作不能让自己和家人过上理想中的生活。

如果能找一份工作用来谋生，把写作这件事只当成爱好，不对写作这件事抱有任何期望，会不会反而更有利于我创作出相对满意的作品？因为那样的写作更纯粹，更贴近初心，不带有丝毫功利色彩。

然而，该找怎样的一份工作，既可以发挥我的文字特长，又不至于磨灭我对写作的热情呢？

左思右想，仍然没思考出个头绪来。最初刚到北京想过做杂志编辑，也想过做网站编辑，去过两三家企业面试，兴趣都不大。我最大的兴趣在读书写作，做自由作家，可以将宝贵的时间投到自己最喜欢的事情上。想法是好的，现实却是：囿于写作的能力、作者的知名度等客观因素，我在北京仅仅够养活自己，如果我只靠写作，将来我能否养活自己都未可知。

“在忙吗？”这时，文婷的头像欢快地闪烁。

“对沈姐姐，我永远不忙。”我敲下这行字。

“我就喜欢你这甜甜的话。言归正传，你想不想参与自己书的策划？”

“好啊，需要我做什么，沈姐姐尽管说。”

“我在给你约封面设计师，需要提供封面文案，作者比较了解自己的作品，你可以写一版给我看看。”

“没问题！”我欣然应允。

我去当当网翻看了一些同类书的封面文案，大致了解了下封面文案为何物，便开始为自己的书写封面文案。

老实说，写完文案我并没有抱什么希望，对于第一次尝试的事并没信心。

孰料，将文案发给文婷，她给我发了个点赞的表情：“文案写得不错嘛！一点就通，你简直是天生做图书编辑的料！”

我犹如在黑暗漫长的隧道中独自穿行的人，忽然看到前方亮起一盏灯。

正是“踏破铁鞋无觅处，得来全不费工夫”，近期寻寻觅觅无果的答案自己浮上水面。

我喜欢与书为伴，又喜欢写作，还有什么工作比做图书编辑更适合我呢？想想工作内容是堂而皇之地看小说，就倍感幸福。何况，做图书编辑的意义还在于圆梦，圆写作者的文学梦。倘若不是遇见文婷，我还不知猴年马月才会出书。她能帮我圆梦，我也可以像文婷一样，帮文学爱好者圆梦，这不是一件很有意义的事吗？

有人说，每一个念头都是一个小宇宙。一念心动，激发了我身体内关于职业梦想的小宇宙。

## 五

只是，寻梦的过程并不容易。

“你读的不是相关专业”“你没有相关工作经验”“你看起来太活泼，可能坐不住”……

种种理由，都是出版公司拒绝我的原因。

投简历，等通知，面试，被拒绝。起初的三个月，屡次被拒，找工作毫无进展，有种挫败感。

我对林知逸说：“文婷说我是天生做图书编辑的料，莫非是废料？”

“怎么会呢？”

我以为他会安慰我，谁知他却说：“再不济，你也是做图书编辑的边角料。”

“……”生活真是让人很绝望啊！

转述给文婷听，她说：“哪有？你明明是天生做图书编辑的好材料！”

文婷的话像是一个信念，不仅让初闯北京的女孩变得无畏无惧，也像一座灯塔照耀着女孩的职场生涯。

尽管起初未能如愿做图书编辑，从市场企划助理做起；尽管遭遇过作者的背叛，承受过一些流言蜚语；尽管故人远去，在拥挤的城市变得孤独……但自始至终，我没有放弃对优秀作者和图书事业的热爱。

如今，我已经在出版圈度过了两个“七年之痒”，也始终没有忘记当初那个引领我走上这条路的摆渡人。

十多年的职业生涯，最难忘的莫过于和文婷一起共事的那两年。

能与文婷共事，缘于我的一次倾诉。常常，生活中遇到什么苦楚我第一个想到的人就是文婷，因为她曾对我说过：“大柠，你有什么不愉快尽管跟我说，我愿意做你的垃圾桶。”

这世界愿意和你共享快乐的人很多，愿意与你共担烦恼的人很少。

去文婷就职的出版社前，我在一家图书公司做编辑。公司高管动荡，我从编辑部转到营销部，又从营销部转回编辑部。然而，转回编辑部后，老板不让我做青春文学产品线，说青春文学产品线某同事做得更好。

当时的我喜欢做青春文学，加上公司人事复杂，我开始犹豫要不要跳槽。

跟文婷说了我的困境后，她给我出谋划策，说她所在的出版社以前都是做人物传记的，现在编辑部总监有意开辟一条青春文学类产品线，问我有没有兴趣。我当即表示出浓厚兴趣，一方面我本身对做青春文学书感兴趣，另一方面我也想证明自己能做好青春文学书。

虽然开辟新的产品线有风险，对我来说挑战很大，但我还是去面试了。

那天面试完，我是哼着小曲走向公交车站的，脚步轻盈得快要飞起来。我如此愉悦，不仅因为那天面试很顺利，编辑部总监说我随时可以入职，还因为我和文婷即将成为同事！我们可以每天在一起工作，每天在一起吃饭，每天在一起谈天说地。

我们一起为青春文学产品线想品牌名，“书女坊”“水晶殿”“蝴蝶季”……我们想了很多名字，最后选定“蝴蝶季”。

“蝴蝶季”这个名字是文婷取的，她说：“青春文学以言情小说为主，言情小说是每个女孩的梦，我们做言情小说就是给女孩子看一个个缤纷绚烂的梦，享受现实生活之外的那份美好。”

古有庄周梦蝶，刘若英又唱过：“我们相爱那一季，梦里蝴蝶翩然舞起。”专注做言情小说的女性阅读品牌，致力于为每个有梦的女孩传递梦想的品牌，叫“蝴蝶季”再合适不过。

“蝴蝶季”这个品牌诞生了，作为图书策划人的我，和身为营销总监的文婷，开始并肩作战。

“和喜欢的人并肩作战，才不负年少青春。”后来看到这句话，不由想起我们并肩作战的那段时光。

当时出版圈已有几家成熟的女性阅读品牌，“蝴蝶季”作为一个新的图书品牌，想要突出重围并不易。我最初策划的两本书不算大卖，但公司也没亏本，在我策划第三本书的时候，我打算把该作者的所有作品都签下来，但老总觉得太冒险。

文婷挺身而出，帮我一起说服老总，列举该作者和市场上同类作者相比有何优势。在我俩轮番的唇枪舌剑下，老总最终同意了。后来那个作者在我们的联手打造下，书的销量很不错。

就这样，“蝴蝶季”在我们俩的共同努力下，仅仅一年半时间就成为业内最具口碑和影响力的女性阅读品牌之一。

现在想想，我们在给作者和读者圆梦的同时，何尝不是在给自己圆梦？圆一个图书出版人的梦，圆一个为别人造梦的梦，圆一个少女时代的梦。

我们把“蝴蝶季”当孩子一样孕育，我们都感觉彼此更像创业者，对这个品牌付出了全部心力。

## 六

都说同行相轻，我和文婷却是同行相亲。我们是最好的朋友，也是相处融洽的同事，我们打破了“好朋友不能做同事”的魔咒。

我们不仅是工作上的好搭档，写作路上的同伴，我们也是生活中的知己。

我们介绍彼此的好朋友给对方认识。因为她，我认识了她的蓝颜知己白音；因为我，她认识了我的好闺密叶萱。

我们除了不共享男朋友，我们共享彼此生活中的一切。

文婷的男友叫小 D，他们相恋两年后，在七夕那天领了结婚证。

领证后，小 D 很腻歪地对她说："以后我得叫你老婆了吧？"

文婷立刻跳开："我对'老'字过敏，你叫我小老婆就好。在中国任何朝代都是老婆最含辛茹苦，小老婆最吃香，我才不傻呢。"

当天晚上，趁着小 D 沐浴更衣的时候，文婷一直忙着跟妈妈、嫂子、小侄女打电话。趁着文婷沐浴更衣的时候，小 D 很风情地把床铺整理一番，却又装出很随意的样子斜斜地靠在床头看电视。见文婷从浴室出来，他更是漫不经心地说："来，陪我看会儿电视。"

文婷很是了解他的小把戏，却又假装看不出来地走过去，把他的胳膊高度调整了又调整，找个最舒服的姿势躺下去……

第二天，文婷睁开眼睛的时候，小 D 已经醒了，很友好地跟她说："老婆，早。"

文婷也很温柔地问候道："昨晚发生什么了？"

只见小 D 收起笑容，气哼哼地起了身："还好意思问，两分钟没到就睡得跟猪一样！没道德！"

文婷绘声绘色地给我讲述她的洞房花烛夜，我笑得前仰后合。

那时，文婷和小 D 已买了自己的房子。我和林知逸还没结婚，依然租着房。

有次房东收房租的前一天，说第二天要来检查。为了应付检查，我和林知逸临时抱佛脚，打扫客厅、厨房，卧室房东一般不看，我们没收拾。

结果问题偏偏出在卧室，家里没有书柜，我看完书会随手扔在书桌上，越扔越多，后来垒成了一座书山。那天晚上，书山倒了，我从睡梦中惊醒时，还以为地震了。

与文婷说起此事，她笑道："你家的书放不下，可以放我家，我不介意。"

"真羡慕你，可以拥有自己的房子。"

"伍尔芙不是提倡，从事写作的女人要拥有一个属于自己的房间吗？你想想，未来不用被房东催着收房租，不用和别人合租，有一个写作的独立空间，是不是很有努力工作的动力呢？"文婷热情洋溢地说。

"被你说得浑身充满了能量，好像明天我就买得起房。"

"也不是不可能。如果你到时候差钱，我可以借你。"

"你不是刚装修，每个月要还房贷，压力也很大。"我不太好意思向别人借钱。

"傻瓜，我不还赚着钱吗？我白天努力工作，晚上给杂志和出版社写稿，年底应该能拿到一笔稿费和奖金。如果年底没什么奖金，我借你两万；如果年底拿到奖金，我借你四万。"她很爽快地说道。

曾经，我看到过这么一句话："如果你想失去朋友，请向他借钱。"

言外之意是，在金钱的考验下，友情就不那么牢固了。照这么说的话，我们的感情简直固若金汤。在我没有向文婷借钱时，她已经决定借钱给我。

文婷言出必行，那年年底，她拿到四万元年终奖后，当天就把热乎乎的奖金借给了我。

因此，我才可以顺利地和房产中介签订购房合同，付了房子首付，拥有了自己的房子。

为了庆祝终于拥有一个属于自己的房间，又恰逢闺密叶萱来京，我请客，叫上文婷，三个人一起去全聚德吃烤鸭。

饭后我们去 KTV 唱歌，文婷点的都是刘若英的歌。

文婷说自己爱唱歌，但唱歌容易跑调，拉着我合唱《后来》。

后来，每次听到这首《后来》，我总会想起我们并肩坐在 KTV 的包厢里，唱《后来》的模样。我们唱过的歌，总是会在回忆里低声吟唱。

回忆这东西真是好得让人心生柔软，有了它，我才知道自己拥有过多少幸福。

——沈文婷

回首过往，总觉我们的感情是那么纯真美好。

我们被称为“蝴蝶季双姝”，甚至我们拍合照时，文婷会说：“如果按夫妻相的规律来分析，我们俩肯定快姐妹相了。”

文婷，我们虽不是姐妹，却胜似姐妹。我们是此生为彼此选的亲人。

我以为我们能一起走一生，没想到你只陪我走了一程。

## 七

“各位旅客，本次列车即将到达营口东站，请下车的旅客提前做好准备。”

广播里传来乘务员的到站提醒，回忆的列车尚未靠站，现实中乘坐的列车已停靠在文婷家乡的火车站。

我拖着行李箱，一瘸一拐地下了高铁。

在北京站上高铁前我不小心崴了脚，从过街天桥下楼梯时，我把行李箱放在侧面的斜坡上，本打算省点力气，谁知行李箱滑轮滑太快，我的脚步没跟上，脚一下子崴到了，脚踝处传来钻心的疼痛。要是搁在往常，我一定会第一时间发消息给林知逸，让他过来送我去医院看看。但这次不同，朋友们都约好今天聚首，明天早上一起去看文婷。我不能对朋友们失约，尤其不能对文婷失约。忍住剧痛，我一瘸一拐地上了高铁，抹了随身带的跌打损伤药膏。我和白音说了崴脚的情况，他说到站后来接我。

我站在月台上，望着悠长铁轨外的青山，想到文婷可能就在这青山之间，强烈的思念蓦地袭来，不觉潸然泪下。

身后的高铁呼啸而去，一如一去不复返的年华。

我擦干眼泪，一瘸一拐地走向出站口。

崴了脚上楼梯极不方便，我每挪一步，就把行李箱提上一个台阶。

“我来帮你吧。”话音未落，一个男生就从我手中拎过行李箱，身手敏捷地几步就提到了上面。

我一边道谢一边龟速移动。

刷票出站，白音已等在那里，他身旁站着一位看似熟悉又陌生的女子。

白音接过行李箱，问我：“脚没事吧？”

“没事。就是崴着了，有点疼。”我轻描淡写地说。

“晚上让马哥给你看看，他是位很牛的医生。”那位女子说。

“哦，忘介绍了。”白音给我们介绍，“这是桑迪，文婷的发小；这是大柠，文婷在北京的好友。”

“原来文婷写的桑迪就是你啊！”

“原来文婷老提的大柠就是你啊！”

将名字和真人对号入座后，我们相视一笑，相互拥抱。我们十分默契地在对方的背上轻拍了两下，像是无声的安慰。

我们一起上了出租车，白音坐副驾驶座，我和桑迪坐后座。

“我怎么觉得你长得和文婷有点像啊？”桑迪身材高挑，扎着高马尾，和扎马尾的文婷有几分相似。

“老白见到我也这么说。”桑迪说，“可能两个人在一起时间久了就会长得像吧，毕竟我和文婷是从小玩到大的闺密。文婷去北京前，我和她一直在一起。”

“当初文婷问我要不要去北京，还是我鼓励她去的。”前座的白音说。

“她是去了北京，可是没能回来……”桑迪的声音变得低沉，仿佛下一秒就要哭出来。

“大家都到了吧？”我转移话题。

“老郎、老王和老普都到了，小诺还在路上，晚上才到。”白音回答。

“老郎和老王也是刚到，去酒店放行李了，老普提前去凯伦占位了。”桑迪补充道，“凯伦就是文婷以前最喜欢去的咖啡馆。”

车窗外的梧桐树和店铺唰唰闪过，这些风景以前都曾在文婷的眼睛里停留过吗？

十年过去，这些风景有没有发生变化？

时光匆匆，白音成了老白，王老师成了老王，普罗米修斯成了老普。我们都老了。文婷，只有你的青春永不消逝。

去酒店办了入住手续，放下行李。桑迪说晚上马哥会请我们吃大餐，要留着肚子，先带我们几个吃了简餐，然后去凯伦咖啡馆和老普会合。

这是一家装修精致的咖啡馆，桑迪搀扶着我上了二楼。

“那是我和文婷喜欢坐的位置，她总是坐在最里面。”桑迪指着左手边临窗的卡座说。

“文婷喜欢坐在这里吗？我要体验一下。”老普指着他对面的位置问。

“对。”桑迪点头。

“你先体验，体验完了，我也想体验。”我说。

“坐在这里视野最好，既可以欣赏窗外的风景，咖啡馆有人过来也会看到。这样比较有安全感。”老普坐在文婷从前爱坐的位置上点评。

老普回到他先前的座位上，把文婷的专属座位让给我体验。

和煦的阳光洒进来，咖啡馆的座位似乎氤氲着时光的温柔。

落座后，我撑着下巴，望着窗外宽阔的马路、穿行的车辆、葱茏的绿树……世界看起来一切如常，却又好像发生了本质的变化。

感受着文婷曾经感受过的风景，我想起某年某月某日，我和她坐在茶馆二楼靠窗的位置，午后的阳光斜照进来，映得她的笑脸盈盈如水。从艳阳高照聊到暮色降临，从《诗经》里的“蒹葭苍苍”聊到海子的“春暖花开”，从项羽的乌骓聊到唐玄宗的照夜白。我们在一起总有聊不完的话题。

时过境迁，笑脸盈盈如水的她再也无法坐在我对面与我侃侃而谈了。

阳光忽然变得炽烈，刺痛了我的双眼。我微微仰起头，把将要滑落眼眶的泪水收回去。

天南海北，千里万里，翻山越岭，漂洋过海，只为了去那个位置坐坐，怀念一个故人。

“十年了，还有这么多朋友记得她，文婷活得值了。”老王说。

老王是文婷在文学论坛认识的文友，也是推荐她加入作家协会的哥哥，他这次从吉林赶来。

“还有很多呢，有朋友因为太忙赶不过来。我在新浪也时常收到一些人给我发的消息，说想文婷。”白音说。

“是啊！我们都想文婷。我当时混风格论坛时还追过文婷，不过她拒绝了我，说做哥们就好。”老普说，“后来，她选择了小 D，我就彻底没戏了。”

老普也是文婷在文学论坛认识的文友，他一直在美国生活，我听文婷说过，她有个在美国工作的朋友。他这次从美国飞来。

“想想那时候真好，并不是因为时光回不去了，而是因为那时候充满一腔热情。对文字的热情，对生活的热情，对未来的热情，反正有很多热情。”白音说。

“现在我已经没有了当年的激情，当年在风格论坛，还写文帮她骂过人。”老王说。

遥远的路程昨日的梦以及远去的笑声
再次地见面我们又历经了多少的路程
不再是旧日熟悉的我有着旧日狂热的梦
也不是旧日熟悉的你有着依然的笑容
流水它带走光阴的故事改变了我们
就在那多愁善感而初次回忆的青春
…………

咖啡馆里忽然响起罗大佑《光阴的故事》，一下击中在座的每个人。

大家没有说话，默默听着这首歌，我看到白音的眼眶红了。

我们这次不怕路途遥远相聚在一起，不仅是怀念共同的好友文婷，也是缅怀我们逝去的青葱岁月。

## 八

晚上，马哥做东，请大家在本地一家口碑不错的烧烤店吃饭。

见到马哥，才知道他居然是文婷时常提到的哥哥，那个妙人，医生里写文章最好的，也是作者里最会动手术的。

原先我以为是亲哥，再不济也是堂哥表哥，没想到只是因为投缘今生相认的哥哥。

“不是亲哥，胜似亲哥。文婷当初要去北京，割舍不了家里，毕竟她爸爸那会儿刚中风瘫痪在床。我就跟她说，你放心去追梦吧，家里有我呢！给她爸爸安排住院，找人照顾她爸爸，都是我一手操办。”马哥说。

“您对文婷太好了！”我感慨。

“马哥人特别好,对我也很好,遇到什么事都是他关照。”桑迪说。

“这有什么？遇见就是缘分。”马哥举起茶杯说，“我待会儿要开车回家，以茶代酒，欢迎大家来到这里，也感谢文婷让我们相识。”

大家互相碰杯，喝酒的喝酒，喝茶的喝茶。

“喝完这杯茶，大家以后就是一家人了。”马哥说完，将杯中茶一饮而尽。

“因为我们每个人身上都带有文婷的记忆，所以是一家人。”白音说。

席间，大家聊聊彼此的工作，聊聊最近的新闻，聊着聊着，不经意间还是聊到了文婷。

“文婷特别温柔，有种古典美，一头长发太招人喜欢了，当初我看到她的照片基本对她一见钟情。我当时差点为她辞掉美国的工作，回国来创业。她说：‘做哥们儿，你来，我欢迎；谈对象，没门儿！’她就那么毫不留情地拒绝了我。”老普有些遗憾地说。

“你怎么能对文婷有非分之想呢？文婷柔柔弱弱的，让人本能地有种保护欲。她在我眼中就是妹妹。”老王对老普说。

“文婷在我眼中像个知心姐姐，不但指导我写作，生活中有烦恼也可以对她倾诉。”小诺说。

“文婷是我亦师亦友的闺密，是出版我第一本书的伯乐，也是引领我走进出版圈的伯乐。她是我的神仙姐姐。”我说。

对我而言，文婷宛如下凡的仙女，手握一根神奇的魔法棒，点亮我被生活摁灭的一盏盏梦想之灯。

“文婷就跟我亲妹妹没两样。她从小身体单薄，跟林黛玉似的，好像风一吹就倒。”马哥说。

“文婷是早产儿，她刚出生时都没哭，家人以为养不活了，把她装进木箱子，结果钉箱子时，她忽然哇的一声哭了。文婷跟我说过，她的命是捡来的。”桑迪说。

“唉，她命薄，就不该结婚，更不该在七夕领证。”马哥扼腕叹息。

每个人都带着关于文婷的不同回忆，都有我所不了解的文婷的侧面，我渐渐拼凑起关于文婷更立体的人物拼图。

马哥坐在我旁边，我和他聊得比较多。

不可避免地，我们还是聊到了彼此最不愿触碰的话题。

文婷最后一次回北京前在家乡养病，待了两个月，我对这两个月发生的事一直很好奇。因为，回去后的文婷像是变了一个人。

“文婷当时说生病了，北京各大医院查不出病因，回来养病，回来后也没怎么发作。她说可能是在北京工作压力大导致的。她回北京的前一天，来医院找我。当时我刚完成一台手术，我穿着白大褂，在吃午饭。她对我说：‘哥，我要回北京了。你不送送我？’我问她：‘你什么时候走？’她说：‘明天早上就走。’我说：‘明天早上我要值班。’她说：‘那你现在送我，你背我下楼吧。’我说：‘这不太好吧。’毕竟小D还在旁边，要照顾到小D的感受。她坚持道：‘你背我下楼吧。’我看了一眼小D，小D说：‘没事，她希望您背，您就背吧。’

“我放下手上的盒饭，背她下楼。感觉背上的她好轻，轻得像一片羽毛。到了医院门口，我把她放下，她抱着我，伏在我肩头，对我说：‘哥，记得去北京看我。’我说：‘好。’她再三叮嘱我：‘哥，一定要去北京看我。’我说：‘好，我会去看你。’然后她头也不回地走了。我感觉肩头的衣服湿了，是她流的泪。我有些纳闷，怎么这次离别这么不舍？好像有点奇怪。但当时也没多想，就这么过去了。”

说到这里，马哥停顿了下，抿了抿嘴，拿起桌上的餐巾纸，悄悄拭去眼角的泪。

“没过两天，接到她妈妈的电话，说文婷出事了。”马哥继续说，

“我和她妈妈一起去了北京。我在派出所见到了她最后一面，警察拉开冰柜，她不着寸缕地躺在里面……我哪里会想到去北京见她是以这种方式……”

马哥说着又停顿了，七尺男儿再度泪湿眼眶。

我的眼泪也忍不住流下来。

“我做过那么多次手术，见过那么多病人，见过车祸现场的，见过缺胳膊少腿的，见过那么多次生离死别，但没有哪一次，有我看见文婷时那么震惊。我一时说不出话来。我回到酒店的房间里，一根接一根地抽烟。”

那种巨大的无声的悲痛，我能感受到。十年前，我接到同事老郎的电话，他告诉我：“文婷走了。”我的心当即咯噔了一下，几乎下意识地问：“走了？她是生病住院了吗？在哪家医院？我去看她。”老郎说：“在派出所，做死亡鉴定。”

我内心的某个角落在坍塌，我听见内心的世界有破碎的声音。

“为了查明真相，我去调查了监控视频，是她自己的选择。平时她从来不穿裙子，她喜欢穿牛仔裤。但是，她走的那天，她特意穿了一条白色的长裙子，像蝴蝶一样。”

很小的时候，曾经有位长者给我看过命理，他说我是一个长大了就注定要飞的女子。我听了窃笑，哪有人会飞的呢？我又没有翅膀。

——沈文婷《风筝年代》

我想起文婷写过这样一段话，不想最后竟一语成谶。

白音曾对我说，在文婷回家养病的那段时间，去医院做检查，需要剪成短发。剪头发前文婷哭了，那头如瀑的长发是她从小养到大的，对它如同她的生命一般重视。

莫非长发没了，就如同风筝断了线，想远离尘世自由飞翔？

“文婷离开时没有留下只言片语，没想到爱写作的她选择了这种大手笔，为她的人生画下了感叹号，却给我们留下了省略号。”我说。

“如果时光能倒流，我希望能回到我在医院背着文婷下楼的那个晚上，我想要留住她。”马哥说。

如果时光能倒流，我希望能回到十年前那个看似寻常的午后。

那个看似寻常的午后，我们吃完午餐走回办公楼的路上，穿过绿树环绕的小区，她没有像往常那样逗流浪猫，也没有像往常那样谈笑风生。

我们像往常一样绕着办公楼大厅散步消食，平常我们边散步边聊天，那天她一言不发；平常我们会绕三圈以上，那天只绕了一圈，她就说“上楼吧”。然后我们一同乘坐电梯上楼，电梯里就我们俩，她站在我对面，沉默不语，眼神不知飘向何方。

大概下午两点，尚未到下班时间，她提前回家。

我莫名觉得蹊跷，日子看似很寻常，但是文婷看起来不同寻常。她那天沉默寡言，全然不同于我认识的那个言笑晏晏的文婷。

我找到小 D 的 QQ，问他：“文婷的病好了吗？”

他说：“好了啊。”

“但是我觉得今天的文婷有些奇怪，不像我认识的那个文婷，今天都没怎么说话，感觉像是抑郁症。”

“不会啊，我觉得她挺好啊。”

“我觉得她需要你接送她上下班。上午你送她上班了吗？”

“没有，她不需要我接送。她没问题的。”

我不知道该说什么了。是不是我太敏感了？连她的枕边人都未察觉出她的异样，偏偏就被我感受到了？

那个下午，我的心总隐隐透着一种不安。

结果，第二天早上，噩耗传来，文婷走了。

她以一种决绝的方式永远地离开了我，离开了爱她的人。

得知文婷离去的消息时，我难以置信，脑子在一刹那陷入前所未有的空白，心仿佛跌入万丈深渊，眼泪忍不住夺眶而出。

每每想到那个亲爱的人不在身边，再也不能对着我微笑，再也不能鼓励我，我就觉得仿佛世界末日来临了一般。

文婷的离去，让我不仅失去了一个朋友、一个工作伙伴，还失去了一个亲人、一个懂我的知己。

文婷告别仪式的前夜，整晚我都难以入眠。在那之前我曾自我催眠，自我麻痹，反复告诉自己她并没有真的离开。

我们还没来得及告别，就要永远说再见，不，是再也见不到了……

永恒的别离终究要来临，我不得不向残酷的现实低头。

清晨的北京有些凉意，我捧了一束洁白的小雏菊去看她。

文婷躺在鲜花中，脸上那么平静，好像睡美人一样。这是听他们说的，因为我没有凑近看，我只是仔细看了她的遗像。因为我想永远记住她鲜活的表情、灿烂的笑容，我接受不了她躺在那里不笑的样子。

看着手中的雏菊，我想起她生前收到的第一束花就是我送的。那次有个花店网站举办征文活动，邀请我做评委，给我的奖励就是一束鲜花。我留下了文婷的地址，想给她一个惊喜。她收到花的时候很开心，还拍照留念，写到博客上。她说，小 D 都没送过我鲜花呢。我当时挺得意，很荣幸能成为她生命中第一个送花给她的人。

后来整理她的电脑文件时，我发现她把自己最喜欢的几张照片放在了一个文件夹里，其中有几张都是我拍的。

我们已经根植于彼此的生命。可是,你怎么舍得就这么离开我?

我们说好要一起实现梦想的呢,我们说好要一起签名售书的呢,我们说好要一起怀孕生宝宝的呢。你离开了，而我们说好的一切，都留给我一个人面对。

我以前听郑智化的《别哭，我最爱的人》只觉得好听，没觉得其他什么。但是现在听来真是觉得悲凉万分。因为歌词仿佛是文婷对她爱的人所说的话，这些她爱的人当然包括我。“别哭，我最爱的人，今夜我如昙花绽放，在最美的一刹那凋落，你的泪也挽不回的枯萎。别哭，我最爱的人，可知我将不会再醒，在最美的夜空中眨眼，我的眸是最闪亮的星光。是否记得我骄傲地说，这世界我曾经来过，不要告诉我永恒是什么，我在最灿烂的瞬间毁灭。”

你真的狠心离去了，真的在最美的一刹那凋落，我的泪也挽不回这枯萎。

参加完你的告别仪式，我写了一篇和你告别的随笔，我说："今夜就让我为你痛快地哭一场，然后继续微笑前行。失去了你，我宛若断翅的飞鸟，可能不会飞得太高，但是我还是会努力飞翔，把我们共同的梦想一一实现。祝福我吧，亲爱的。我相信你没有离去，只是化成星星在天上看着我罢了。"

我决定振作起来，化悲痛为力量。因为我即使流再多眼泪，我亲爱的文婷也回不来了。

纵然写下告别的文字，我又何尝真的与她告别？我一直不能释怀，为何她有痛苦却不和我诉说？为何她以决绝的方式离开？为何那个下午我既然觉察到异样却不跟着她一起回家？

"你是该去看一看文婷，十年了，你该放下了。"这次来文婷的家乡前，林知逸对我说。

十年了，我始终没有真的与她告别，她一直在我心里，我以她的信念活着。

## 九

昏暗的房间里亮着泛白的灯，一只洁白的蝴蝶飞过来，停在床头翻开的书页上。

白得近乎透明的羽翼轻轻扇动，书里的纸张被扇得扑簌作响。

我想要拿起书，又怕惊到蝴蝶，蝴蝶翩然的身姿，已比书中内容更吸引我的目光。

忽然，一阵风吹来，蝴蝶振翅而飞，不等我的目光追随，转瞬消失不见。

书还翻开在蝴蝶停留的那一页：33 岁的我写给 33 岁的你。

待我从梦中惊醒，才意识到方才栩栩如生的画面是梦境。

凌晨时分，酒店的房间有些昏暗，只余洗手间的灯隐隐透着光亮。

我打开台灯，床头柜上的两本书并未翻开。这是我打算明天送给文婷的书，里面有我写给文婷的一封信：33 岁的我写给 33 岁的你。

莫非刚才梦中的蝴蝶是文婷的化身？在另一个世界她也想念我，所以托梦告诉我，她收到了我写给她的那封信？

再无睡意，我索性拿起书，准备阅读自己写的文字。竖起枕头做靠枕时，才发现白色枕巾有点潮湿，不想梦中竟流了泪。想君思我锦衾寒，忆来惟把旧书看。看书的时候，蝴蝶是否也在流泪？

我 33 岁了，和你离开的时候一样大。我逐渐成长，你的生命却永远定格在 33 岁。

你说：“我希望能成为中国最好的文字经纪人，就像包装一个歌手那样为一个好作者作嫁衣。这就是我的梦想。”

你离开后，我把这份梦想延续下去了。

如果说追求梦想的路漫长且看不到尽头，而你是这条路上的引路人，是你成就了今天的我。

你放心，我会把文字经纪人的梦想坚持下去，连同你的那一份。

你知道吗，每年你的生日，我都会为你送上祝福。我相信在另外一个世界，你生活得很好。

“好朋友，一辈子”，这句话不是说说就算的。无论你在哪里，我都把你当朋友，你永远活在我的心里。

永远，永远。

昨天晚上我梦见你对我笑了。梦见你走到我床前，笑着对我说：“你最近好吗？”仿佛你从来不曾离去。我试图和你聊天，结果你突然消失不见。

醒来才发现原来是梦一场。

其实，人生本就是一场大梦，短短人生数十年不管如何度过，辉煌灿烂还是平淡无奇，终归会烟消云散。

但多么庆幸，我这场人生大梦中，你曾经来过。

——《33 岁的我写给 33 岁的你》

人生就是一场梦，或长或短，你的人生梦做完了，我还在继续做着人生梦。

亲爱的，不忙的时候，欢迎来我的梦境找我。

人生海海，我会把你未竟的梦都做完。

## 十

“文婷，朋友们来看你了。”

桑迪边说边将一大束鲜花摆在文婷的墓碑前，黑色墓碑上刻着文婷的名字和生卒年。墓碑是以小 D 的名义建的，写着“爱妻沈文婷之墓”。

想到曾经那么鲜活的生命，我在北京最要好的朋友，和我曾并肩作战的同事，最终躺在这冰冷之地，我就有种揪心的痛。纵然我一早便知生年不满百，纵然我一早便知每个人最终的归宿都是一抔黄土，依旧无法让自己释怀。

早晨我把书送给老王，来看文婷的路上，他给我发微信：“‘33 岁的我写给 33 岁的你’，我看到这句话就哽咽住了。你还会有 43 岁、53 岁、63 岁，文婷永远 33 岁。”

文婷的生命定格在了 2009 年的 5 月 12 日，十年后的今天，我们来看她。

“小 D 来看过文婷吗？”老普问马哥。大概他是看到了墓碑上刻有“爱妻”，想起了唤这个称呼的那个人。

“头两年清明节来过，后来就不来了。”马哥说。

“得知文婷离开的那一天，我从美国飞回来，专门来看文婷。要是我靠得近，每年我都会来看文婷。”老普说。

没有人回应老普。在死亡面前，言语总显得格外苍白。

马哥弯腰倒了一杯酒，洒在墓碑上。

我只是在用一个女子的真心和最笨拙的方法想将青春一留再留，留到不能再留。而倘若有一天，我不幸先于爱人离去，希望他在怀念我的时候，能想起我穿绿衣的模样，即使他老态龙钟，心中的我还依然是“宛如初见”。

——沈文婷《〈诗经〉是一枚月亮》

文婷在遗作《〈诗经〉是一枚月亮》里写过这么一句话，不知那时是不是她已为自己的命运写下注脚。她说，希望他在怀念她的时候，即使他老态龙钟，心中的她还依然是“宛如初见”。

人间不见美人迟暮，再见亦是宛如初见。她用自己的方式留住了青春，却给每个身边的人留下了无尽的悲痛。我宁愿相信她是受疾病困扰离去，也不愿相信她是自己走向了绝路。

“文婷，十年了，你在那里还好吗？原谅我第一次来看你。不是不想你，是太想你，不敢来看你……”

柳絮轻飘，青烟缭绕，白音诉说着对文婷的思念。

白音的啜泣声响在耳边，我的眼泪也滑落下来。我一边擦泪一边提醒自己：不要哭，不然文婷看到也会难过的。

然而，泪水却像断了线的珠子，收也收不回。

春阳朗朗，却有“君埋泉下泥销骨，我寄人间雪满头”的凄凉。

我把写有《33岁的我写给33岁的你》的书，连同“栗满秋”的栗子一同放在文婷的墓碑前。

“文婷，我给你带来了我写的书，还有，你最喜欢吃的‘栗满秋’的栗子……”我还记得，签第一本书的合同的那个夜晚，在飘着栗子香气的北京城一隅，你甩着如锦缎般的长发去排队，将一摞书稿塞到我怀里。那摞书稿仿佛有种冥冥之中的预示，预示着我会接过你的衣钵，传承你的梦想。

“文婷，昨晚我梦见一只蝴蝶，我想，是你也在想我吧？我还在人世间走着，爱着，看着，帮你多看两眼这世界的美好……”

“文婷，你说你的梦想是当文学经纪人，扶持好的原创作品。你放心，我帮你一一在实现，希望能不辜负你的期待……”

这么多年过去，想对文婷说的话又何止这些？更多的是没说出口的那些话。

文婷，我送给你的祝福不知道你收到过没有。虽然你的 QQ 头像永远不会闪烁，沉入永夜，但在你生日时，我还是会送上我的祝福，希望你在那个世界一切安好。

文婷，上回我和林知逸逛商场，听到有人的手机铃声响起，我却在一旁哭红了眼睛。因为手机铃声是刘若英的《后来》：“后来，我总算学会了如何去爱，可惜你早已远去，消失在人海……”

文婷，你知道吗，前两天，我又去你的博客看你了，看到你对我的标注是“最勤劳的旋风丫头”，瞬间泪如雨下。优点是勤奋，特点是热情。我也听到过很多夸赞的言辞，但都夸不到点子上。冰雪聪明的你如此懂我，你可以一眼看到我的优点和特点。

你的博客长草了，朋友们经常去除草，白音每年都会去。

我不敢去，我说得少，想得多，又爱哭，怕你看到会难过。

如果我说，这些年来，我为你流的泪最多，你信吗？

你的博客没有再更新，永远停留在 2009 年 3 月 12 日。我换了新的笔名，但我没有变，我还是你眼中的那个旋风丫头，还是那个爱读书爱写作的丫头，一直会想你到生命尽头的丫头。

我现在能读懂你文字里的深意了，然而，当我终于读懂你的文字，你已经离我远去了。

你早于我读懂你，读懂了我。

世事早已沧海桑田，你博客上的专栏链接打不开了，博客没人玩了，大家现在玩微博、微信、抖音，未来可能还会流行新的社交媒体。

但那些都不重要，每个时代都有新的流行，重要的是我们的友情会成为经典。

你走后，以文会友的我，总是试图从新结交的朋友身上寻觅你的影子，但始终寻觅不得。

你这样吹过，
清凉，柔和。

再吹过来的，
我知道不是你了。

你在五月飘飘然离去，木心的《五月》悠悠然走进我心。

你像五月的风吹过我的生命，却留下了抹不去的痕迹。

世上只有一个你，我唯一的沈姐姐。

世间遇良人，良人难再寻。

风吹来彼此的思念，眼泪化成珍珠。

我心中永远的沈姐姐，今生我们情深缘浅，来世我们不再走散。

我期待有那么一天，我们拥抱着，笑着说句“好久不见”。

大家一一对文婷说着想说的话，老王自始至终沉默着，只是在那儿红着眼圈一根接一根地抽烟。

“文婷，朋友们来看你了，完成十年的承诺约定，帮你完成你们之间未了的心愿，你保佑他们，一切顺利平安。”离开时，桑迪对文婷说。

回京的高铁上，我发现微信群的名称已由之前的“想文婷”变成了“文婷一家人”。

十年了，文婷还在发挥着桥梁的作用，让我们这几个素昧平生的人成了亲如一家人的好友。

十年茫茫，未能相忘。

明月清风，轩窗松岗。

梦中相见，唯泪千行。

相望无言，寸断肝肠。

大家在群里发上为文婷写的诗词，老王写了三首诗，其中就有上面这首。

电影《寻梦环游记》里说：“死亡不是真正的逝去，遗忘才是。”

文婷是一个只要路过你的生命，你就永远不会忘记的人。

通常人们以为死亡是结束，其实死亡是另一种开始。死亡是以另外一种方式活着，活在爱的人心中。

人生在世不在乎活多久，而在乎活得有没有意义。倘若离开人世，有人惦念，就永远在。

车窗外的风景快速闪过，我眼前浮现的却是大家上午去看文婷的画面。

我拿出纸笔，写道：

**念文婷**

北国佳人名姓沈，
亭亭玉立擅舞文。
十年生死难相忘，
春来千行泪浸枕。

寒山结伴悼佳人，
一壶浊酒祭香魂。
缘起缘灭终是空，
唯有真情永留存。

追记：

有天晚上临睡前，看到有读者在“大柠”超话里说：记得学过的一篇古文《马说》里有这样一句话——“千里马常有，而伯乐不常有。”对我来说，大柠姐就是千里马，而我很有幸当了大柠姐的伯乐（能这样说吗？），很有幸发现了大柠姐这样优秀的“千里马”。

次日醒来，我泪湿枕巾，我想起了第一个发现我作品价值的伯乐：文婷。

“世有伯乐，然后有千里马。”我本是一匹怀揣梦想即将饿死的马儿，却庆幸在梦想磨灭前遇见了我的伯乐。然而，人生无不散的筵席，马儿还在奋力奔跑，伯乐已经不在人世了。思及此，不由得悲从中来。当我还是一匹普通的马儿，她独具慧眼，发现这匹看起来无比普通的马儿有驰骋千里的未来，实在难能可贵。

伯乐难再遇，更不可求。自文婷离去之后，我再也没有遇到对我的作品像她那么认可的编辑了。因此，我在写作过程中，常常陷入自我怀疑、自我否定中。我怕受到打击，也不敢给认识的作者朋友看，只能学会敝帚自珍。

因此我愈加意识到伯乐的重要性，希望自己能当一个好的伯乐，传承文婷的遗愿。

书海茫茫，你能在浩瀚书海选中我的书，并看到这里，你也算我的读者伯乐了。

谢谢你。

# 陪你寻找桃花源

桃花源不在此处，不在彼处；

桃花源在陶渊明的诗里，

也在每个向往自由浪漫的人心里。

# 一

一个初夏的黄昏，太阳尚未落山，我和林知逸坐在棍贝子府花园的长椅上。我捧了本夏目漱石的《草枕》，林知逸拿着手机拍眼前的风景。夕阳温柔地照着青青荷塘，红墙碧树白玉栏杆，可见旧时王府景象。

“现代人真幸福，可以体验从前王公贵族的生活。”林知逸说。

“那还是托你的福。要不是你把我拖来医院，我还在埋头忙工作呢！”

上回去看文婷在火车站不小心崴了脚，至今脚踝还隐隐作痛，林知逸悄悄给我在积水潭医院挂了专家号。在医院楼上，透过窗户，我被一池荷塘吸引，于是看完医生便来到这里。

每回林知逸陪我去医院看病，我总有种“偷得浮生半日闲”的感觉。平时马不停蹄地工作，生怕停下来乱了生活节奏。因为病痛来医院，有了停下来的理由，终于可以心安理得地享受这半天的清闲。

奇怪的是，正是这偶得的清闲时光，才让我找到了生活的节奏。

“‘过于理智会与人起冲突。感情用事则无法控制自我。坚持己见易钻牛角尖。总之人世难以安居。难以安居到了某种程度，就想搬去容易居住的地方。’”我给林知逸读《草枕》里的话，“其实我也想要搬到一个世外桃源般的地方居住。每次在城市里生活一段时间就想要逃离，尤其是想要逃离工作，我虽然热爱我的工作，但我不喜欢工作中的人事纷争。”

这世界，最难的便是与人沟通相处。言语本来是沟通工具，有时却成了攻击别人的武器。同一句话，不同的人听会理解成不同的意思；同一句话，被他人转述时又容易产生偏差，到最后，那句话早已走样。很多时候，都是言语引起各种误解，造成人与人之间的误会。甚至连朋友也会因为他人的言语产生罅隙，从此分道扬镳。

因此，有段时间，我懒得说话，我担心说错话引起别人的误解。有段时间，我又不想结识新朋友，因为我不能分辨友情的真假，分辨不清到底是情感还是利益让两个人走近。

人的本能是趋利避害的，情感很多时候抵抗不了本能。

那段时间，我失去了一段友情，或许只是自作多情，但还是在心里留下了阴影。因那个朋友是在工作中结交，连带着那段时间我有些厌倦工作。

然而，当我坐在积水潭医院后面的棍贝子府花园的长椅上，翻看着这本《草枕》，感受着字里行间的隐逸美学。渐渐地，尘世中的烦恼离我越来越远。

“采菊东篱下，悠然见南山”“深林人不知，明月来相照”。夏目漱石在书中引用了陶渊明和王维的诗，恰巧这两位山水田园诗人又是我十分喜爱的。

“陶渊明笔下有桃花源，王摩诘笔下有终南山，终南山倒是切实可寻，就是那桃花源不知到底在哪里。”

“在你喜欢我的心里。”林知逸说。

“……”

嗡嗡嗡，有只蚊子在偷听我们的谈话。

“这蚊子真不正经！居然想要动我的女人！”林知逸伸手去拍蚊子，还边拍边说，“蚊兄，也不要对我太过亲热，我可是名草有主的人哪！”

“说正经的，要是这世界上真有桃花源，我倒想去那里看看。”我对桃花源忽然有种执念，仿佛桃花源里只有快乐，没有蚊子，也没有烦恼。

未过几日，林知逸问我：“这个端午小长假有空吗？我带你去寻找桃花源。”

## 二

端午那天早晨，我们踏上开往桃花源……哦不，开往黄山的“和谐号”列车。

农田屋舍自窗前闪过，欣宝目不转睛地看着窗外景色，她称之为“看大屏幕”。相比较她看电子屏幕，我更希望她能欣赏自然屏幕。

五个半小时后，站台的站牌已从北京南站切换成黄山北站。每次乘坐高铁和飞机，总有种乘坐时空穿梭机的错觉，速度很快地奔向未来奔向陌生地点。

古人出行的方式通常是骑马或乘船，从一个地方到另一个地方需要很久；现在交通变得方便，想去哪里都可以很快抵达。然而，速度变快了，人们并没有因此变得更快乐。是不是因为速度变快，灵魂跟不上，现代人才那么焦虑呢？

每隔一段时间我都会去一个陌生地方旅行，不过是想换一种生活方式，让节奏慢下来，等一等我的灵魂。

此次旅程是林知逸一手安排的，我和欣宝甚至都不知道要去的具体目的地，他只透露媲美陶渊明笔下的世外桃源。

下了高铁，我们坐上林知逸租的车，踏上未知之旅。

开启未知的旅程总是美好的，尤其是和喜欢的人一起开启。

况且，生命旅程不就是一趟充满未知的旅程吗？我们将会遇见谁，发生什么事，都藏在未知的宝盒中，等待我们一一开启。

车子在蜿蜒的山路行驶，天空流云朵朵，路旁林木葱翠。连续两个转弯过去，视野顿时开阔，白色徽派建筑及苍茫群山一同映现眼前。前行几步，高大的马头墙越发清晰，群山背后有阳光透过云层洒下来，那道云隙光格外明亮，似能穿透心房。

一瞥路边蓝色路牌，“渔亭镇桃源村”，加上此处土地平旷，屋舍俨然，确有陶渊明笔下风貌。

“好美啊！这不就是桃花源吗？”只可惜不是春天来，桃花早已谢了春红。

“先别急着感叹，还没到最美的地方。”林知逸淡定地说。

一路上我都没舍得闭眼，只为了不错过沿途美景。

复行数分钟，车子往深山处行驶，忽现一块刻有“桃花源漂流”的石碑。

“桃花源是在这附近吧？”我问。

“不在。”林知逸笃定地说。

“可是刚刚的路牌和石碑上都写有‘桃花源’啊！”我不解地说。

“只是据说陶渊明在这里写下了《桃花源记》，还不知真假。就算是真的，那也只是陶渊明文中武陵人遇见的桃花源，不是我们遇见的桃花源。”

我都快被他绕晕了。别人标记过的桃花源难道不是文中的桃花源？不过，既然是文中桃花源，武陵人标记过返回为何遍寻不着？

这世上究竟有没有一处桃花源？

再前行数十公里，我们的车停了下来。

下车后，一眼便瞥见“宏村”二字。

“这里就是传说中的桃花源？”我说。

“进去看就知道了。别人告诉你的都不是桃花源，自己找到才是真正的桃花源。”都到目的地了，林知逸还在卖关子。

“都已经五点二十了。”欣宝看着她的手表说。

我笑了："我们到得还真是时候。"

林知逸也笑了："我只是算好差不多到的时间可以看日落，没想到，连到达的时间都是爱你的形状。"

我们从南门进入景区，未走几步，忽然，一潭湖水闯入视线，眼前豁然开朗。

垂柳掩映下，西天的云彩和连绵的青山，将金色和黛色揉碎在湖水中。水面波光粼粼，其中有白墙青瓦的古村落倒影。远处是画桥和接天莲叶，对岸有行人从河堤走过。

坐落在湖光山色间的徽州民居，如同一幅水墨画卷，惊艳了我的初见。

眼前景色，令欣宝这个小孩子都惊叹："好美啊！"

我发现，对面年深月久的马头墙上，刻着三个字：田园居。

我心心念念的桃花源，原来在这里啊！

天人合一的美景当前，我惊诧得说不出话来，好似遇见让我怦然心动的恋人。

时间仿佛就此停驻，这片近千年历史的村落，在时间的洪流中，固守着质朴与宁静。

"这是南湖，我们住的民宿就在旁边。"林知逸将我从仙境拉回人间。

"是对面的古村落吗？"我望着群山下层层叠叠的古朴建筑，心向往之。

“不是。”林知逸指指右侧的一栋建筑，“在那里。”

那栋建筑的门楼与对岸村落群的围墙相连，却独自矗立在南湖右岸，闹中取静。

《长物志》里说“居山水间者为上，村居次之”，对久居城市的我来说，能住在对岸的村落已是人间至乐，谁知他还择得一处更得我心的住所，看似群居却可独来独往。

“你选的地方太好了！简直深得我心。”我忍不住对他竖大拇指。

“等入住后你再夸我，到时候你可能连大脚趾都要给我竖起来。”林知逸胸有成竹地说。

沿着南湖畔的小路步行百米，便到了我们入住的客栈跟前。

藤蔓缠绕的古宅门楼上，“归云山房”四字如行云流水，潇洒飘逸。

“云养山水，归云山房”，但见门牌上八字阐述，顿觉心怀舒畅。步入院内，竹影摇曳，亭台水榭，斜阳依依，群山环抱。精致的徽派园林以远山的峰峦为墙垣，较之苏州园林的小家碧玉，宛如大家闺秀。

院内一条石径延伸至一座徽派古建筑，巍峨的马头墙亦有大家风范。

客栈主人告诉我们，这家建筑为明清所建，曾是古代徽商的住宅，已有三百多年历史了。

“住古代大户人家的屋子，你可以体验一把古代大家闺秀的生活。”林知逸对我说。

“要是在古代，我不想做足不出户的大家闺秀，我想做仗剑走天涯的女侠。”我说。

“那爸爸就是剑咯！”欣宝说。

她话音刚落，大家都开怀大笑。

我这才发觉，进了庭院我一直挽着林知逸的胳膊，敢情欣宝以为古代仗剑走天涯的我，要倚仗的那把剑就是林知逸本尊。

客栈主人笑道：“你们一家太有趣了！”

天色向晚，晚餐时分，我们坐在庭院里用餐。方才，餐厅服务员问我们是坐在屋子里吹空调，还是坐在院子里喂蚊子，我毫不犹豫地说：“宁愿做蚊子的晚餐，也要在外面用晚餐！”再说我还有灭蚊大侠林知逸呢！

夏日的傍晚，在院子里纳凉赏月实属人间一大乐事，岂是屋内吹空调可以比拟？

徽州特色菜臭鳜鱼、石耳炖土鸡、马兰炒香干，以及万能的土豆丝一一上桌，挑战着我们的味蕾。

石耳炖土鸡需要预订，林知逸听闻此菜鸡肉鲜嫩，鸡汤可口，吃剩下第二天一早还能煮鸡汤面，一鸡汤两吃，金牛座大林深觉划算。

鸡汤固然好喝，臭鳜鱼亦是我的心头爱。

林知逸不爱吃鱼，欣宝出生后，家中才多了陪我吃鱼的小花猫。

“很好吃的，你要不要尝尝？”我怂恿林知逸吃鱼。

他起初摇头：“不吃了，这味道我就吃不惯。”

“你尝尝看嘛！质感很好，而且微辣，符合你的口味。”我继续怂恿。

“真的很好吃！”欣宝做助攻。

“那好吧。”林知逸勉为其难地答应了。

他皱着眉头吃了一块，而后眉头渐渐舒展：“挺好！没有在北京吃的咸。”

臭鳜鱼是客栈餐厅自己腌制的，腌制时间把握得好，不像以前吃的那么咸。

“要不要再来一块？”我乘胜追击。

“再来一块！”林知逸说。

我不由笑了。

我诱惑他吃鱼，他诱惑我吃辣，我们渐渐被同化。

芭蕉点翠，水榭迎风，一轮明月跃上青空。

水榭名为“鸣琴风荷”，人临其境，似觉古琴悠扬，风荷轻舞。

皓月当空，我们依栏对饮。此情此景，恰是“水中月是天上月，眼前人是心上人”。镜花水月飘忽不定，三餐四季切实可依。

“看到了夕阳下的宏村美如画，住进了徽州园林美如诗，吃到了徽州美食心如飞。大林，你这次安排得太好了！不愧是我最爱的人。”长期居住在快节奏的北京，能享受到乡间闲情，总觉得像是偷来的时光。

“哼！那我是什么？”林知逸还没回应，欣宝嘟起嘴来。

想着明儿就是欣宝生日，也不能惹小寿星不开心。我想措辞之际，林知逸说："你是她最爱的人第二爱的人。"

有清风徐来，有荷塘月色，有家人相伴。

于我而言，人世间最快乐的事，莫过于此。

## 三

我是被天窗照进来的晨光唤醒的，时间尚早，闹钟还没响。

在城市里三个闹钟都叫不醒，在村里一道自然光就叫醒了。

习惯了每天在都市熬夜，"日出而作，日落而息"，这种最淳朴最自然的生活方式，早已离我们远去。偶得的乡居体验，让生活回归自然。

"归云山房"的房间名都带有"云"，诸如"归云""眠云""卧云"，我们住的房间名"碧云"，是一个带有天窗的小阁楼。一楼是粉色沙发床，二楼是绿色双人床，床头皆挂着水墨田园画。欣宝睡在一楼，我和林知逸睡在二楼。

"碧云，还蛮有诗意的，让我想起范仲淹的词，'碧云天，黄叶地，秋色连波，波上寒烟翠'。"昨晚临睡前，我们在床上躺下，闲话家常。

"我想起的却是江淹的'日暮碧云合'，不过我要把下一句'佳人殊未来'改成'佳人共枕眠'。"林知逸说完，伸出一条胳膊，借我做枕头。

"你这么一改，怨别诗成了闺房诗，意境完全不同。"

"诗意都是跟着心境走。"

“作品是作者内心世界开出来的花，不同的人生境遇写的作品风格就不同。我没遇见你前，写的多是一些带有淡淡忧伤的诗句，遇见你后，居然写起了段子。也就是，生活可以把诗人变成段子手。”

“你以前那是‘少年不识愁滋味’，‘为赋新词强说愁’。现在是‘青山郭外斜’，‘把酒话桑麻’，有时间愁苦吗？”

“和你在一起都嫌时间不够呢！哪有时间自寻烦恼？对了，你不是说我们的房间是碧云星空观景房，晚上可以躺在床上看星空？”

“关了灯试试看。”

躺在床上，正对着天窗，若头顶有星河浩瀚，身边有爱人做伴，实在是人间浪漫。

夜空静谧如黑丝绒，丝毫不见星辰闪烁。

“天气预报说明天有雨，大概星星躲起来了。”我说。

“星河璀璨，不及你眉眼。”他说。

情话和星空一样让人心动，哪怕不能对着星空，做的梦也可以熠熠生辉。

星辰隐匿，是山雨欲来的前奏。

“要下雨了。”出去吃早餐时，林知逸望着天边青色的云说。

远山含黛，烟云蒸腾，似仙境般不真切。

庭院枕着青山，抱着烟云，人文和自然融为一体，我仿佛也成了庭院里一株小小的盆景。

“云朵是天空的冰淇淋。”欣宝忽然冒出一句。

“那现在是什么口味的冰淇淋？”我笑着问她。

“现在是抹茶味的。”她说。

“那昨晚日落时天边的云朵呢？”

“是杧果味的。”

“那么，晴天时的白云就是香草味的咯？”

“是的，有时候还是粉色草莓味的。”

“下回你们想吃冰淇淋了，干脆从天空摘一朵云，什么口味的都有。”林知逸说。

“可以呀！这一大片云，怎么吃都吃不完，一直到做梦还可以吃。”欣宝满足地笑。

宏村的雨姗姗来迟，“天青色等烟雨”，连等待都化为一句浪漫的轻叹。

等雨之际，我和林知逸坐在庭院中赏山谈心，欣宝则在水榭的栏杆前细数游鱼。

外面的世界那么喧嚣，这里却静谧得像世外桃源。时光仿佛停留在千年以前，有种“山间一日，世上已千年”的错觉。

雨丝掠过青空的眉眼，不多时，屋檐下传来滴滴答答的雨声。

没有闪电的轰鸣，只有静谧的等待，雨下得温柔又清凉。

墙根屋角的芭蕉叶，因了雨水的滋润愈加青翠。

“你知道古人借芭蕉叶传情吗？”我问林知逸。

他摇头：“我只知道孙行者三借芭蕉扇。”

“……”和他聊诗情画意，很快会变成笑话段子。

我给他讲蒋坦和秋芙的故事。秋芙种了芭蕉，秋雨淅沥，打在芭蕉上滴滴答答。蒋坦觉得这雨滴像打在心田，于是在芭蕉叶上题诗："是谁多事种芭蕉？早也潇潇，晚也潇潇。"次日，秋芙在芭蕉叶上续了几句："是君心绪太无聊。种了芭蕉，又怨芭蕉。"

"用芭蕉叶传情，这等风雅之事，也只有古人做得出了。"我感叹。

"当年我用桂花枝传情，是不是算现代人的浪漫？"他说。

"算。我们现在能坐在这么古雅的地方聊天，也是在享受现代人的浪漫。"

《秋灯琐忆》，那是蒋坦和秋芙结婚十年写的回忆录。时光荏苒，我和林知逸如今也已结婚十年，然而，他送我的桂花枝犹在心田飘香。

只要稍微停下来，去拜山谒水，古时候的浪漫就会回来。

不由羡慕起客栈的老板和老板娘，每日坐在庭院中，便可以赏好山好水好风景。我觉得他们比住在城里的顶级富豪还要富有。"山中何所有，岭上多白云。"这世上，最珍贵的东西都是无法用金钱衡量的，只有有心者才能得之，譬如朝露、晨曦、烟岚、晚霞。

良辰美景，岁月静好。且让我一边听着雨声，一边静享当下，做个逍遥的富人吧！

## 四

乡村田野的田埂上，一位老妇人走在前面，蓦然停下脚步，回头往身后看。

她身后不远处有一个短发小女孩，噘着嘴，在原地跺着脚。

“你自己走过来，奶奶在这里等你。”老妇人说。

“不嘛！你走回来，和我一起走过去。”短发小女孩依旧站在原地。

“就几步远，你自己走过来嘛！”老妇人朝小女孩张开双臂，期待她冲向自己的怀抱。

“应该是你走回来接我，谁让你刚才走那么快，把我都甩后面了。”小女孩昂着头，一脸傲娇的小表情。

老妇人叹口气，往回走了几步，牵起小女孩的手，小女孩心满意足地笑了。

夕阳为祖孙俩披上暖黄的光芒，和风吹来，田埂两旁的庄稼徐徐点头。

老妇人拿手指轻轻戳一下小女孩的额头：“你呀！别人等你还不行，每次还非要转回来找你。这么任性，将来不知道有没有人喜欢你哦！”

“别人喜不喜欢我没关系，奶奶喜欢我就好！”小女孩不屑一顾地说。

“奶奶当然会喜欢你，奶奶还等着你长大给奶奶买糖吃呢！”老妇人笑道。

“我不但要给奶奶买糖吃，我还要给奶奶买鱼吃。”小女孩笃定地说。

“好好好，我知道我们柠儿最孝顺了。”老妇人摸摸小女孩的头发。

"……"

看着八岁的欣宝在田埂上一蹦一跳地行走，我又变回多年前那个待在田埂上等着奶奶牵走的任性小女孩。

那个小女孩的第一次远足就是跟着奶奶北上，有了人生第一次旅行经历；那个小女孩第一次拿的奖学金给了奶奶，奶奶却把钱存起来给小女孩买糖吃；那个小女孩每到冬天脚就冻得像冰块一样，奶奶会把她的脚紧紧抱在怀里……

如今，昔日的那个小女孩，已经长成了小女孩的妈妈，而奶奶的生命却停留在她七十九岁那年的夏天，也吃不到小女孩给她买的鱼了。

童年之所以美好，是因为再也回不去。

我可以去许多地方，却回不去过去的时光。

然而，在西递，一个距宏村不远的古村落，看炊烟袅袅升起，看绿水萦绕白墙，看青山环抱碧野，过去的时光一点一滴回来了。

日光倾城的午后，西递有别样的宁静。

与宏村不同的是，这里的古民居更为高大气派，几乎每家门楣上都刻有精致的砖雕或石雕。尤其是西园的两扇漏窗，上面的松石和竹梅精雕细琢、精美绝伦，令我驻足观望良久。据说曾有日本游客希望以每扇窗 10 万美金买下，主人坚决不同意。在西递，就像走进明清民居博物馆，也走进从前大户人家的旧时光。

西递吸引我的不仅有精巧的雕刻，还有蕴含智慧的古楹联。有为人处世的“世事让三分，天宽地阔；心田存一点，子种孙耕”；有触景生情的“白云芳草疑无路，流水桃花别有天”；有逍遥精神的“以八千岁为春，之九万里而南”；还有生活哲学“忙里偷闲，坐且行，行且坐；劳极思逸，谈而笑，笑而谈”。

走到“大夫第”堂前，当地导游说此处临街彩楼是古时候的绣楼，小姐就是在楼上抛绣球。

“看那个绣楼顶上的字是什么。”林知逸喊我看。

我抬头，只见飞檐翘角的绣楼，两盏红灯笼中间悬挂楼额，上书“桃花源里人家”。

“‘杏树坛边渔父，桃花源里人家。’这不是王维诗里的句子吗？”我说。

“每个人都可以有自己的桃花源，陶渊明和王维见到的桃花源就不是同一个地方。”

“大概每个人心中的理想国就是每个人的桃花源。”我忽然领悟。

“行旅在外，结草为枕。只盼能在非人情的天地逍遥片刻。”在《草枕》中，夏目漱石的桃花源便是非人情的艺术世界。

“你找到你的桃花源了吗？”林知逸转头问我。

“找到了。”我笃定地说。

“在哪里？”

“在这里。”我指指自己的心。

在宏村小住的几日，云养山水，也养心房。每天看着弥漫的烟云，我发现曾因琐事繁多四散的心亦悄然回归山水。

心灵得到滋养，灵魂得到休憩，回到都市便可以“结庐在人境，而无车马喧”。

“你找到你的桃花源了吗？”我问林知逸。

“我不用找。”

“为什么？”

“你就是我的桃花源。你找到了，我就找到了。”

寻寻觅觅，兜兜转转，桃花源一直在身边。

原来，桃花源不是地理上的位置，而是心理上的位置，桃花源是怡然自乐的心境。

桃花源不在此处，不在彼处；桃花源在陶渊明的诗里，也在每个向往自由浪漫的人心里。

# 徘徊在梦境与现实的边缘

回忆是和过去相聚的方式，

在回忆中和过去相聚，

再和过去告别，

才能获得某种自由。

某个周末下午，我和同事一起逛商场。走到一家迪士尼专卖店门口，挂在衣架上的一件件梦幻公主裙让我不由得停下脚步。

欣宝小时候爱听公主故事，爱去迪士尼乐园，爱穿公主裙。起初她喜欢白雪公主，后来喜欢长发公主，看了《冰雪奇缘》后喜欢艾沙女王，看了《美女与野兽》后喜欢贝儿。

白雪公主美丽善良，长发公主勇敢机智，艾沙女王独立坚强，贝儿乐观聪慧。贝儿更贴近凡人，不是公主也不是女王，出生在普通家庭，爱读书敢冒险又乐于助人，虽然她也有王子，但这个王子出场时并不是王子的模样，而是野兽的模样。别人都只看到野兽外表的丑陋，只有贝儿看到了野兽可怕外表下一颗柔情的心。

想来，随着喜欢的角色变化，也是一种成长。往往，在喜欢的角色身上，映照着自己渴望成为的模样。

这次逛商场并未购物，从商场走出去，外面是一个露天广场，人群熙熙攘攘，很是热闹。

这时，从路旁蹿出来一只灰色松鼠，一下子便吸引了人群的目光。松鼠爬到花圃旁的一棵树上，坐在树枝上悠闲自在地望着众人，那样子煞是可爱，我也看得入神。

忽然，有只毛茸茸的动物蹿到我眼前！一眨眼的工夫，我的手指被咬住了，能感受到动物牙齿间温热的气息。

我的第一反应是：是不是刚才那只松鼠跟我闹着玩？

结果，定睛一看，这才发现，不是那只灰色松鼠，是一只硕大的棕色狗咬住了我的手指！

“完了！这下要打狂犬疫苗了。”我心道。

我暗暗祈祷它不要咬下去，否则我的手指被咬断怎么办？

大棕狗似乎并不急于咬断我的手指，它只是用恰到好处的力道咬住，让我心惊胆战之余又动弹不得。

它优哉游哉地坐下，迫于不想手指被咬断，我也只好跟着它坐在地上，因为它不松口。

“千万不要把我当食物！拜托！我并不美味！”我在内心呐喊。

我不敢大叫，担心叫声会刺激它咬下去。

好想有个人来救救我啊！然而，同事不知何时走散了，大家路过也只是瞥一眼，不明所以的人不会还以为我是这狗的主人吧？

这时，一个高大的男人走了过来，我以为他要救我。

谁料，他蹲下身来，露出狡黠的笑容。

原来这狗是他的！

这好办，让他指挥狗松口。

“您好,请问这只狗是你的吧? 它咬住我的手指了,能否请它‘高抬贵口’呢?”

对于我的请求，男人不仅无动于衷，还拍拍大棕狗的头说：“干得好！”

大棕狗摇尾巴回应主人。

男人对我不怀好意地笑，看得我毛骨悚然。

“这下真的完了！”我忽然心生在劫难逃的绝望。

相比较狗咬住我的手指不放，我对这男人的恐惧更甚。

广场上有许多许多人，但大家对我这边发生的一切视若无睹。结伴而行的情侣，扭腰跳舞的大妈，弹琴歌唱的街头艺人……世界如此热闹，我却如此烦恼。

人群中，我忽然看到方才走散的同事，像抓住一根救命稻草。

我使尽全身力气喊道：“我在这里！快救救我！”

同事循着呼救声发现了我，向我走来。

男人的神色倒是镇定自若，阴险地一笑：“又一个美女，刚好一箭双雕。”

我的心骤然一凉，敢情我不是他的第一个猎物。

此时，我隐隐发现，狗打了个喷嚏，趁这空当儿，我赶紧抽出被狗咬得已有些麻木的手。

我站起身，拉起同事不管不顾往前跑，顾不上看男人有没有追上来。

狗的鼻子比较灵敏，我担心它会循着我们的气味找过来。

我们跑到刚才逛的那个商场，躲进女厕所，把厕所门从里面锁上，躲在小隔间，把隔间的门也锁上。

厕所外传来一阵急促的脚步声，我吓得大气也不敢出。

就在此时，林知逸的声音传来："大柠……"

奇怪，不应该是那个男人吗？

"大柠，八点了，该起床了！"悠悠醒转，林知逸的声音终于听得清晰。

原来那么生动逼真的场景竟然是一场梦！被狗咬住的记忆还在，手指仿佛还留有余温！太不可思议了！梦境分明是梦境，可是在梦里的感受却那么真切。

"谢谢你救了我。"我对林知逸说。感谢他把我叫醒，解救了梦里逃难的我。

"做噩梦了吧？"他很懂我。

"是啊，梦里被一只大狗咬住手指不放。"我心有余悸地说。

"今年你怎么净做些稀奇古怪的梦？上回你梦见了一本书，你就像失了魂似的要去梦见的地方。"

"当然要找。"在快节奏的忙碌生活中，我好像把生命中最重要的东西弄丢了，我想要一一找回来。

"那你找到了吗？"林知逸问我。

"找到了一部分。"梦里的老妇人是生活在另一个世界的奶奶，红烧肉的味道酷似我在周庄吃的万三蹄；梦里的庭院，像西塘"烟雨江南"的春日庭院；梦里的书房，像周庄遇见的花间书苑。

《人间锦囊》果然有效，我去西塘寻找慢时光告别忙碌症候，去宏村找到桃花源不再陷于语言旋涡，我的友情索桥上有小西陪我同行，我去到记忆小镇见到了久违的奶奶，我暂居时间旅馆和文婷告别……

“也就你，还把做过的梦当一回事，还那么认真去找梦里的人和事。”

“不都说古希腊的梦是寓言，是神的旨意，甚至高于神？何况，谁能说苦乐参半的短暂人生不像一场梦呢？我通过做的梦，去探索人生梦境，应该也是一种探索人生的路径。毕竟，上次循着梦境我去了江南水乡，找回了故乡，找回了童年，找回了慢生活，找回了过去的时光。”

不仅如此，我还找回了过去的自己，找回了逝去的亲人和友人，找回了一直不曾消逝的爱情和友情。

随着时间不断流逝，很多东西在不断失去，比如青春、容颜、路过的人，人生就是不断失去的过程。

每个人生命中都会路过许多人，但是大多数人只能陪你走一程。当你回望旧时光，如果谁还在记忆深处闪光，那么，这个人已然成了你生命中的永恒，那段相互陪伴的时光也成了永恒。

我们总是习惯性地往前走，很少回望过去的自己，去江南古镇居住的那几个假期，望着千年恒在的古镇，内心变得平静安宁，不经意间竟梳理了自己的前半生。

在那些江南古镇，现在的我和过去的自己重叠了。我才发现，我欠过去的自己，一场正式的告别。

回忆是和过去相聚的方式，在回忆中和过去相聚，再和过去告别，才能获得某种自由。

“日有所思，夜有所梦。可能你最近工作压力太大，才会做这样的噩梦。”林知逸说。

“谁说不是呢？工作怎么做都做不完，一件做完还有一件，源源不断。”忙不完的工作像一座大山，压得人喘不过气来。

“反正工作做不完，不如休个年假旅行放松一下。”

“这个建议不错。”提到旅行，心情瞬间明朗起来，“时间过得真快，又快到八月了。”这几年，每年八月，趁着欣宝放暑假，我们会休年假带着她一起旅行。

“这次有没有特别想去的地方呢？”

“想去一个没有工作的地方，离工作远远的，不用想工作上的人和事。”大学毕业后，我一直从事出版工作，如今已和这份工作相爱十四年，或许是正经历第二个“七年之痒”，我对工作感到有些疲乏。

我不希望日复一日的忙碌和旁人以结果论英雄的态度，消磨掉我对工作最初的热情。很多时候，旅行可以帮助我找回那份热情。

“那就找个就算工作十万火急地叫你回去，你也赶不回去的地方。”林知逸说。

我笑了。其实，我们每个人都把自己看得太重要了，可能工作中的我们并没有自己想象的那么重要。毕竟，地球离了谁都照样转呢！

“你这次做梦除开梦见被狗咬，梦里有没有遇见一点美好呢？”

林知逸问我。

我想了想，若说美好，迪士尼专卖店里的公主裙算吧？“梦见了一家商店挂着白雪公主、美人鱼的公主裙，算是噩梦里的童话世界。”

“接下来的旅程去哪里，不用愁了。”林知逸的眼睛亮了起来。

没过几天，我的书桌上多了两本书，一本是《北欧，冰与火之地的寻真之旅》，一本是《北欧，凛冽的世界尽头》。

书旁有张字条上写着：

大柠，我陪你去世界尽头，寻找我们的童话世界。

——大林

# 与世界尽头的你相逢

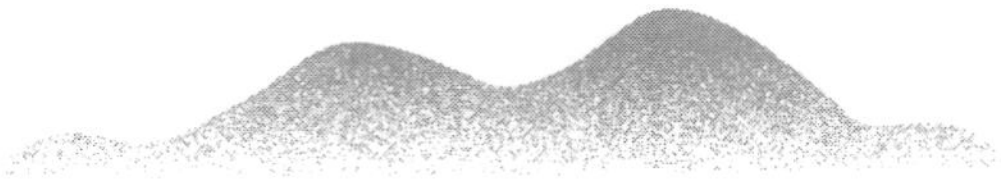

正因为夕阳对人间无比眷恋，才用晚霞向天空告白吧？

漫不经心遇见的风景，印象反而更为深刻，会觉得世间百般美好。

或许不为目的，方能达到目的。

大抵所有美好的事物都是无国界的，

艺术无国界，美景无国界，爱也是无国界的，

它们盛放在每个人的心灵花园。

既然人生是一趟没有返程票的旅行，

不如把人间的喜怒哀乐、悲欢离合都当作风景，

抓紧去想去的地方，抓紧做想做的事，抓紧爱想爱的人。

每个人的内心世界就像一片葱郁的森林，

我们可以轻易走近一个人，却很难走进一个人的内心森林。

这片葱郁的内心森林，不仅别人不能轻易走进，连自己都常常会迷失。

当一个人立在宇宙洪荒之间，便可以与自己和解。

大自然有种神秘无穷的力量，让你敬畏万物同时包容自我。

眼前的景色文学家来描绘，文字会失色；
印象派大师来描绘，只能描绘出几分神韵；
摄影大师可以记录局部的惊艳，
却捕捉不到来自远古的风声、空气和无边无际的静寂。

童话不仅根植于现实，也根植于内心。

每个人都可以凭借想象力拥有另一个属于自己的世界，

那就是丰饶的内心世界。

## 世上有没有一种幸福生活模式？

书上说北欧的夏天最珍贵，凉爽又明媚，日子如黄金般灿烂；书上说北欧的人们过着全世界最适宜的生活，挪威、芬兰、瑞典、丹麦轮番被评为“全世界最幸福的国度”；书上说那里有蓝色的大海、茂密的森林、迷人的童话，还有永不落山的太阳……

“书上说”都很美好，我要亲临其境，和喜欢的人一起感受那份美好。我想去那里看一看，传说中最幸福的生活是一种什么样的生活？

## 启程前

旅行前最大的工程就是收拾行李，每到这时我就选择困难症发作，不知道要带哪件衣服跟着我和欣宝一起去旅行。

用林知逸的话说：“做女人就是麻烦，出趟远门跟搬家没两样。”

我撑回去："没事，反正有你这个搬运工。"

总算把决定宠幸的衣服整理好放进行李箱，林知逸帮我合上行李箱，放到体重秤上，23.5 公斤！超重 0.5 公斤。

"一整个箱子都是你和欣宝的衣服，不知道的还以为你俩这是去巴黎时装周。"林知逸说。

"不是北欧温差大吗？一年四季的衣服我都带了。"我说。

我又收拾出搭配衣服的鞋子，塞到另一个行李箱。

"一整个箱子都是你和欣宝的鞋子，不知道的还以为你去征战沙场。"林知逸说。

"大概我在古代是女将军吧？行李箱就是我的战马。"我说。

"你是女将军，那我是什么？"林知逸问。

"你本来是皇帝身旁的……侍卫，结果看上我，就和我一起打江山了。"我胡诌。

"还好，不是皇帝身旁的太监就好。"他说。

收拾完"战袍""战靴"，还要收拾睡衣、袜子等零碎，转眼都收拾到凌晨一点了。

打算先去刷牙洗脸，然后再收拾一会儿就睡。

我在卫生间洗脸时，林知逸来到身后将我抱住。

"我待会儿还要收拾行李呢！"我说。

"等我先把你收拾了。"他边说边亲我。

"……"

# 睁开心灵的眼睛，看见生活的美好

赫尔辛基比北京慢六个小时，这里的夕阳也落得很慢。时间像不再拼命奔跑的孩子，驻足欣赏大自然的景色。

## 晚霞是夕阳对天空的告白

夏日黄昏，临海酒店的窗外，天边粉橙色的霞光辉映着静静的芬兰湾。海岸附近，立着高耸的电线塔，与海湾小岛上的另一座电线塔遥相呼应。遥遥望去，隐约可见海岛的小木屋。一艘船只在夕阳的脉脉注视下驶向海的尽头。海滨公路上，偶尔有车辆穿梭其间。

金灿灿的夕阳掩映在层叠的云彩中，似一双上帝之眼，深情地关照着人间。

此时已是晚上九点，赫尔辛基仍然一派夕阳斜照的景象。北欧已进入白夜季节，日落时分尤为漫长。

我静立窗前，望着温柔的暮色，听着西贝柳斯的小提琴协奏曲，只觉尘封已久的灵魂被唤醒，心灵仿佛打开一扇小窗，优美的风景和动听的音乐透过小窗映入心间。

日复一日的琐碎忙碌容易磨平我们对生活的热情，将心灵之窗关闭，旅行就是打开这扇窗的钥匙。

想象中我是和喜欢的人并肩看日落，现实中，先生林知逸已倒在床上呼呼大睡。经历了九个小时的长途飞行从北京抵达赫尔辛基，之后又跟着旅行团去了两个景点，加之又担任行李搬运工，也不怪他一到酒店倒头便睡。

倒是欣宝，在飞机上睡了一路，此刻精力充沛，正坐在书桌前画画，台灯映照着她肉乎乎的小脸。

良辰美景，岁月静好，大抵如此。

西贝柳斯小提琴协奏曲的第二乐章带有浪漫曲风格，浪漫诗意又不乏淡淡的忧伤。芬兰诗人拉西·纳米评论它为“无情的美丽”，我却更愿意用“深情的忧伤”来形容。

听着这支曲子看日落，风景已和曲子融为一体，曲子也成了夕阳对人间的告白。

正因为夕阳对人间无比眷恋，才用晚霞向天空告白吧？正因为艺术家对生活无比热爱，才用音乐绘画文学等艺术向人间告白吧？

艺术家往往是深谙大自然语言的人。

方才导游带我们去了西贝柳斯公园，公园面朝大海，代表性建筑是西贝柳斯纪念碑，由 600 根银白色高低错落的空心钢管组成，酷似一架巨大的管风琴。海风吹过，气流会穿过钢管发出时而高亢时而低沉的蜂鸣声，就像大自然在演奏永恒的交响乐。

当初芬兰政府觉得这座雕像太过前卫，要求雕塑家艾拉·希尔图宁再完成作曲家西贝柳斯的雕像，希尔图宁有些不快，认为管风琴雕塑已足以反映西贝柳斯的贡献。只有艺术家最懂艺术家。艺术家最在乎的是自己的作品有没有传达出心声，并不在乎死后有没有雕像。对艺术家最好的纪念，是在他离世后还有人懂得欣赏他的作品。西贝柳斯纪念碑不仅在提醒人们别忘记西贝柳斯这位伟大的音乐家，而且是在提醒人们别忘记聆听他创作的乐曲。

但是，来参观雕像的多是普罗大众，大众大都不明白雕塑家的用意和音乐家的想法。最终希尔图宁还是同意再制作一座人像。于是有了现在人们看到的立在岩石上的西贝柳斯蹙眉沉思的头像。头像两侧云朵状的耳朵奇大无比，其中有半只耳朵还掉下来挂在岩石上。这座雕像引起了人们的无限遐想，欣宝看到后说："这好像凡·高！凡·高的自画像也是只有一只耳朵。"

小孩的发现倒给了我新的启发，我本只想到大耳朵代表西贝柳斯超强的音乐感知力，掉下来的半只耳朵或许代表他会聆听民众的心声去创作音乐。欣宝联想到凡·高，让我可以从另一个角度解读：艺术家都会沉浸在艺术世界里，他们是喜欢沉思的孤独者。

艺术家不只是用耳朵去听，用眼睛去看，更是用心灵之耳去听，用心灵之眼去看。

只有睁开心灵之眼，打开心灵之耳，才能感知艺术的魅力。

同样，对我们普通人而言，只有睁开心灵的眼睛，才能看见生活的美好。

就像此时此刻，我静立酒店窗前，聆听着西贝柳斯欣赏日落，感受着生命的慷慨馈赠，工作中的烦恼早已烟消云散。

“这才是真正的日不落帝国啊！”望着迟迟不回家的太阳，欣宝感慨道。

赫尔辛基比北京慢六个小时，这里的夕阳也落得很慢。时间像不再拼命奔跑的孩子，驻足欣赏大自然的景色。

这是我看过最漫长的日落，日后或许会成为初遇北欧最深刻的记忆。

## 亲自发现的美才可以驻留心间

次日醒来，熹微晨光透过窗帘的缝隙照进室内，那道光亮吸引着我不由自主地靠近。

掀开窗帘，只见海天相接处已被朝霞染红，澄蓝天空镶嵌着橘粉色的花边，若有似无的透明灰烟云笼罩天际，宛如披着薄纱的仙女在迎接初升的太阳。

看了看时间，才清晨五点，我却了无睡意，目光全然被窗外的日出锁住。

湖泊森林仍在沉睡，远处建筑透出的灯火影影绰绰，世界一片寂静。

如此瑰丽的海上日出，一个人独享有些奢侈，我试图唤醒林知逸和欣宝共享，谁知终究敌不过睡眠女神的魅力，还是只有我一个人伫立窗前，静候着北欧的朝阳。

天色越来越亮，橘粉色花边越来越淡，终于，一轮红日跃出海平面，徐徐升起，耀眼地挂在东方的天际。

留恋地望了一眼朝阳，我拉上窗帘，心满意足地重新沉入梦乡。

第一次来北欧，住在芬兰的首都，住在看得见风景的房间，可以足不出户欣赏日出日落，不由感恩大自然给我此番旅程的见面礼是多么丰厚！

再次醒来，是被房间里的电视机唤醒的。电视里在用芬兰语播报早间新闻，屏幕最上方显示“Your 8:00 wake up call”。导游安排的酒店叫醒服务发挥了作用。

窗外的湖泊森林早已醒来，海天一色的蔚蓝映入眼帘，原本只展现窈窕身影的电线塔此刻现出了天蓝色的样貌，它真是百搭，既可以融入夜色，也可以融于白昼。

不时有车辆穿梭在海滨公路，但世界仍然宁静平和。

“早上五点我就醒了，刚好赶上看日出，太美了！”站在镜前梳头发时，我犹在回味清晨看到的日出。

“你怎么不叫我起床啊？感觉错过了一个亿。”林知逸颇为遗憾地说。

“我叫你了，但是叫不醒啊！”

“唉，错过了最佳摄影时间，我真想把当时那个我掐醒！”林知逸痛心疾首地说。

“那你得掐醒自己两次，昨晚你倒头就睡的时候，正是北欧的日落时刻。”我不忘补刀。

“那我岂不是错过了两个亿？”

“我拍了照片，你可以减少点损失。还有，如果你能体验芬兰一种独特的文化，或许还能赚回两个亿。”

“什么文化？”林知逸对这项投资颇感兴趣。

“可能你需要一点勇气一点好奇一点冒险精神，才有可能体验这种文化。因为需要你在一个特殊场合赤身露体，全情投入，对手特别火热，有时候还让你体验冰火两重天，不知道你受不受得了。”

“是需要献身的文化？”

“当然要献身，体验芬兰这种特有的文化，必须把自己全身心交给它，去体验去感受就好了。”

“全身心交给她？这种文化，有老婆的人去体验不太好吧？”

“没事，可以一起去体验啊！”

“这里也太开放了吧，也给女人提供这种特殊文化？”

“当然！男女平等，一视同仁。何况芬兰还是女权意识较强的国家，前总统和前总理都是女性。女人当然也有资格体验芬兰这种独树一帜的娱乐文化！”我振振有词地说。

“不过……这种文化既让人好奇又让人害羞，大概和古代文人去青楼寻欢作乐差不多吧？”

这都哪儿跟哪儿啊？“差太多了！虽然都能激发人的好奇心，但完全是两种体验。”

“不就是西方比中国古代更刺激一些？”

“刺激当然刺激，毕竟热情似火，有冰火两重天。”

“还是咱中国婉约多了，吟诗作赋，雅兴十足。古时候的特殊文化下，混迹青楼的柳永才能写出那么多旖旎的词吧？”

这和青楼有什么关系啊？我猛然醒悟过来，敢情我和林知逸说的不是同一回事？

“你以为是什么文化？”我问林知逸。

“红灯区文化。”他不假思索地说。

“……我说的是芬兰浴，是芬兰特有的蒸桑拿文化。”没想到我俩竟“鸡同鸭讲”了这么久！

“蒸桑拿就蒸桑拿嘛！还什么特殊文化，热情似火，冰火两重天，不怪我多想嘛！”

“我可没夸张，这里的桑拿是全世界最热的，都是80摄氏度以上，是不是热情似火？蒸完桑拿冲个冷水澡，甚至先蒸桑拿然后跳入冰窟窿里是冬天流行的活动，是不是冰火两重天？这里还举办蒸桑拿大赛，对冠军的要求是看谁在最高温度下蒸最长时间，据说有个人选择挑战最高温度，结果被抢救出来的时候内脏都快被蒸熟了！”我给林知逸科普芬兰的桑拿文化。

“这简直不是蒸桑拿，是‘涮人肉’！把人当火锅里的菜涮！”

“也不能这么说。可能是北欧的冬天又寒冷又漫长，所以这里的人们对温度特别渴望，而蒸桑拿刚好可以满足这种渴望。你送我的那本英国作家布斯写北欧的书里，他就专门体验了芬兰浴。他第一次蒸桑拿，没有经验，就跟着别人走，学别人往肩头搭条毛巾，跟着别人从更衣室走到淋浴室再走到桑拿房。比较好笑的是，桑拿房的位置是分温度等级的，坐的位置越高温度也越高，布斯为了不让别人小瞧他是外国人，选了比较热的位置坐下。”

“我其实也有过一次蒸桑拿的体验。有次公司年会，老板请大家去北京某商务酒店，住的是总统套房，提供泡温泉、蒸桑拿等服务，我这个乡下人没见过世面，跟刘姥姥进大观园似的，可稀奇了。结果蒸完桑拿和同事们玩‘狼人杀’，正准备睡总统套房，一个电话在凌晨两点响起，紧急把我叫回市区。”

“谁那么不近人情啊？”

“一个重要的领导，比老板还重要。”林知逸煞有介事地说。

“谁啊？”我很疑惑。

“还能有谁？你啊！你说一个人睡觉害怕，我就放着好好的总统套房不睡，半夜赶回来陪你睡了。”

“想起来了！我那会儿胆小，不敢一个人睡，半夜把你叫回来真不好意思。”

“没事儿，当时蒸过桑拿已值回票价。那是我第一次蒸桑拿，不懂正确流程怎么走，于是我和同事就跟着一个人走，也是先去淋浴间再去桑拿房。等我们出来时，发现有个人跟着我们从桑拿房跟到淋浴间。我当时心想，不会是之前被我们跟踪的人发现了什么，反跟踪吧？结果，那人走到我们跟前，问我们：‘搓背不？’”

我笑道：“之前你跟踪的人跟这个搓背人是同一个人吗？”

“大家都光溜溜的，我哪儿分辨得出是不是同一个人啊？”

“有意思！我真想去体验一下芬兰浴，说不定体验完能写出一篇《芬兰观浴记》。”

“上午导游带我们参观景点，中午要去芬兰堡，傍晚就要坐船离开这里，下午的自由活动时间应该不够体验芬兰浴，等我们下回来再体验吧。”

旅行就是如此，难免有所缺憾，但留点缺憾也是留点念想，为了下次有机会重逢。

村上春树说：“在旅行中要是事事都一帆风顺的话，就不叫旅行了。”

北欧之行的第一站，我遇到的第一件不顺的事就是：我翻遍行李箱和背包，都没找到我准备好的隐形眼镜，只在背包里找到一副不好用的快过期的隐形眼镜。

明明出发前，我把半年抛隐形眼镜和一盒一次性隐形眼镜都装进一个塑封袋，偏偏在装箱时忘装进去了！

不戴隐形眼镜拍不出好看的照片，而一趟没有好看照片的旅行是没有灵魂的。

于是，在赫尔辛基的自由活动时间，团友去买北欧品牌的包包和鞋子，我满大街寻找隐形眼镜店。

导游已提前打好预防针：“北欧的人不怎么戴眼镜，就算有眼镜店也不一定有隐形眼镜，我有一次过来隐形眼镜碎了，想买都没买到。”

但为了我的灵魂之旅，我还是打算寻遍赫尔辛基的眼镜店。好在赫尔辛基是一座可以用脚步丈量的城市，据说走遍市中心只需要二十分钟。

我们沿着街头漫步，两侧是林立的商铺，红色双层巴士、绿色有轨电车缓慢地路过，成为街头亮丽的风景线。行人闲庭散步，表情放松自然，路旁的白色波斯菊跟随风的节奏摇曳生姿。

“那家店好像是眼镜店！”林知逸指着马路对面的一家商铺说。

还算走运，这家店售卖隐形眼镜。我将那枚快过期的隐形眼镜换成新买的隐形眼镜，眼睛都明亮起来。

“这副眼镜虽然不太好用，但关键时刻还能派上用场。”我说。

“你现在有了新的隐形眼镜，备胎可以扔掉了。”欣宝说。

“你知道什么是备胎吗？”我还是第一次从欣宝口中听到“备胎”这个词。

“知道。”她无比确定地说，“你准备生二胎就是备胎。”

我和林知逸相视而笑，原来贝贝是备胎啊！

距离乘大巴前往游轮码头还有两小时，这期间我们可以没有目的地在赫尔辛基街头闲逛。

芬兰又称“白都”，只因飞行员从天空俯瞰地面，森林湖泊间坐落着一座座糖霜般的白色建筑。

最具标志性的白色建筑是白教堂，坐落在高高的石阶上，白墙绿顶，希腊廊柱，耀眼地浮于蔚蓝色晴空。另一座让我印象深刻的白色建筑位于芬兰堡，是一座白色城堡，同样是白墙绿顶，与那里葱茏的树林和如茵的草地相映生辉。

当然，芬兰不只是白色的，还有彩色点缀其间，比如芬兰堡黄色的联排小木屋、俄罗斯洋葱顶风格的红教堂、有着蓝色玻璃的摩天轮，在北国蓝天的映衬下，随手一拍就是一张小清新明信片。

我喜欢这里颇具艺术感的教堂建筑，相比较红教堂、白教堂，我更喜欢岩石教堂。岩石教堂外形独特，似着陆的飞碟扣在岩石上，朱砂红穹顶以白色玻璃镶边，像只展翅飞翔的仙鹤，烛光照亮未经雕琢的岩石墙壁，这里巧妙地将精致和简朴这两种看似矛盾的气质完美地融合在一起。管风琴的乐声回响在教堂内，余音袅袅，萦绕在每个驻足停留的游客心里。

乐声轻扬，烛光摇曳，旅人的心也一点一点沉静下来。

望着岩壁旁四五排烛台上点燃的数百支小蜡烛，以及竖立在边上的一支长长的大蜡烛，不由得想：或许那支大蜡烛象征信仰，每支小蜡烛象征每个人的心灵，点亮信仰，可以点亮每个人的心灯。

信仰是每个人的灯塔，有了信仰，在海海人生航行，才不会迷失方向。

世上有很多种信仰，有人信仰宗教，有人信仰哲学，有人信仰艺术，有人信仰神话，有人信仰爱情。但究其根本，信仰的要义是弘扬爱，弘扬真善美；信仰的意义在于只要信仰在，无论生活多么艰难，人们都不会放弃对美好生活的向往。

任凭疾风吹拂，只要被信仰点亮的那盏心灯不灭，便可以拨开生活的迷雾。只要心是明亮的，就不怕前路黑暗。

心灯被点亮，双眼才可以发现美，看到的风景才可以镌刻在心灵深处，过目不忘。

旅行时，欣宝总能发现不一样的世界，孩子有一双天然发现美的眼睛，因为孩子没有丢掉和世界初见的好奇心。

她能在热闹的码头露天市场和宏伟的市政厅建筑之间，发现猫头鹰形状的“女王之石”纪念碑；她能在四只海狮环绕的“波罗的海的女儿”阿曼达铜像前，发现一群鸽子自被阳光染成金色的建筑上空飞过；她能在琳琅满目的商铺前，发现那家名为 Fazel 的咖啡厅。

托欣宝的福，我们坐在 Fazel 咖啡厅，和当地人一样，一边吃着甜点喝着咖啡，一边看着行人聊着天，度过了一个悠闲自在的下午。

“我发现不少知名赛车手都是芬兰的，比如 F1 冠军哈基宁、莱科宁，还有拉力赛车手坎库宁、马基宁。”林知逸说。

“你有没有发现他们的名字里都带有‘宁’？”我问。

“因为很多芬兰人的姓以 nen 结尾，翻译成‘宁’。”

“带‘宁’的貌似都蛮厉害，比如中国的李宁，以前是体操王子，退役后创造的品牌李宁也走向了全世界。”

“那是！我身边就有一个厉害的‘柠’，大柠，也是走向世界的冠军‘柠’。”林知逸煞有介事地说。

我被他逗乐了：“走向世界，我能理解，喜欢去全世界旅行。冠军，我就不解了，我也没拿什么比赛的冠军啊！”

“听说过‘无冕之王’吧？我觉得你是谈恋爱锦标赛冠军。”

我更乐了：“哪里冒出的谈恋爱锦标赛？”

“没遇见你之前，我看到不少夫妻经常吵架，甚至有夫妻像仇人，极少数的恩爱夫妻也是靠亲情维系。我以前本来也以为婚姻是爱情的坟墓，结婚后就是亲情，但是你一直在成长，在变得更好，让我无时无刻不感觉到新奇，一直有处在恋爱中的感觉。”他的语气很诚恳。

都说爱情如人饮水，冷暖自知，如果被相恋十七年的爱人评价为谈恋爱冠军，算是很高的评价吧？

不过，距离我理想中的谈恋爱冠军还有一段距离，我理想中的最佳爱情是：我心悦你，百年为期。要谈恋爱，就认真谈一场一生一世的恋爱。这种理想爱情需要经历漫长时间的考验与沉淀。

距离去码头集合的时间近了，我们即将踏上新的旅程。

“傍晚就要离开芬兰了，你对芬兰印象最深的是？”我问林知逸。

“以前对芬兰的印象是诺基亚手机，现在对芬兰的印象是露天市场新鲜美味的野生浆果。”先前林知逸在市场买来一袋蓝莓和树莓，确实新鲜可口，带有森林的气息。

“欣宝，你对芬兰印象最深的是？”同样的问题，我抛给欣宝。

“这里的黑雁很可爱，用一根火腿肠就可以跟着我走很久。这里的雪糕混合着菠萝、苹果、百香果三种口味，百香果味道最浓烈。这里的杧果布丁很美味。”正在吃杧果布丁的欣宝说。

“那你呢？你对芬兰印象最深的是？”林知逸问我。

我想了想说：“可以看日出日落的房间，在西贝柳斯的国家听西贝柳斯的音乐，西贝柳斯公园钢管下抬头望天的一对年轻情侣，还有芬兰堡牵着两只狗坐在草地长椅上晒太阳的年迈夫妻。”

年轻时的爱情是共同眺望远方，年迈时的爱情是共同享受生活，那对年轻情侣和年迈夫妻代表漫长人生的两个时间点，也代表美好爱情的两种状态。

固然旅途中会有不顺，但更多的是惊喜。而令我们感到惊喜的往往不是去到某个著名景点参观，而是不经意间发现一片独属于自己的风景。

漫不经心遇见的风景，印象反而更为深刻，会觉得世间百般美好。因为那不是别人告诉你的风景，是你的心灵之眼发现的。

或许不为目的，方能达到目的。

# 好的伴侣可以共舞一生

相同的人在一起，只是平面；不同的人在一起，才是世界。

日落时分，海岸线尽头的天边泛起玫瑰粉霞光，我们乘坐“诗丽雅公主号”游轮航行在波罗的海之上。

风平浪静，我们站在甲板上欣赏日落，游轮从芬兰向瑞典首都斯德哥尔摩航去。

海风拂面带点凉意，欣宝觉得冷，我们返回温暖的船舱。

船舱内有酒吧、影院、咖啡厅、健身房、免税购物店等，像一艘在海上航行的大型度假酒店。

我们去了甲板七层的星光俱乐部，七彩聚光灯照耀着舞台，有乐队正在表演。主唱是位扎着个性丸子头的英俊男人，白衬衣搭件黑色小西装，简约又时尚。他边唱歌边弹着电吉他，嗓音深情磁性。

不知主唱在用芬兰语还是瑞典语演唱，听不懂也没关系，音乐旋律照样可以在心头回旋。连欣宝都聚精会神地望着舞台，很认真地听着。

舞台和观众席之间的舞池上，有对满头银发的恋人相拥共舞。两人配合默契地踏着小碎步，从舞池右侧舞到舞池左侧，又从舞池左侧舞到舞池右侧。

无论年龄，无论胖瘦，每个人都可以尽情享受音乐，跟着节奏感受生命的律动。

老先生身穿豆沙红毛衣，老妇人身穿白色短袖 T 恤，仿佛两人处在两个季节。

听不懂主唱在唱什么也好，我可以把歌词任意想象成自己喜欢的歌词：

Like apples and pie,

(就像苹果和派的关系，)

We go together so nice,

(我们在一起多么般配啊，)

But we're so different, so different,

(但是我们实在是太不同了，太不同了，)

You and I.

(你和我。)

Like birds on the wire,

（就像站在电线上的鸟儿一样，）

We could hang out for days,

（我们可以一起玩好多天，）

But you're a bluebird,

（可是你是一只蓝知更鸟，）

I'm a sparrow,

（我是一只麻雀，）

Flying different ways.

（我们飞行的方式不同。）

老先生和老妇人的衣着，一个像秋天，一个像夏天。两人性格应该也有许多不同吧？不过，这并不妨碍他们步调一致地共舞。

忽然想起林知逸对我说过的一句话："相同的人在一起，只是平面；不同的人在一起，才是世界。"

歌声悦耳，舞步轻巧，一曲终了，再舞一曲。深情的、欢快的、舒缓的，他们以不变的舞姿跳了三支舞曲。他们在舞池旁若无人地跳着，俨然沉浸在两人的世界。

"Don't want the sun, don't want the moon, don't need the earth, but I need you.（我可以丢掉太阳，丢掉月亮，丢掉地球，但是不能丢掉你。）"此情此景不就是 *Apples and Pie* 那首歌里的歌词重现吗？

舞台两边有写着"STARLIGHT"的大屏幕，银发恋人的身影投影在上方。今夜星光璀璨，他俩是整个歌舞厅最闪亮的明星。

如果人生是一个大舞台，能遇见一个配合默契的舞伴实属不易，能在一起共舞一生更是难得。

“真希望我们老了也能像他们一样，一起舞动生命，一起享受人生。”我抓住林知逸戴着戒指的手，对着舞池里共舞的银发恋人，拍下合影。

只要生命一息尚存，就不要停下舞动的步伐。

# 日常生活 也需要仪式感

旅行可以帮我们脱离惯常生活的轨道，换一种心情，逃离快节奏生活，享受人生中的Fika时间。

枕着波罗的海睡了一夜，睡梦里耳朵变成收藏涛声的贝壳。第二天早晨六点十分，轮船准时抵达斯德哥尔摩。

作别粉白色的“诗丽雅公主号”游轮，我们踏上前往市区的大巴。

之前我对斯德哥尔摩的印象仅仅停留在对斯德哥尔摩综合征、诺贝尔奖、宜家的认识上，此刻，窗外海湾旁浓绿丛林掩映的建筑浮现眼前，斯德哥尔摩这座城市触手可及。

或许因为时间尚早，大巴停在老城区的中央广场附近时，著名景点瑞典皇宫前除了静静守卫的卫兵外，空无一人。

皇宫前高高的石阶上立有一座骑士雕像，骁勇善战的国王古斯塔夫二世身着军服骑在战马上，一手紧紧握着缰绳，一手高抬指点江山。他威风凛凛地屹立在高高的广场中央，面朝梅拉伦湖，湖畔建筑和游船尽收眼底，米色的皇宫辉映天边柠檬黄的霞光。

从背后看这位战死沙场的国王英姿，他仿佛在说：“瞧！这是朕打的天下！”

东边晨曦微露，西边天空灰蒙，不多时，竟飘起蒙蒙细雨。不承想在异国他乡看到“东边日出西边雨”的景象。

“东边日出西边雨，道是无晴却有晴。”我们走得很慢，团友们已跟着导游去别的景点参观了，我们还优哉游哉地漫步在老城区被雨水打湿的石板路上。

前方一座高耸的教堂尖塔刺破云空，七点整，钟楼的钟声响起。林知逸撑着伞，伞下是女儿欣宝，伞明显往欣宝这侧倾斜。两人几乎步调一致，空寂的巷道里，回响着动听的钟声和脚步声。

雨停了，东边的天色渐渐明亮起来，耳边清晰地传来海鸥的叫声。

我和林知逸并肩走着，欣宝在前面独自撑着伞，像一只移动的蘑菇，走在前往游船码头的广场斜坡上。

望着她小小的背影，想着现在我们陪她走四方，未来的她总要独自去远方，而我们的目光会一直追随着她。

我们来到码头，即将登船漫游有“北方威尼斯”之称的斯德哥尔摩。

向导是位金发白皮肤的瑞典男人，表情一本正经，中文说得十分流利。

“安全最重要，下了点雨，甲板肯定会有些滑，一急就会出事儿，会摔跤。”登船前向导边讲注意事项，边做出脚底一滑的姿势，“把速度降慢就会很安全。甲板上面的桌子不用搬，旁边是安全通道，一旦发生紧急情况，我和船长必须要从旁边过，有人掉水里啊，之类的……”说到这里他撇嘴笑了笑，略停顿下继续说，“没有发生过了，但是如果万一呢？”

就是这一笑加一停顿，平添几分幽默感，大家都笑了。

怀着愉悦的心情，我们登上“气氛号”游船。乘船游览雨后的水都，体验康有为笔下“岛中处处有人家”“波光山色绿无际”的瑞典，委实气氛不错。

靠近海岸线的天空是橘色的，为湖畔简约古朴的建筑披上一缕霞光。大片天空仍被灰色云层笼罩，水天一色，湖水亦是沉稳的灰。这样的天色，倒是很适合斯德哥尔摩冷静理性的气质。

海鸥伴随游船航行，老城区离我们越来越远。远远望去，一栋栋简约古朴的中世纪建筑变得袖珍，仿佛用乐高积木搭建的城市，高耸入云的教堂尖塔依然清晰可见。这里的建筑风格酷似爱丁堡，我倒愿意用“水上爱丁堡”来称呼它。

向导除了给我们讲解沿途遇见的标志性建筑，还会不厌其烦地说着瑞典近乎完美的福利制度和生活方式。

瑞典实行高收入、高税收、高福利的社会模式，从幼儿园到大学，学费全部由国家承担。在北欧国家，男女绝对平等，女总统、女总理比比皆是。北欧还有爸爸育儿假，新手爸爸可以和妻子共同享有近一年半的带薪育儿假，因此瑞典奶爸特别出名，典型的“我负责用心带娃，你负责貌美如花”。

北欧的高福利，我在芬兰时就有所耳闻。游览芬兰堡时，地陪是位在赫尔辛基生活了十年的成都姑娘。她十八岁来到赫尔辛基读大学，读完四年大学毕业后留在这里工作，连续四年持有工作签可以换永居卡，目前她已有永居资格。跟团的导游说：“挺划算啊！可以享受北欧的所有福利。”地陪姑娘说：“花费的是我的时间啊！我最美好的青春都在这里了。”其实令姑娘最扼腕叹息的是，她还没找到那个可以和她一起享受育儿假的人。

对北欧的高福利我并不羡慕，我倒是羡慕这里的生活方式。

瑞典人有两个生活关键词，一个是“Lagom”，一个是“Fika”。

“Lagom”有多种含义，可以理解为“恰到好处”“不多不少，刚刚好”，能用于很多场所。比如喝酒时要注意适量，喝得太多或太少都不叫 Lagom，用餐亦然；比如社交时，要不远不近，不过分亲密，也不过分疏离，感情融洽但保留自由。Lagom 溯源至古时候的维京人，他们围着篝火递杯共盏，一人喝完将斟着蜂蜜酒的牛角杯传给下一个人，每个人都不贪杯，只喝刚刚好的分量。

我觉得 Lagom 有点像中国的中庸之道，饮食饮酒适度，感情相处恰当，不甜不腻，不咸不淡。我性格中有偏向热情的部分，我通常在刚认识志趣相投的人时已经开始掏心掏肺，付出真情，而对方却不一定会领情，甚至把热情误解成献殷勤，满腔热情付诸东流。感情的频率不一致，最终受伤的只有自己。Lagom 是我要学会的与人相处之道，不过分热情，也不过分冷漠，掌控好亲密和疏离的度就好。人心太复杂，有人的地方就难免会有摩擦，人和人之间保持一定距离反而有一种安全感。

“Fika”是“Coffee Break(茶歇)”,可以理解为“上午茶”或“下午茶”。对瑞典人而言，Fika 是神圣不可侵犯的。不管是学生还是上班族还是家庭主妇，每天总会在课间或工作间隙拥有 Fika，这段二十分钟左右的时间是他们喝咖啡闲聊的放松时刻。

平常我习惯了繁忙的工作，恨不能争分夺秒地工作。很难想象，工作时间在上午十点多和下午两点多各抽出二十分钟来喝咖啡闲聊(大概老板也不会乐意)。然而，偏偏瑞典人这样的 Fika 时间可以帮助大脑放松，反而能提升工作效率。

难怪我一到工作日就神经紧绷，难怪我学游泳学吉他时，老师都让我放松，原来是我没有在工作间隙给自己安排 Fika 时间。

忽然想，我的 Fika 时间应该是每年节假日和年假的旅行，这和工作的间隔也太长了，相当于暴饮暴食，疯狂工作，再尽情旅行。但是我有个作者朋友晓雪，她每天坚持敷面膜，敷面膜也就十五到二十分钟时间，这段时间对她而言应该就是 Fika 吧？

Fika 是每天留有一点宠爱自己的放松时间，喝咖啡也好，品甜点也好，看日落也好，那段时间可以暂时抛去世俗的一切烦恼，纯粹在感受生命，享受生活。

Fika 大概是日常生活中的一种仪式感，原来，仪式感不只是节假日的专利，还可以融入每天的生活中。

一小时的游船之旅结束,“气氛号”游船回到了方才起航的码头。

随后，我们乘坐大巴前往斯德哥尔摩市政厅。

市政厅是斯德哥尔摩地标性建筑，坐落在温柔流淌的梅拉伦湖畔。红砖墙砌成的宏伟建筑和镀金三王冠尖塔格外耀眼，宛如梅拉伦湖畔的一颗明珠。

繁茂青翠的藤蔓沿着红墙攀爬至红屋顶下方，为长条方格窗棂绣上绿色锦缎，百年建筑多了几分盎然的诗情画意。

尚未到参观时间，我们在市政厅前面的广场闲逛。此处视野开阔，老城区的建筑一览无余，两座尖塔倒映在波光粼粼的水面。湖边的栏杆上一左一右分别立着一男一女两座雕像：男生嘴唇微张，一手抬起像是做扩音器，俨然在放声歌唱；女生微踮脚尖，手臂微弯放在身侧，似乎在翩翩起舞。在如此风景秀美的地方唱歌舞蹈，梅拉伦湖都成了流动的舞台。

我站在女生前面，学她摆出舞蹈的 pose。欣宝说这是芭蕾舞动作，嫌我做得不标准，来指点我。

林知逸给我拍照，我问他："怎么样，我摆的 pose 像雕塑吧？"

他说："像。"

我正想表扬是欣宝指点得好，结果林知逸继续说："像沙雕。"

"……"我还是叉个腰好了……

将"City Hall"贴纸门票贴在衣袖上，我们走进斯德哥尔摩市政厅。这里不仅是市政府办公楼，还是举办诺贝尔奖晚宴及舞会的场所。每年 12 月 10 日诺贝尔辞世的日子，在斯德哥尔摩音乐厅举行完诺贝尔奖颁奖仪式后，瑞典王室和得奖者及其他贵宾会来到市政厅欢聚一堂，在一楼的蓝厅举行晚宴，在二楼的金厅举行舞会。

因为喜爱文学的缘故，我比较熟悉诺贝尔文学奖，喜欢的作家加西亚·马尔克斯和奥尔罕·帕慕克都是诺贝尔文学奖得主。想起能站在他们来过的宴会厅，和喜欢的作家在不同的时间来到相同的空间，四舍五入也算相逢过，有种与有荣焉之感。

蓝厅并不蓝，金厅却是金碧辉煌，每年 12 月 10 日，金厅就是舞蹈的海洋。

金厅的四壁由 1800 万块金属和玻璃块镶贴而成，在明亮的吊灯映照下光彩夺目。墙壁上还镶嵌有彩色小块玻璃组合成的一幅幅壁画，解说员指着左侧墙壁上的一幅长壁画问我们："这幅画从右边往左边看，看看知不知道是什么意思。"

第一幅图，一个小婴儿躺在石头上；第二幅图，妈妈怀抱着日益长大的孩子；第三幅图，抬起马蹄的白马下有一对恩爱的恋人；第四幅图，一个男人肩扛大石头牵着小孩的手；第五幅图，一对身材佝偻的老人拄着双拐蹒蹒前行；第六幅图，一辆马车拉着什么，有护卫兵隆重地送行；第七幅图，一个隐形的天使张开翅膀飞在上空，下面是带着十字架的墓碑。

我觉得这像是一个人完整的生命旅程，从出生到成长到恋爱到结婚生子到变老到死亡。

"上次有个小朋友看着这幅图说：'爸爸拿钱带着我逃跑了，因为妈妈太凶了。'"解说员说。

我笑了，大概小朋友只看到第四幅图曲解了意思。

"这幅图说着人生千年不变的道路，每个人都会经历从出生到死亡的一生，在这一生中什么最重要呢？”

有人毫不犹豫地回答：“钱最重要。”

解说员说：“回答钱最重要的就容易活在痛苦中。和平与爱是人类幸福的基础，没有和平与爱，有再多钱也是痛苦。”

忽然想起诺贝尔说过的那句话：“金钱这东西，只要能够解决个人的生活就够了，若是多了它会成为遏制人才的祸害。”

“这幅画的主题是‘爱的颂歌’，这世界无条件的爱最重要。什么叫无条件的爱？首先人们要在真爱的基础上再来生儿育女，然后不管孩子漂亮不漂亮、残疾不残疾，爸爸妈妈都要全然接受用心去爱。那幅男人牵着小孩扛着石头的画说明父爱如山，父亲是家里的头，要做榜样。人生就是一次爱的旅程，一代一代进行爱的传承。”

走出金厅，我对欣宝说：“你爸爸对你对我都是无条件的爱。我们曾经都是穷光蛋，但有了你这个无价之宝——欣宝。”

人生是一次爱的旅程，一代一代进行爱的传承。

后来我们还去参观了瓦萨沉船博物馆、瑞典王室居住的皇后岛，前者令人震撼，后者风光秀丽。

虽然只在斯德哥尔摩逗留了一天，但这座有着“斯堪的纳维亚地区最美首都”之称的城市给我留下了深刻的印象，不仅是干净整洁的街道，不仅是瑞典特色肉丸餐，不仅是偶遇的红色达拉木马，还有皇后岛悠闲生活的天鹅、面冷心热的人们。

当然，最重要的是，我们学到了 Fika 的生活方式。

旅行也是个体力活儿，参观完景点有些累，从皇后岛回到市中心，欣宝看到一个冰淇淋小卖部，两眼发光地走上前。我提醒她：“貌似你昨天刚吃雪糕。”

她说：“我要开始我的 Fika 时间，Fika 每天都需要有！”

我竟无法反驳。

她买的甜筒上面有两颗冰淇淋球，一颗是巧克力味，另一颗是柠檬味，结果没走两步，白色柠檬味冰淇淋球滚到地上。欣宝有些尴尬，还没吃呢，球就自己滚走了。

这时，卖冰淇淋的老爷爷招呼她过去，重新给她加了一颗柠檬味冰淇淋球。

欣宝道谢后对我说：“老爷爷真好。”

瑞典人看起来沉默内向，但其实面冷心热。

我和林知逸也有 Fika 时间，我们坐在一家街边的星巴克，边喝咖啡边闲聊。

“IKEA（宜家）是瑞典著名的家居品牌，好像在这里并没有看到 IKEA 的标志呢！”我说。

“好看的建筑看不完，大概不会注意到商品品牌。”林知逸说。

“我对家居生活的初步印象就是宜家，还记得我们装修房子前去宜家体验生活，大概就是那时候决定把我们的家装成北欧风。”沙发是灰色系，沙发背后的墙壁挂的画也是由森林、蝴蝶、小鹿组成的北欧清冷风。

“也不知是谁把 IKEA 翻译成‘宜家’的，翻译得太妙了！总会想起《诗经》里的那句‘之子于归，宜其室家’。”

“说明翻译者深谙生活之道，宜家的不只是家具，更是佳人。

托老天的福，我就娶了一位宜室宜家的佳人。”林知逸说着看了我一眼。

“……”和林知逸聊天好像就是我的日常 Fika 时间，感觉太美好太放松了。

“据说瓦萨战舰建造了两年，沉没只用了两分钟。瑞典人还蛮有勇气的，专门把瓦萨战舰打捞上来，还建造一座博物馆，用来陈列这座首航失败的大船。”我说。

“说明他们敢于纪念失败，成功重要，失败也重要。失败会让人自省。”林知逸说。

“愿意自省的国家，难怪发展很快。”

“……”

“你知道皇后岛为什么叫皇后岛吗？”我问林知逸。

“因为岛上住着皇后。”

“因为那座像凡尔赛的王宫是国王送给皇后的生日礼物，没想到这礼物成了瑞典第一个世界文化遗产。”

“国王送给公主的礼物是不是湖里的那些天鹅呢？天鹅宝宝好可爱啊！”欣宝问。

这个不知道怎么回答，切换话题好了：“欣宝，在皇后岛，你怎么不肯把火腿肠给我吃啊？”

“不舍得给你吃。”

“那你怎么舍得给天鹅吃呢？”

“给你吃是浪费，给天鹅吃是投喂。”

“……”

“你知道斯德哥尔摩综合征吗？”我问林知逸。

“听说过，大概就是被害者对犯罪者产生情感的心理问题。”

“多年前，有两位劫匪劫持了斯德哥尔摩一家银行的四名职员，劫持了六天后释放，没想到，这四名职员不仅不配合警方调查，还对劫匪这几天的照顾表示感激，甚至有位人质还爱上了劫匪，在其服刑期间订婚。听起来不可思议吧？”

忽然想，我们每个人是不是都有可能患上斯德哥尔摩综合征呢？因为人的压力和恐惧都有一个承受极限，到一定界限会不会就免疫了？比方说，忙碌不堪的快节奏生活，像不像绑架我们生命的劫匪呢？但我们会渐渐习惯这种快节奏，甚至依赖这种生活。

好在旅行可以帮我们脱离惯常生活的轨道，换一种心情，逃离快节奏生活，享受人生中的 Fika 时间。

# 山海总相逢，来日皆可期

山海总相逢，只要山与海在相逢的那一刹碰撞出火花，哪怕从此一别两宽，各自天涯，对曾经的付出亦无怨无悔。

## 人生是一趟没有返程票的旅程

飞机的机翼掠过白奶油般浓厚的云层，越过无垠的森林，越过广袤的冰山，穿过缭绕的云雾，来到一片山海相交之地。

茂密的森林间掩映着一栋栋民居，横跨海湾的大桥下面，正巧有艘黄色游船穿行而过，身后拖着长长的雪白浪花尾巴。

不过一个半小时的光景，我们便从斯德哥尔摩来到了挪威最美丽的城市卑尔根。

从机场到卑尔根市区的大巴上，导游说："我们前面在芬兰和瑞典欣赏的北欧城市风光，只是此次旅行的开胃菜。接下来的挪威之旅和冰岛之旅才是此次旅行的大餐，挪威和冰岛以自然风光为主，挪威的峡湾森林和冰岛的火山冰川拍出来都是大片。我希望大家在车上尽量多看风景，少看手机少睡觉，从经济学的角度来说，每个人来一趟三万多元，平均每天两千多，除开吃饭和睡觉的时间，大概十小时看风景，平均每小时两百多块，每分钟四块钱，相当于少看一分钟风景你就损失了四块钱。毕竟来北欧一趟也不容易，未来不一定有机会再来，既然来了就不要浪费看风景的时间。”

自从有一次旅行被不断回复微信信息扰乱后，我会在休假时把微信名加后缀“休假中回复不及时见谅”，沿途专心看风景，回到酒店如果有时间再集中处理信息。这样做的好处是：可以专心致志享受假期，假期不会被工作打搅。

我望着窗外闪过的绿色原野，一边对挪威之旅和冰岛之旅满怀期待，一边想：人生何尝不是一趟旅程？不过这趟人生旅程只有单程票，没有返程票。每个人从出生开始就一步步向死亡走去，而或许正因为有死神的威胁，才更显生命旅程的壮怀激烈吧？

只是，我们每个人都被忙碌疲惫的生活裹挟着前行，走着走着便渐渐忘记了享受这趟生命旅程。

每次旅行我都会为日出日落之美欢呼雀跃，回到日常生活中却忙于手边工作，连窗外的夕阳都懒得眷顾一眼，浑然忘记了远方的夕阳和身边的夕阳是同一枚太阳。

人们难道为了追逐所谓的梦想，却遗忘了生命的太阳吗？这不仅是对自我灵魂的拷问，也是对都市里每个奔波忙碌的人灵魂的拷问。

太阳一直在的，对全世界的人们都是一样地公平。然而有些地方已经被雾霾笼罩，看不到太阳了。是不是正因如此，人们的心灵才会蒙上一层厚厚的尘埃，忽略了生命之美呢？

我们旅行时，有导游引导着我们去发现风景之美，也会争分夺秒享受生活，会想：我好不容易来到这里，花了时间，花了金钱，跑了那么远才来到这里，将来可能不会再来了。

可是却忘了，人生这趟旅程也只有一次，甚至比去一趟国外更难。因为我们不知道未来何时还来人间，还会不会回来。

人生这趟同样很可能不会重来的、可能只有一次的旅程，为何许多人不懂珍爱呢？因为自以为反正有大把时间可以挥霍。殊不知，时间就像卫生间的卷纸，看着很多，很快就没了。恰恰是坐井观天式的自以为是限制了一个人生命辽阔的可能性。

我们出来看更大的世界，用脚步丈量世界的辽阔，是为了让世界走进内心，拓宽思维边界和内心世界。

既然人生是一趟没有返程票的旅行，不如把人间的喜怒哀乐、悲欢离合都当作风景，抓紧去想去的地方，抓紧做想做的事，抓紧爱想爱的人。

## 相恋十七年一起旅行，每一年都是热恋

有着近千年历史的卑尔根是挪威第二大城市，这里号称“雨城”，

据说一年有三百多天都在下雨。

幸运的是，我们抵达卑尔根的时候是晴天。

坐弗罗伊恩缆车上山，可以俯瞰卑尔根全貌。远山青翠连绵，色彩缤纷的房子镶嵌在波罗的海岛屿之上，红屋顶房子居多。游轮点缀其间，有的停靠在码头，有的穿行在波罗的海，仿佛在诉说日常和远行并不冲突。

生活本身就是在日常琐碎和内心自由中寻找平衡，在家里会渴望远行的自由，远行时也脱离不了日常的琐碎。

在山顶的观景台上，林知逸给我和欣宝拍了几张照片。恍然发现，欣宝小朋友又长高了。在一次又一次陪她看风景的过程中，她不经意间就长大了。

而我，还记得小时候跟着奶奶去北京的第一次远行。

那个在天安门前拍照的小女孩如今不仅长大了，还有了自己的小女孩。而奶奶，也不在了，只在泛黄的照片中微笑。

然而，那次远行和奶奶的笑容却依旧烙在我生命中，成为我在人生路上前行的动力。

一对韩国夫妇请林知逸帮他们拍合照，礼尚往来，对方也帮我们拍了全家福。虽然拍的地面都是歪斜的，但我们也视若珍宝。毕竟这是旅途中值得珍藏的美好回忆。

大抵所有美好的事物都是无国界的，艺术无国界，美景无国界，爱也是无国界的，它们盛放在每个人的心灵花园。

卑尔根曾是挪威王国的古都，现在是全球旅游胜地，因此这里宁静中透着喧嚣。

尽管如此，这座美丽的海港城市仍然如童话般唯美浪漫，尤其是坐落在布吕根码头五彩斑斓的小木屋。

我仔细数了数，这排连在一起的彩色小木屋一共十七栋。

“大林，我们在一起多久了？”我突然想起什么，问林知逸。

“从什么时候算？恋爱还是结婚？”他说。

“恋爱啊！”

“那就是十七年了。”

“好巧！那些房子连起来刚好十七栋,我们在一起也是十七年！”

“我们在一起怎么这么久了？我还觉得好像刚认识你不久一样。”他说。

我笑道：“或许我们在一起的每一年都像这排五颜六色的小木屋一样，有初恋的白，有明媚的橘，有浓烈的黄，也有热情的红。红色占了多半，说明我们一直不忘初心，总是对爱很热情，所以我们才能保持恋爱最初的样子。”

“那就是每年都有不同色彩，我们的爱才能一直保持新鲜感？”

“嗯，所以我们一直是人生如初见。我觉得认识你也就两三年吧，没想到都十七年了！”

“真希望回到刚认识你的时候，那样，我们就可以拥有更多十七年了。”林知逸握着我的手说。

“不要！那时候我们根本就没有环游世界的能力。我喜欢现在的我们，时光让我们都成为更好的自己。以后，我们在一起的每一年还是彩色的。”

“也是，和你在一起，一天也能有别人的一年那么精彩。”

“……”这确定是在表白吗？不是在说和我在一起“度日如年”？

看着矗立在山水间有着童话般色彩的小木屋，我发现这些房子单独看每一栋并没什么特别，但是连在一起变成壮观的十七栋就如此浪漫动人。

这就像是恋人在一起的十七年，如果只是在一起一年，远远不会那么动人。

恰恰是将这十七年的恋爱连成一条不间断的线，并且每一年都有色彩，爱情才会动人。

曾经为我和林知逸没举办婚礼感到遗憾，现在我却觉得自己赚到了。或许正因为没举办婚礼，我们才能一直处于恋爱中的状态吧？

结婚十年，我拒绝了林知逸要给我补办婚礼的请求。

毕竟，爱不仅仅是婚礼上的热泪盈眶，还是要经得起经年平淡的日常。

## 山海总相逢，来日皆可期

我们在挪威逗留了三日，游览了卑尔根、峡湾小镇、首都奥斯陆。或许因步履匆忙，奥斯陆除开维格兰雕塑公园内令人震撼的195座雕像让人印象深刻外，其他印象寥寥。

如果将来我有机会再去一趟奥斯陆，我想再去维格兰雕塑公园一次，在那里可以体验人生的每个阶段。从母亲怀里的婴儿到站在父亲肩上眺望远方的孩童，从和朋友们扭打玩耍的少年到和恋人窃窃私语的青年，从甘为孩子做牛做马的母亲到暮年已至皮肤松弛的老人。一座座展示人生不同阶段的雕塑栩栩如生，漫步其中，似在漫步真切的人生之旅。每个人会随着年月逐渐成长，转变角色，从孩子到孩子的父母，从幼儿到老者。人生是一趟向死而生的旅程，所幸有各种情感与这趟旅程相伴，比如亲情、友情、爱情，正是这些情感温暖了人生。

挪威雕塑大师古斯塔夫·维格兰终其一生只做了一件事，以“生与死”为主题讲述着生命的故事，委实令人钦佩。

奥斯陆还有著名剧作家亨利克·易卜生和著名画家爱德华·蒙克的印记，可惜因为时间有限未能去国家大剧院看一场《玩偶之家》，也未能去美术馆目睹蒙克的代表作《呐喊》。

不过人文景观未能欣赏的遗憾，挪威的自然景观都可以弥补。

“挪威的森林”曾被用作小说名和歌曲名，这个意象也构成了我对挪威的最初印象。其实，挪威最闻名于世的是其独特的峡湾风光，森林只是峡湾高山上的一片葱绿。

我之前从来没有过这样的经历：在一天之内乘坐列车、乘坐大巴、乘坐游船、乘坐高山小火车，从陆地、大桥、海湾、高山四个不同视角感受层次丰富、变幻无穷的峡湾风景。这样的风景若非身临其境实难体会，我只能用我的拙笔将自己的感受记录一二。

一个天朗气清的早晨，我们踏上开启峡湾之旅的列车。列车在满目新绿的山间穿行，窗外景色似一帧帧流动的画卷。葱郁的树林是天然的屏风，屏风后面便是山水相映的峡湾。峭壁巍然耸立在海岸线，有几分威慑的力量，翠绿的丛林宛如峭壁的秀发，倒映在海水中，看似刚硬的青峦平添几分柔情。路旁有不知名的小黄花、小粉花兀自盛开着，不管有没有人欣赏都开得那么热烈，纯然享受着生命之美，一如王维笔下的诗“涧户寂无人，纷纷开且落”。

列车经过一段隧道，画卷消失，窗外一片漆黑。仍然舍不得闭目凝神，直至列车穿过隧道，迎来豁然开朗的另一段风景。人生也是如此，低谷有时，明媚有时，但看到前方有光亮就有希望。

列车路过一片村庄，群山环抱着错落有致的民居。继续前行，一条蜿蜒的小径延伸至山谷尽头的森林，森林深处坐落着一栋黄色小木屋。山谷已挡住海湾的身姿，青峦依旧森然矗立，俨然成了小木屋的天然屏障。

此刻，窗外的画卷从吉田博笔下的湖光山色图变成摩西奶奶笔下的清新田园图。

遗弃在森林中的路等待着，
你轻盈的脚步。
黑暗中的风静静地等待着，
你亚麻色的头发。
小溪默默地等待着，
你热切的嘴唇。
被露水打湿的小草等待着，

而鸟儿在林中沉默不语。

…………

也是在此时，我才真切体会到冰岛诗人斯诺里·夏扎逊那首《遗弃的路等待着》的意境，美好的风景一直都在，在等待我们去遇见。

峰回路转，列车进入冷杉茂密的山林之中。画卷再度切换，从摩西奶奶笔下的清新田园图切换成东山魁夷笔下的浓郁山林图。青色山峦近在眼前，少了几分森严，多了几分亲切。溪水淙淙流淌，山上郁郁葱葱的森林仿佛触手可及。

“每个人都有属于自己的一片森林，迷失的人迷失了，相逢的人会再相逢。”没有任何预兆，村上春树《挪威的森林》里的句子忽然间浮上心头。

每个人的内心世界就像一片葱郁的森林，我们可以轻易走近一个人，却很难走进一个人的内心森林。这片葱郁的内心森林，不仅别人不能轻易走进，连自己都常常会迷失。

如果只在内心森林种一棵树，名为爱，未来会不会长满爱之树，就不会迷路呢？

浮想联翩之际，列车之旅告一段落，我们换乘大巴开始下一段旅程。

大巴窗外的风景画不亚于列车，途经一座叫 VOSS（沃斯）的小城，红黄相间的小木屋零散地分布在碧绿的山谷间，装饰着这幅清新的田园画。

“有没有觉得这里的风景有些熟悉？”林知逸问我。

“是有些熟悉，像摩西奶奶画的田园画的现实版。”我说。

“我倒觉得有些像我们去过的瑞士，同样有山有水，同样有大片青翠的草地，同样有星星点点的红色小木屋。”他说。

经他这么一提醒，关于瑞士的风景记忆仿佛和这一刻窗外的风景重叠。原来，不仅人与人会相逢，风景和风景也会相逢。在不同的时间，相似的风景跨越空间通过回忆相逢。

如此宁静祥和的童话之地，难怪会产出清凉甘甜的 VOSS 矿泉水。

我们乘坐的大巴正在横穿一座大桥，碧蓝的大海之上，云遮雾罩，缥缈似仙境。一条素白的云烟镶嵌着青山，宛如仙女飘逸的白纱裙。

大巴穿行在山海间，心中滋生“穿越山海拥抱你”的豪情，同时想起大学闺密余乔曾经的签名档是“所爱隔山海，山海皆可平”。那时候，她的先生云开在挪威工作，余乔在深圳工作，两人隔着时差，隔着山海，却隔不断两个人的爱。

此次，我带着以他们故事为原型写的书《往后余生都是你》来到了挪威，正是他们结束异地恋团圆的地方。

大学毕业后，余乔一路向南去了深圳，我一路向北去了北京，从此天南海北很少相见。上回见她，还是她和云开来北京办签证的时候。

她约我见面时，我说：“稍等我一下，我洗完头再去见你。”

她说："见我洗什么头啊！你不穿衣服的样子我都见过。"

一旁的林知逸听到了，说："你不穿衣服的样子还有谁看到了？！"

"余乔啊。我们以前经常结伴去女生浴室洗澡。"

"哦——这样。"他松了一口气。

见面那天晚上，我和大林带上女儿，余乔和云开带上儿子，约在全聚德前门的起源店聚餐。

云开说："还记得我们毕业时，我们四个人在学校北门一起吃饭的场景。"

林知逸附和："是啊！相隔多年，再次一起吃饭变成六个人了。"

我和余乔异口同声："我怎么不记得毕业四个人一起吃过饭？"

林知逸和云开异口同声："你俩贵人多忘事。"

我和余乔都觉得这回答很有觉悟，嗯，我俩都是他俩的贵人，爱情的贵人。

望着窗外的山海，我和余乔重逢的片段浮上心头。虽然毕业后我俩一共只见过两回，一回在江苏老家，一回在北京全聚德，但我俩都无比笃定，我俩内心森林里一定有一间红木屋留给彼此，那间属于友情的小木屋写着彼此的名字。

有道是"不识庐山真面目，只缘身在此山中"，大巴在桥上穿行时只见山海不见大桥，而哈当厄尔峡湾的知名景点之一就是这座哈当厄尔大桥。为了让我们观瞻大桥全貌，大巴停了下来，我们得以走进方才所见的仙境之地。

天空飘着细雨，我们沿着林中小路前行，哈当厄尔大桥的身姿若隐若现，渐渐地，整座横跨海湾的大桥映现眼前。尽管天色灰蒙，海面却碧蓝如镜。在青山烟岚的烘托下，这座悬索桥宛如一把巨大的竖琴横躺在海平面，等待仙女来将它奏响。

雨点打在雨伞上淅淅沥沥，似仙女奏响的琴声。

回到车上，窗外正在接受雨水洗礼的青山森林愈加青翠。我不由得羡慕起住在山谷间红木屋里的人们。与山为伴，与海为邻，想必心灵每天都是宁静安详的。

在车马喧嚣的都市，在一年比一年严苛的 KPI 考核下，在多方面催促着不断前行的匆忙脚步中，想要保持心情宁静几近奢侈。庆幸的是，这样的奢侈，我可以在旅行、读书、写作时觅得。

雨势渐大，雨水顺着车窗而下，窗外的景色自带一层朦胧的滤镜。不多时，我们来到了换乘游船的峡湾码头。

雨水大到落在地上都能溅起水花，我们进了一家小商店躲雨。商店内的红色手套围巾让旅人的心倍感温暖。欣宝一眼瞧见了穿着红毛衣有着一双呆萌眼睛的麋鹿玩偶，她拿起麋鹿玩偶说："我看你长得有点像我的牛牛,就给我的牛牛做个伴吧！"她口中的"牛牛"是只毛绒玩具，是从小就跟着她走南闯北的居家旅行必备。

不过躲场雨的工夫，欣宝就收割了一个小玩具，我称她为"行走的小商品收割机"。

刚好是午餐时间，餐罢步出去，雨几乎停了，眼前的景象被雨水洗刷一新，宛若初生世界。白色游船停在码头，海鸥展翅掠过长空，几条白练般的瀑布自高山倾泻而下。

眼前美景让我意识到，乘坐列车和大巴所见到的风景不过是此次旅行的序章，正文和高潮还在后头。

“我们即将乘船游览的纳柔依峡湾属于松恩峡湾的分支，号称挪威最长最深的峡湾。”导游的话让我对此次游船之旅充满期待。

游船在碧蓝的海湾匀速航行，两岸刀削般的陡峭青山迎面对峙，悬泉瀑布从岩壁飞流而下，远处的山峰之巅似乎还有未融化的积雪。

乘船游峡湾，如此近距离感受峡湾的壮美，我被震撼得说不出话来。在大自然的鬼斧神工面前，我只有惊叹的份儿。

“疑是天边十二峰，飞入君家彩屏里”“高咫尺，如千里，翠屏丹崖粲如绮”，大概只有李白这样的惊天奇才方能将眼前景色描绘出几分。

我痴迷地望着眼前美景，坐在船舱内仍嫌看不够，径自去甲板感受。看到峡湾之美，才能体会到为何有两档看似无聊的挪威节目备受欢迎。那两档节目制作超级简单，一档节目将固定摄像机安装在火车头上，跟着火车从奥斯陆出发抵达卑尔根；另一档节目则将摄像机安装在游轮上，跟着游轮从卑尔根驶向俄罗斯边境。两档节目的内容只是实况转播沿途风景，没想到却成为挪威最受欢迎的节目。毕竟这不是一般的风景！甚至，电影《银河系漫游指南》里的人物斯拉提巴特法斯特因为设计了挪威的峡湾而获奖。

当有一天亲临其境，你会发现挪威峡湾的美一定会让你有种摄人心魄的震撼，就会发现上述节目和电影并没有夸张。

苍苍青山绕海湾，历历行舟泛白浪。一群海鸥伴随游船而行，有的接受游人的投喂，有的追逐浪花，把浪花当作天然滑滑梯。

我见过欲与天公试比高的泰山，也见过连绵起伏的庐山，泰山有溪流相伴，庐山有湖泊相随。但从来没见过大海旁边矗立着如此森然的峭壁，两者都很强势，以为会水火不容，却完美地相融在一起。

峡湾在挪威语里是“深入内陆的海湾”，冰河世纪海水与陆地相争，反倒形成了山海相接的绝美风景。

峡湾的这份壮美，支撑着一种山海之情，它可以跨越心灵的围墙，把人间的烦恼统统消解。

此刻，我成了倒映在海里的一抹微云，成了海上御风而行的一只海鸥，成了峭壁森林里的一棵碧树。

那些原本一直困扰我的难题也有了答案，那段无疾而终的友情究竟从何时开始出现罅隙已经不再是我关心的问题，往后余生究竟还联系与否也不再关心。山海总相逢，只要山与海在相逢的那一刹碰撞出火花，哪怕从此一别两宽，各自天涯，对曾经的付出亦无怨无悔。

人与人之间因缘相逢，但随着年深月久，人与人之间的关系也会发生变化。有的从亲密到疏离，萍水相逢擦肩而过，再次消失在人海；有的因命运崎岖被迫永久分离，死亡却让感情更强烈，那份相逢时的光芒会点亮一生；有的承蒙命运厚爱，无论生活多艰依旧陪在身边不离不弃，经历岁月的磨砺感情醇厚如酒愈加香浓。

最后一种相逢最弥足珍贵，毕竟距离产生美，想要近距离接触许久还能在彼此心中保持美感，大概需要生活的艺术。而我，渴望将这门生活艺术课修好。

山海总相逢，来日皆可期。感恩遇见的每个人，感恩一直陪在身边不离不弃的人。

# 我们一度绝望，也放声歌唱

我们用心度过的每一天，就是我们热爱生活的证明。

## 蓝湖温泉：生活是我们爱着的日子

不知是不是越遥远的地方越让人心驰神往，北欧五国中，距离北极圈最近的冰岛对我最具神秘感和吸引力。

我们从奥斯陆搭乘冰岛航空的班机，历经三小时的飞行，穿越茫茫的北大西洋，来到世界最北的首都雷克雅未克。

乘坐大巴离开机场，窗外换了新的天地，蔚蓝天空下是贫瘠的荒原，只有零星的野草和野花倔强地生长。

“这里怎么荒无人烟？”林知逸说出了我心中的疑问。这里真的不像我从前见过的首都，像一片未经开垦的土地，透着原始的苍茫与荒凉。

荒凉的土地却涌动着无穷的能量，冰岛的温泉极为常见，我们冰岛之旅的第一站便是最有名的蓝湖温泉。

湖泊般大小的温泉池我还是初次见到，湖面蒸腾着白烟，温泉水是奶蓝色的，酷似我在土耳其棉花堡见到的那种蓝。不同的是棉花堡的温泉池是上帝的杰作，蓝湖却由地热发电厂利用排放的工业废水开发而成。尽管是人工所为，仍会为火山岩内镶嵌的这颗蓝宝石而心生赞美。

我们坐在蓝湖景区的大厅等待入场，大厅与温泉池仅隔着一扇落地窗，窗外的世界宛如一档现场直播的生活综艺。

三座小拱桥将大片温泉池分为三个区域，相互独立又相互连接。中间的温泉池最大，人也最多。洁净的天空蓝得近乎透明，蓝湖的水又蓝了几分。临近落地窗的温泉池水光潋滟，晶莹透彻。一个小男孩在里面游泳，一个小女孩戴着手臂浮圈跟在他身后游。池中还有三对站在边上聊天的朋友，有一对闺密，有一对哥们儿，还有一对情侣。忽然想，这种泡温泉聚会的方式不错，大家都卸下装备，卸下社会赋予的身份，很放松地坦诚相对，这样的聊天想必更轻松自在，也更容易交心。

小男孩和小女孩游了一会儿都上了岸，在池边木地板铺就的空地上玩花样体操。小女孩身手敏捷，轻松就做了两组侧空翻。小男孩似乎是给小女孩打配合的队友，健壮的男孩又是托举着小巧的女孩，又是弯成人体拱桥，又是蹲趴在地上，让小女孩立在他身上做体操动作。两个孩子的动作当然比不上体操比赛，但做得有模有样煞是认真，倒吸引了不少路人的目光。坐在旁边披着浴袍享受日光浴的游客也看得津津有味。

什么是生活？眼前这幕正在发生的生活图景就是答案。全然享受生命的热情，而不是忍受生活的重负。

林知逸说，旅行的意义就是去到另一个地方，看看那里的人是怎么生活的，会对自己的生活有所启发。

对芬兰人而言，桑拿就是生活；对瑞典人而言，Fika 就是生活；对挪威人而言，森林峡湾就是生活；对冰岛人而言，温泉就是生活。

对自然对生命的尊重和热爱才是生活，但由于惯性、压力和欲望，我们常常盲目追逐物质，忘记了生活的本质。

我很喜欢英文单词“Present”，既可以翻译成“当下”，也可以翻译成“礼物”，原来当下就是礼物，蕴藏着生活之道。每个珍贵的当下连贯在一起，就组成了我们漫长的人生。

当我的身体融入三十多摄氏度的蓝湖温泉水中，温暖的水流轻抚着连日奔波疲惫的身躯，闭上眼能感觉到每个毛孔都在歌唱。

“只有用水将心上的雾气淘洗干净，荣光才会照亮最初的梦想。”不知怎的，马尔克斯的这句话浮上心头。

最初的梦想最可贵，可我们常常走着走着就容易忘了。

繁忙的工作、巨大的压力、缭乱的诱惑都不是磨灭最初梦想热情的理由，为了提醒自己，我曾将梦想写在本子的扉页上：文学和爱情，这两条路，我可以走一生。

欣宝起初不敢下水，林知逸把她抱下水，等她适应了水温，将她放在池边一块台阶上。

“好舒服！好暖和！”欣宝由衷地感慨。

池边的部分火山岩经水流冲刷变成白色，深灰、浅白、淡蓝，三种颜色形成的视觉反差颇具几分美感。

欣宝轻轻拍打着湖水，有水珠溅到她笑盈盈的脸上。

据说湖里的白色泥浆含氧化硅等矿物质，有助于美容，我看到有美女在敷泥浆面膜。

林知逸在温泉池游泳，我和欣宝两只旱鸭子就一直待在池边的浅水区泡温泉。

欣宝一会儿练水中劈叉，一会儿在水中转圈圈，一会儿练下蹲，粉色泳衣上的小裙摆像一朵小莲花在湖水上绽放。

林知逸端来两杯红酒和一杯橙汁，对着世界尽头的奶蓝色温泉湖水，我们举杯感恩生活的馈赠。

“生活就要这样热气腾腾啊！”我抿了一口酒，心满意足地说。

“要是健身房的游泳池也和这里一样暖和，我早就学会游泳了。”欣宝说。

“没坚持才是根本原因，不怪水温。”我不想让她找失败的借口。

“那你呢？你不也不会游泳！有一次还是我救了你的命呢！”欣宝提起一件往事。

“那次我是自救成功！关键时刻还得靠自己。”

那次我们去健身房的游泳池，我在泳池这边练漂浮和蹬腿的动作，林知逸带着欣宝游到泳池中间。结果我想从水中站起来时有些慌张，呛了一口水，越紧张越站不起来。我在水中无助地挣扎，那一刻感觉水要将我吞噬，死神在向我招手，我想要喊救命却发不出任何声音，只有一只手在水面伸向林知逸所在的方向，结果他毫无察觉，戴着浮板的欣宝倒是感觉到了，向我这边游来。情急之下，我想起教练说过的，想要从水中站起来，不要先急着抬头，而是把头往下埋，先让脚落地，再抬头就容易了。我按照这个方法让自己站起来，重新得以在水面呼吸。

“真是防不胜防，我就没想到你在浅水区脚够到地还会出问题。所以今天我一直不敢游得离你们远，哪怕你们就站在水池边。”

我刚才只顾着和欣宝聊天，还以为他去乘风破浪了，没想到一直守护着我们。

泡在暖意融融的温泉里，望着蓝湖尽头布满青苔的死火山，我想：生活不是我们活着的日子，而是我们爱着的日子。

我们用心度过的每一天，就是我们热爱生活的证明。

## “黄金圈”与冰岛小镇：我要带着崭新的世界入梦

蓝湖温泉只是冰岛之旅的热身，当我们第二天坐上前往经典线路“黄金圈”的大巴，冰岛的风光大片才正式拉开帷幕。“黄金圈”包含三处自然景观——黄金瀑布、间歇泉、辛格韦德利国家公园，几乎是每个来冰岛的游客必到之地。

我们从雷克雅未克往东而行，首先到访的便是辛格韦德利国家公园。这里又称议会旧址，世界上最古老的民主议会曾在此地举办。登上观景台，公园的画布在眼前徐徐展开，地壳运动产生的嶙峋裂缝，一眼望不到尽头的议会湖，坐落在湖泊丛林间的几栋白房子是古议会旧址。凛冽的大裂缝与柔美的湖光山色形成强烈反差，像极了人生的残酷与温柔。

我凭栏远眺，望着苍茫空旷的原野，只听见猎猎风声和自己的心跳声，仿佛回到天地初开的宇宙洪荒。天边一朵孤云与我寂静对望，在喧嚣都市无处安放的灵魂在此刻找到了归处。

我想起导游说起她有个朋友在哪里都觉得格格不入，但来到冰岛后爱上这里，觉得冰岛是可以治愈孤独的国度，决定余生在此终老。这里如此空旷，可以安放一个人孤独的灵魂，甚至在这里可以自在地享受孤独。当一个人立在宇宙洪荒之间，便可以与自己的内心世界和解。大自然有种神秘无穷的力量，让你敬畏万物同时包容自我。

天崩地裂的感觉如何？倘若你问我此刻站立的这块土地，它可以告诉你答案。千万年前，地壳运动将这里的地面撕裂，导致欧亚板块和北美板块分离，形成了辛格韦德利国家公园闻名于世的丝浮拉大裂缝，号称地球“最美伤疤”。这道裂缝如今还在以每年一厘米左右的速度缓慢地扩大。

丝浮拉大裂缝位于两大板块分离所产生的大裂谷，缝隙间的海水清澈见底，潜水爱好者可以深入其中与自然亲密接触。我们不会潜水，无法探秘地缝中的水下世界，可以步行欧亚板块和北美板块的交汇桥，在两侧高耸的灰褐色岩壁间穿行，体验横跨两大洲的感觉。

这里是现实中的真实世界，也是美剧《权力的游戏》里的虚构世界维斯特洛大陆。我们行走的大裂谷就是剧中猎狗和美人布蕾妮大战的艾林谷，此刻不见剧中魔幻，只见现实温暖——迎着北大西洋的风，欣宝啃着泡椒凤爪，边啃边说：“喝着西北风啃凤爪，也不觉得辣，只觉得爽！”

“这里的风景怎么样？”我问她。

“现在我的头脑都为凤爪着迷了。”她痴迷地啃着凤爪。

“我为这里的风景着迷。”我望着眼前的风景说。

“我为你着迷。”林知逸望着我说。

他猝不及防地冒出这一句，方才迎风而立的孤独感瞬间被尘世间的温暖融解。

去往黄金瀑布的途中，导游在讲相关注意事项，我边听边望着窗外。

沿途的风景酷似草原田园风光，不同的是，绿茵茵的草原尽头有绵延不绝的灰色火山。时不时出现遍布苔藓的熔岩台地，凹凸不平，颇像月球表面。美国宇航员发现冰岛是地球上最像月球的地方，当初就是在这里模拟训练“阿波罗号”飞船登月。

“这是石头精灵！”欣宝惊喜地说。

“什么石头精灵？”我看着像疙瘩般坑坑洼洼的地面，心里都有种不适感，她怎么会想到石头精灵？

“《冰雪奇缘》里的石头精灵啊，这一块块披着绿衣服的圆石头多像沉睡的石头精灵啊！”欣宝说。

我这才想起《冰雪奇缘》里许多蹦蹦跳跳欢快唱歌的石头精灵，确实像啊！就像是它们只是圆滚滚的石头，未曾化身为精灵的模样。只是为何我不曾想到呢？是不是都市生存的压力禁锢了想象力？孩子的想象力委实让人羡慕。

正遐想间，窗外又是一派草原风光，一群圆乎乎的绵羊似珍珠般散落在草地上，碧蓝的湖泊似一条玉带横穿草地。风景在草原风光和月球表面间切换，不变的是连绵的火山山脉，以及始终萦绕在山巅的一条悠长的白色浮云，似飞天的修仙白狐，拖着毛茸茸的长尾巴。

我和欣宝的乐趣在于这广阔旷野间偶遇的绵羊和冰岛马，我们会数绵羊，尽可能用手机“捕羊捉马”，还要看谁的相机里收录的马和羊比较多。

这里的绵羊没有尾巴，圆滚滚的煞是可爱。这里的马叫冰岛矮脚马，是世界上血统最纯洁的马。体态优美，坚韧耐寒。冰岛马体型小巧，力量却很强大，是参加马术比赛中最好的品种。冰岛马最引人注目的是它有着漂亮的长刘海儿，风一吹过，迈着独特步伐的冰岛马像是款款而行的英俊少年。

据说在冰岛每三个人就有一匹马，因此旅途中邂逅冰岛马的概率很大。我们路过一家红木屋农舍，门前的马厩里养了数十匹冰岛马，多为棕色、黑色、白色，看起来蔚为壮观。

“大家穿的衣服一定要抗风，不然风一打就透，就会感到冷。我来过冰岛很多次，咱们这次来温度和天气都算好的。我以前来的时候总赶上下雨，浑身都被雨水打得湿透了，连玩的心情都没有了。冰岛下雨特别正常，晴天比较少。好在咱们这次来天公作美，都是大晴天。”导游说。

想起来，有一次去云南，去之前查天气预报，发现云南天天下雨，结果轮到我们去的那几天，日日是晴天；有次去英国，导游也说英国经常下雨，结果一路蓝天白云，临近旅程的尾声才飘了一点细雨。

“好像我们一起旅行，基本都是晴天呢！”我对林知逸说。

“那当然，因为爱你是最好的天气。”

我笑了，在灰色火山岩遍布的凛冽北境，看到繁茂的青草我会感动，看到健壮的马羊我会感动，听到他的情话我也会感动。爱和生命一样，总会带给人感动的力量。

在冰岛黄金般的日子看黄金瀑布，别有一番享受。

黄金瀑布是冰岛最大的断层峡谷瀑布，不同于我以往看到的高山瀑布。从高处看，黄金瀑布似一块厚厚的三角切片蛋糕，一层层奔腾而下的水流似奶油，附着的岩石似黑巧克力。离近了，水声轰鸣，那排山倒海的气势如虹，宛如黄金之水天上流，一直坠入幽深的峡谷中。

流水之上，水雾缭绕，宛若仙境，不似在人间。

猎猎风声呼应磅礴之势，野草随风摇摆的身姿似在鼓掌。据说日落时分，整座水墙般的瀑布会被夕阳镀上金黄色，故名黄金瀑布。

若不是有个女孩曾以一己之力拼命抗争，说不定我们今日无缘得见大自然的磅礴豪迈之笔。在开满黄色小花的山坡上，立着这个女孩的浮雕石碑。据说她是一名农场主的女儿，当年政府计划将黄金瀑布改建为水坝，她坚持反对到最后，才得以保存鬼斧神工的黄金瀑布。

一个普通女孩勇于表达自己，勇于和权势抗争，保护了大自然的奇观。真是太了不起了！

一个平凡的人也可以伟大，再平凡的人也有伟大的时刻。

女孩竭力保护的黄金瀑布，流淌着大自然永恒的声音。

我将眼前的景色用视频录下，假如日后生活有困厄烦忧，聆听着风声和水流声的协奏曲，会想起如此壮观的黄金瀑布，纵使有万丈愁绪也可以一泻而尽。

分明是夏天，此处却寒风呼啸，温度不算低，风却大到几乎要把人吹跑。

为了和黄金瀑布拍一张合照，我脱掉风衣，直接穿了长裙拍，风透过轻薄的裙子直往身体里钻，风不仅吹乱头发，还往头皮钻，钻得头疼。

“你为了拍照还真是蛮拼的！”林知逸边说边给我拍照，拍完赶紧把风衣给我披上，“赶紧穿上，别着凉了。”

午餐是导游安排的冰岛特色菜羊肉汤，一碗汤下肚，身体暖和多了，头也不疼了。

“活过来了。”我感叹道。

“什么？”坐我对面的林知逸抬头，“火锅来了？”

“妈妈说的是‘活过来了’,不是‘火锅来了’。”欣宝边笑边解释。

“你是想吃中国菜想疯了吧？”我看着林知逸说。

“害我白高兴一场，我一听火锅来了，差点喜极而泣。”林知逸说着开始无奈地往羊肉汤里加老干妈辣菜。

“……”难怪刚才他一脸喜出望外的表情。

冰岛的神奇在于它可以将完全矛盾的风景调和在一起，贫瘠的荒原和繁茂的草原，灰色的火山和洁白的冰川，宁静的湖泊和奔腾的瀑布。在这里，水可以呈现各种形态，可以冷酷如冰，可以柔情似水,可以飞流直下,也可以喷涌爆发。大概很多世俗中的“局外人”喜欢冰岛，是因为在这里可以自由地做自己，和水一样，不用在乎外界的眼光。

风景仿佛是心的一面镜子，看到海洋便觉心胸开阔，看到湖泊便觉内心平静，看到瀑布内心充满豪情，看到间歇泉内心激荡万分。

“黄金圈”三大景观中,大概盖锡尔间歇泉让游客最为印象深刻。不喷发时，间歇泉只是一池平静的碧蓝色泉水，水面热气蒸腾，散发出硫黄的臭鸡蛋味，默默蓄势待发。

大家围在四周,凝神屏气,眼睛一眨不眨,拿着手机静静等待着。

几分钟过后，一道雪白的巨型水柱冲天而起，高达二十米，人们发出阵阵欢呼声。

安心地酝酿，待积攒到一定能量，再喷薄而发。这样的景致，人们一次次看得乐此不疲。

大间歇泉旁也有一些小间歇泉，不时冒泡，但掀不起巨浪，无人欣赏。唯有耐得住寂寞、缓慢积攒能量的大间歇泉才可以喷出冲天巨浪，引得游人驻足赞叹。这就是“不鸣则已，一鸣惊人”，体现了厚积薄发的力量。

天才如达·芬奇都喜欢向大自然学习，大自然素来是最好的老师。它寂静无声，却又包容一切。

即便是同样的大间歇泉，每次喷发的高度也不一样，人生不也是如此，有着高低起伏吗？

水柱炸裂，烟雾散去，地面骤现一道彩虹。这是大自然的馈赠。

回味“黄金圈”三大景观，初见时的震惊融入内心，三种风景化成地球上的三个标点符号：丝浮拉大裂缝是破折号，黄金瀑布是排山倒海的省略号，大间歇泉是耸然的叹号。

犹在回味，导游将我们带到古火山口湖，算是为“黄金圈”之旅画上了圆满的句号。

赤红色的湖壁长着绿色苔藓，雨水和冰雪融化形成一池碧蓝色的湖水，像一颗晶莹的蓝宝石镶嵌在火山口。欣宝蹲在地上，用地上的红色岩土玩过家家，口中念叨着：“添一点火锅底料。”做好“饭”，邀请口袋里的布偶小猫共享。

此刻如此温馨静谧，浑然不见6500年前火山爆发的轰轰烈烈，爆发后的火山像一个超大的火锅，欣宝可以在这里玩过家家。

我望着碧蓝色的湖水，总觉得这是地球在怒火冲天后的温柔回眸。

天幕低垂，辽阔的草原上，潺潺的溪水旁，三五匹冰岛马悠闲地漫步。一匹黑马踱步迈向一匹棕马，黑马的步伐是那么优雅潇洒，长长的鬃毛随风飘逸，如风中少年自在而行。走近棕马，黑马停下步伐，而后和棕马一起并肩漫步。

长满青苔的火山高高耸立，一排白墙红屋顶房子坐落在群山怀抱中，绿意融融的风景中有了这些时不时出现的红房子点缀，便成了暖意融融的人间烟火。

大巴里播放着萨米族歌手 Sofia Jannok 演唱的 *Liekkas*（《缓缓的安静》），歌者低吟浅唱，纯净空灵的歌声宛如天籁，与窗外世外桃源般的风景融为一体，将一颗被尘世熏灼的心灵涤荡得很纯净。一切都是崭新的，新的天地新的心灵，新的日子闪闪发亮。

不可否认，大裂谷、大瀑布、大喷泉是那么壮观，但是，再轰轰烈烈的天地也要回归宁静，再离奇的故事也要回归寻常的生活。壮观之景可以震撼灵魂，平静之景可以抚慰灵魂，像是摇滚乐和民谣，天天寻求激荡人心的摇滚乐，不如经常听听清新动人的民谣。与其不断寻找新的挑战和刺激，不如学会在寻常日子里感受细节的美好。

穿过一片群山，路过一条溪流，遇见一道瀑布，我们来到了晚上住宿的冰岛小镇。

这是一排建在草原上的绿色简易房屋，导游说这里偏远，酒店不设星级，可能是本次旅途中住宿条件最不好的酒店，但是自然风光还是非常好的。

我却觉得这是北欧之旅中住宿条件最好的酒店，因为我住在天地之间，俯身便可以亲吻绿绒毯般的草地，仰头便可以摘取天空的流云，一转身，便可以置身绿色波浪状起伏的群山怀抱。

孩子们在草地上迎着落日奔跑，我们身处美如画的风景里，我们已成为画中人！

“这是我心中的八星级酒店。”林知逸说。

原来，美丽的大自然才是最豪华最奢侈的酒店。

日落时分，天空以云作画，大地以草作诗，景不醉人人自醉，在这看似不真切的景色中我有些醺醺然了。

“这里太美了！我被这里的美景迷住了！”我坐在酒店后面的草地上，望着被夕阳晕红的云朵。

“这不叫美景，这比美景还要好！”欣宝说。

忽然就被这句话震住了。是啊，眼前这番景色岂是“美景”二字可以形容？似在顶级印象派画家的油画中看过……不，比油画还美！它美得那么不真实，比梦境还美，比想象还美，美得让人沉醉。

眼前的景色文学家来描绘，文字会失色；印象派大师来描绘，只能描绘出几分神韵；摄影大师可以记录局部的惊艳，却捕捉不到来自远古的风声、空气和无边无际的静寂。

爱默生说“大自然是一件从来没有被描写过的事物”，在造物主面前，艺术家不能完全复述描绘，只能描绘艺术家眼里、心中的世界。毕竟，同样的风景，映入每个人的内心便形成不同的风景。

“我现在好像变成了一朵云，融化在天空。”我说。

“我想变成一匹马，在草原上奔跑。”欣宝边说边用路上的小石子搭着什么，仔细一瞧，原来她搭的正是有着长刘海儿的冰岛马。

“那我就变成风，把你们都带回家。”林知逸说。

冰岛小镇的风轻抚我脸上的笑，今晚，我要带着崭新的世界入梦了。

## 凛冽北境的冰与火之歌：即使绝望也要放声歌唱

如果说挪威是《绿野仙踪》里的童话世界，冰岛则是《冰与火之歌》里的魔幻世界。

八月来冰岛，正赶上冰岛最美的夏季，即便在夏季也能领略冰岛的神奇和凛冽。神奇的是冰岛丰富奇特的地貌，荒原、温泉、火山、冰川、海洋、草原、瀑布等各种自然景观一应俱全。凛冽的是北大西洋的风呼啸而来，以这种方式拥抱这里的山川万物。

次日又是一个晴好的日子。在冰岛小镇的酒店用完早餐，导游说带我们去体验只有在冰岛才能体验的项目：远眺瓦特纳冰川，游览杰古沙龙冰河湖。

冰川，冰河湖，光听着这样的名字，已然满怀期待，尤其在夏天听见这样的词，不禁清凉爽然。

与北欧有关的书，封面不是冰川就是浮在水面的巨大冰块，冰川在我心中已成为北欧的代名词，仿佛未见冰川就不足以语北欧。

出发的路上，心潮澎湃，感觉像是去朝圣。

天空一径地蓝澈清亮，映衬得山顶的雪分外纯白。火山岩壁耸然峭立，嶙峋怪石覆盖在深绿色的青苔之下。

忽而身处羊羔点缀的草原，忽而置身寸草不生的荒野，忽而遇见倒挂峭壁的瀑布，忽而降临凹凸不平的熔岩。窗外风景变化之快，让人心生恍惚：我是谁？我究竟在哪里？

冰岛是离北极圈最近的国度，一度曾被遗忘，它神秘又孤独，真正地遗世而独立。在这里会不由自主地思索“我”的存在及存在的意义。

斯堪的纳维亚群山粗朴、巨伟、庄重、博大，似北欧众神雕像群，遂想起悲壮的北欧神话。北欧众神皆有人性，众神有时也管不住自己的念头和行为，众神也会死，众神也逃不脱命运的巨掌，众神莫非寓意众生？不过北欧神话的结尾还是给了人们希望，在一切化为灰烬之后，自灰色的海水中，绿色的大地再次浮现出来。太阳虽被吞食，但太阳的女儿顶替母亲，一轮新日跃出地平线。幸存的一对凡人从一棵巨大的梣树中爬出来，相爱相依，繁衍出整个人类。故事悲壮地落幕，又在终结后重生。

据说北欧神话由冰岛古代的游吟诗人所作，大概在冰岛这样神奇魔幻的地方，不能不相信神的存在吧？冰岛的景致让远古的北欧神话更为生动，因为这里就是神话本身。

窗外的风景已从众神雕像山变成一片空旷的原野，车子再往前开，遥遥地望见远方的冰川，一颗心呼之欲出。

方才的天空还是透明的蓝，越接近冰川，天空的云层越厚，一时间分不清流云冰川。

车子停了下来，停在远眺瓦特纳冰川的最佳位置。《孤独星球》上说，瓦特纳冰川是冰岛最大的冰川，面积达 8300 平方千米。

想象中的冰川是积攒上千上万年的冰雪将整座山覆盖，眼前的冰川则是从黑黝黝的山中流泻而出的两条巨大冰舌，宛如倾泻的白月光，从山顶一直流淌到山脚。

“皑如山上雪，皎若云间月”，没有穿行在云间的月，只有漫天的云，脑中却浮现出这句诗。

山不来即我，我便去即山。我穿越千里万里而来，山穿越千年万年而来。在这一刻，当我站在冰川下清冽的风中，年轻的我和远古的山终于相逢。

回到车上，车子向杰古沙龙冰河湖驶去。车窗是一帧画框，窗外的风景是流动的画卷。

随着大巴前行，冰川越来越近，白雪覆盖的山脉在云端绵延，好像另一个世界。冰川前点缀的风景不断切换，从青翠草原到碧蓝湖泊再到贫瘠荒野，始终不变是背后巍然耸立的皑皑冰川。

忽然，一片漂着大大小小冰块的蓝色湖泊闯入画卷，即使隔着车窗，那片耀眼的蓝依然填满了我的心湖，一瞬间，好似目光也清澈明亮起来。

下了车，越过一片荒野，便来到冰河湖面前。瓦特纳冰川隔着冰河湖与我两两相望，山顶苍老的雪白得清亮，业已融化的雪流入大地，形成冰河湖。如果积雪融化是冰川在流泪，想必杰古沙龙冰河湖就是最大的眼泪湖吧？

随着全球变暖，冰川的雪终有一天会融化殆尽吗？时间无涯，有生之年能遇见让心灵震颤的风景，亦算不负此生。

正值八月盛夏，我却置身于冰天雪地。

除了因冰川融化而露出的黑色山脊，天地间只剩下两种颜色：蓝色和白色。在天空、冰川、浮冰的三重映照下，湖面的蓝呈渐变色，介于深蓝与浅蓝间。

我静静地矗立在冰河湖畔，一言不发地望着这般美得不真实的风景。天地没有明显的界线，分不清天上人间。我仿佛不是立在冰河湖旁，而是立在王母娘娘的瑶池旁。酷似仙境的景致足以净化灵魂，我已融入这蓝白之间。暖阳和煦，清风拂面，此刻的我，如这浮在湖面的冰块一般，清醒、脱俗、纤尘不染。

“哇！那里有只海豹！”女儿欣宝的叫声将我从仙境拉回人间，“没想到导游说的竟然是真的，这里真的看到了海豹！”

海豹在冰河湖自由游弋，身子隐在水中，只留个小脑袋浮在水面。

“好可爱啊！简直是游走的卤蛋。”欣宝看得目不转睛。

过一会儿，海豹微一仰头，弓起身子，一头潜入水下，身姿优雅又可爱。水面漾起一圈涟漪，海豹不见踪影。

“海豹钻水里的样子太可爱了！”欣宝感叹。

“海豹不见了，它可能躲起来了，躲到哪儿去了呢？”我一边寻思，一边期待海豹再次从湖面探出脑袋。

“大概躲到冰房子里去了。”欣宝说。

在海豹消失的水面附近，确实有一块酷似房屋的冰块，上面停着两只黑白相间的海鸟。

“看！那边有只海鸟在捉鱼！”林知逸像发现了新大陆。

海鸟的翅膀灵巧地掠过水面，一眨眼的工夫，鱼儿已成为它腹中之物。

海鸟呼啸着翱翔蓝天，饿了俯冲水面捉鱼，累了在浮冰上休憩，一切都自然而然地发生。

“感觉这里的海鸟比人类自由。”我说。

“因为它们除了捕食和飞翔，没什么欲望。”林知逸说。

一语惊醒梦中人。人类不会飞翔，找到梦想的人可以乘着梦想之翼飞翔，但贪婪的欲望让人类不断给生活做加法甚至做乘法，想做更大的事业，想赚更多的金钱，想要更好的物质。不知不觉间，原本追逐梦想的时间分配了太多给追逐物质，结果梦想之翼越来越弱小，最后飞不动了，累倒在物质构建的城堡上。

许多人直到生命尽头，才明白一生追逐的所谓成功不过是虚妄，只是别人眼中的成功，自己真正想做的事却一无所成。

我爱看历史人物故事，不过是借前车之鉴，不断提醒自己，不要陷入欲望的牢笼，不要忘记借助身上隐形的翅膀去飞翔。

如果人类是一种海鸟，我们总是不断潜水觅食，忘记了在长空高歌翱翔，甚至有时都忘记了停下来休息。

都市中打拼的我们常常成了生存的工具，并没真正懂得享受生命。

幸好还有旅行，幸好旅行让我们停下来休息，可以专注地享受生命，感受冰川伴飞鸟、冰湖伴海豹的自然和谐。

我们即将乘坐水陆两栖船游览冰河湖，这种体验十分新奇。穿上救生衣，登上《古墓丽影》中的同款水陆两栖船，船身为黄色小舟，下面却长了四个大轮子，在陆地上俨然是一辆造型别致的小黄车，驶进湖里轮子隐在水下，变身乘风破浪的小黄舟。

天高云淡，两栖船在湛蓝的冰河湖缓缓航行，与形状各异的浮冰擦肩而过。有的浮冰像一尾天蓝色美人鱼漂在水面，有的浮冰像巨型冰雕屹立在湖面，有的浮冰残留火山灰像黑白相间的小冰川。

此时此刻，我终于意识到自己身处世界尽头，这种感觉像在真实和梦境之间。真实的天空，真实的山脉；梦境般的浮冰，梦境般的湖水。

船在湖面航行了一会儿，有位戴眼镜的棕发帅哥怀抱大冰块乘着皮艇而来。船上的英文向导从棕发帅哥怀里接过大冰块，随后作势要将冰块抛掷水中，引得大家一阵发笑。

向导抱着这块晶莹剔透的大冰给大家介绍："这是你们以前从来没见过的千年老冰，又叫钻石冰，一般在水里，有一部分漂浮在水上。碎冰漂到岸上的沙滩，就形成了钻石沙滩。"

刚才未登水陆两栖船前，我们去了冰河湖对面的钻石沙滩。遗憾的是，随着气候变暖，钻石般的冰块越来越少，如今只剩零星冰块散落在黑色沙滩上。

欣宝第一次见到那么大的冰块，蹲在沙滩上，拿块小石头饶有兴趣地敲冰块。

“不冷吗？”我问她。

“我不怕冷。敲着敲着好想放嘴里吃一口啊！”

“这是冰块，不是冰糖。”我提醒她。

“我知道，我想像调酒师那样敲出完美的方块。”

她乐此不疲地敲冰块的样子让我想起《冰雪奇缘》开头人们采集冰块的画面。“来凿穿心里的冰封，为了爱，打击恐惧，清晰地看见美丽，冰碎满地，打开冻结的心。”那首歌也随之在耳边响起。

“哎呀！打到手了。”欣宝叫了一声。我还没来得及问要不要紧，她自己说：“没关系，冰敷一下。”她边说边把手放在冰块上。

林知逸笑道：“挺会就地取材嘛！”

这会儿看到向导怀抱大冰块，我又想起欣宝先前敲冰块的欢乐画面。

“冰一开始都是蓝色的，经过长时间的光照、下雪，混合结晶，时间越长，冰越透明。所以，千年老冰是晶莹剔透的，不是发蓝的。”向导边为我们介绍冰，边掰了一小块冰送进嘴里。

欣宝和同团的一个男孩站在最前面，兴致勃勃地望着那块大冰，仿佛在望着一个全世界最大的冰淇淋。

向导大概感受到了两个小孩殷切的目光，掰下两小块冰递给俩小孩。小孩们的视线瞬间从大冰块转移到手上的小冰块。小男孩两只手捏着冰块啃，跟土拨鼠啃玉米似的，煞是可爱。欣宝则直接对着冰块咬了一口，咬完一口品尝，再咬一口，一不留神手上的冰块滑掉了。

随后，向导给船上每个人都分了一小块冰，欣宝又拿到一小块冰如获至宝地啃起来。

我尝了一口这来自世界尽头千年前的冰块，清凉如斯，无色无味，钻石冰融化在舌尖，沁人心脾。

“吃了千年老冰，会不会汲取点天地灵气？”我问林知逸。

“你还以为吃千年老冰就会变成千年老妖啊？虽然我们在船上，但这里可不会上演白娘子和许仙的千年等一回。”林知逸笑道。

“这块冰遇见我是千年等一回，我遇见你也是千年等一回。不都说‘百年修得同船渡，千年修得共枕眠’吗？”

“前世太苦了，修了那么久才遇到你，这辈子要好好珍惜啊！来，干个冰块！”林知逸说着，拿他手中的冰碰了下我手中的冰。

吃着纯天然雪糕，赏着纯天然美景，和这前世修来的纯天然爱人在一起，有种纯天然的自在快乐。

七八个身着红色防风衣的人划着红色皮艇从我们船旁路过，我们挥手和他们打招呼，有人雀跃地在船上哼起歌来。

我忽然就明白了冰岛国旗的含义，蓝色代表海洋，红色代表火山，白色代表冰川，那红色十字架不仅代表信仰，也是人们对生活永远不灭的热情。

在这凛冽冷酷的北境之地，亦有生生不息的热望；在拥有极昼极夜的冰与火之地，人们即使绝望也要放声歌唱。

## 海上观鲸记

天色阴沉，游船在一望无垠的大西洋上航行，船过海面，卷起千堆雪。海浪一波波地翻涌，似一座座从海底耸起的连绵小山，只是这些小山起伏不定，瞬息万变。

我俯靠在船舷栏杆上，凛冽的寒风吹得我的脸生疼，竭力往我的红色防护服里钻。我不禁打了个冷战。本能地想退回到温暖的船舱，又担心错过蓝鲸跃过海面的精彩一瞬，于是强撑着立在船头。毕竟乘坐该游船是为观鲸而来，如果要安逸就待在酒店了。

时间一分一秒过去，也不知过去了半小时还是一小时，我已经冻得头皮发麻，脸上刺痛，仍不见鲸鱼的影踪。偶然遇见两只海鸟贴着蓝黑色的海面盘旋，相互陪伴，毫不畏惧风浪。

起初这侧船舷上还站满了来自各国的游客，此刻栏杆前除了我，只剩一位眼神忧郁地望着大海的中年男士。未见到鲸鱼，却要忍受寒冷，加之风浪愈来愈大，我们乘坐的这艘二层游船颠簸剧烈，多数人已从刚上船时的兴致勃勃转为意兴索然，陆续退回舱内。

欣宝怕冷，林知逸早陪着她进了舱内。不知他们此刻在做什么。

还记得登船前欣宝满怀期待的眼神，我举着手机对准她："采访下，欣宝，马上要看鲸鱼了，你的心情怎么样啊？"

"高兴。"她的眼睛闪闪发亮。

我们步上停靠在岸边的趸船，只见船的正厅悬挂着一副巨大的鲸鱼骨架，不知怎么想起《老人与海》里的马林鱼骨架，那是老人用生命奋战的不朽勋章。这副鲸鱼骨架和捕鱼者又有着怎样的故事呢？念头一闪，又默念“罪过”，暗暗祈祷这只鲸鱼是寿终正寝被制作成标本，希望它没有经历马林鱼那么惊心动魄的故事。

从趸船踏上观鲸的游船，我们换上出海专用的红色防护服，据说既可防雨防寒，又能在落水时漂浮。换上防护服，我说我们像电影《流浪地球》里执行任务的战士，林知逸却觉得像小龙虾。

“如果可以放飞无人机，记录下我们的游船在大海上航行的画面，应该会拍出大片的感觉吧？”林知逸说完下意识地找装无人机的包，结果找了半天没找着。

我们三个人都化身名侦探柯南，对于无人机可能会丢在哪里进行推理。是在酒店房间还是酒店大堂还是从酒店来码头的大巴上？最终林知逸回想起他极有可能将装有无人机的包遗落在大巴座椅上。

他请导游帮忙联络大巴司机，司机回复说，确实有个无人机包落在座位上。

我们闻言松了一口气。

我想起一个有趣的实验：《读者文摘》杂志曾在全球 16 个国家的 16 座大城市中进行一项“还钱包”实验，实验小组在每座城市的大街上故意遗弃 12 只装有家庭照片、联系信息和 30 英镑现金的钱包，然后调查有多少个捡到钱包的人会将钱包物归原主，以测出全球“最老实城市”。名列排行榜榜首的是北欧芬兰的首都赫尔辛基，有 11 只钱包物归原主。

如今在北欧亲历丢失东西，便觉该实验更具可信度。

还是要相信，世界上更多的是美好善意的人啊！只要去相信，好运就一直在。

话说我们这次来冰岛运气真算不错，喜欢下雨的冰岛一连几天都放晴，除了今天是多云天气，天色有些阴沉。

我们游览雷克雅未克大教堂时，有幸聆听了一位女演奏家现场演奏管风琴。管风琴高大庄严，音管金银相间，嵌入教堂建筑，和管风琴结构的灰白大教堂融为一体。演奏家的双手灵巧地在多层键盘上跳舞，双脚不时踩着脚键盘，全情投入。时而高昂激越，时而低沉庄重，激荡丰富的琴声似流水般弥漫在教堂的每个角落，也流进在座的每位观众内心。来自世界各地的人们都像被音乐的魔力施了定身术，聚精会神地凝视着戴金色边框眼镜的演奏家，连孩子们也不例外。纵然我对音乐知之甚少，不知她在演奏哪支曲子，但曲子令心灵震颤的感觉却让我驻足良久，不舍离去。

我们参观被称作“太阳航海者”的海盗船的骨架雕塑时，遇到几位垂钓者站在一旁的礁石上钓鱼。我们还是初次看到有人在海边垂钓，饶有兴致地观看。没过两分钟，一位垂钓者就钓了两条大鱼上来，刚感慨他“一竿双鱼”，一位临近我的老者缓缓地收线，他边拉鱼竿边收线，不多时，三条活蹦乱跳的鱼跟着鱼线上岸，围观的人们惊呼“三条啊三条”！我们以为他是钓鱼大师，孰料右侧那位不动声色的红帽子渔夫，一鱼竿钓上来五条！若不是亲眼所见，简直难以置信！有两位路人给这“一竿五鱼”拍合照，红帽子渔夫十分慷慨地分了两条给他们，又拿出一条鱼招呼欣宝过去，欣宝接过鱼，欢天喜地地在海边的人行道上奔跑，边跑边喊：“我们发财了！”我心想，年年有余（鱼），可不是发财嘛！不过后来她还是把这条鱼放生了。

今天我们登上出海观鲸的游船时，得知因天气缘故许多游船取消了航行，我们是最早一班出航的游船，幸好没被取消。导游说：“除了看到鲸鱼，有时候还能看到海豚。如果运气好的话。”

原来，观鲸跟观极光差不多，除了看天气也得看运气。据说看到鲸鱼的概率比看到极光高多了。我们这次来冰岛是八月中旬，与极光无缘，因为看极光的最佳季节是每年九月到次年四月。倘若能看到鲸鱼也算给此次冰岛之旅画上一个圆满的句号了。

此刻站在这艘唯一有幸出海的观鲸船上，我期待着好运再次降临，能一睹蓝鲸跃过海面的优雅身姿。

浓密的乌云一片片压下来，遮挡住背后的阳光，海风呼啸，海浪肆无忌惮地翻滚，我们的双层游船颠簸不停，我有些眩晕，不由自主地加大了握住船舷栏杆的力度。

突然听见旁边有人“呕哇”一声，这声音刺激胃部翻涌，我又冷又难受，扶着栏杆走到船舱口，缓缓踱回船舱。欣宝有气无力地躺在林知逸怀中，我问她：“是不是不舒服？”她皱着眉问我：“什么时候船才能靠岸啊？”平时她极爱坐船，这还是她第一次对坐船感到不耐。也难怪，毕竟平时船都是在风平浪静时航行，碧波蓝天让人舒畅。今天这大风大浪的天气，船颠簸摇晃剧烈，她承受不住。我对她说：“你睡一觉，船就靠岸了。你不觉得这摇摇晃晃的感觉很像躺在摇篮里吗？”欣宝“嗯”了一声，听话地闭上眼睛。

这时船舱内传来一阵呕吐声，这声音极具传染性，尤其是在温暖的船舱。我担心自己忍不住，拿着备用的方便袋，重新返回船舷。

寒冷的海风瞬间将我吹醒，也减缓了呕吐感。待在船舷上要忍受寒风吹袭，回到船舱内又觉得恶心，真是进退两难哪！

船已经行进了一个半小时，海面仍不见任何鲸鱼的身影。漫无边际的大海上望不见其他船只，我们的船是在汪洋大海航行的一叶孤舟。

置身于茫茫大海，望着远方若隐若现的群山，我感受到一种前所未有的孤独。我从来都没有哪一刻像现在这般感受到孤独的存在。即使我爱的人——我的先生和女儿也在这艘船的船舱里，那种难以名状的孤独感仍然深深攫住了我。

曾经我以为只要有人陪伴便不孤独，但事实是，这一生，又有谁能时刻陪伴在你左右呢？此刻，我多么希望林知逸能站在我身旁，用温暖的手掌包裹我的手。迎着风，我们并肩而立，我应该不会像现在这么孤独。然而，这么多年过去，他已从少年成长为父亲，他要守护的人多了一个小女孩，小小的女儿更需要他的羽翼守护。

何况，这一生，又有谁能真正陪伴我们直到生命尽头呢？生命旅程犹如一趟列车，我们从踏上这趟列车开始就注定是孤独的。父母只能陪我们走一程，在年少时护佑我们长大已属不易；有些朋友只能陪我们走一程，擦肩而过彼此各奔前程；至爱的伴侣纵然可以陪我们度过漫长岁月，也不可能时刻陪伴身边。

或许，对抗孤独的最好方式便是接受孤独，甚至享受孤独。孤独的时候，也是离灵魂最近的时候。

离灵魂越近，越能感受到世间万物的脉搏。

海浪高涨，船身摇晃得愈加猛烈，我一手抓住护栏，一手抓住船上一个锁紧的门把手。

此刻船已航行至海中央，远山变得模糊，海岸只余一痕青色的长线。

乌云笼罩下，蓝黑色的海面动荡不安，迥然于我从前看过的温柔平静的蓝色海洋。我凝视着这漩涡般翻涌的海水，内心也渐渐不安起来。

如果说命运似翻云覆雨的手掌，眼前这浪尖翻卷的深海像不像变幻莫测的命运？那么，我们乘坐的这艘游船像不像我们的人生？人生海海，不会永远风平浪静，也会遇到像此时风起云涌的时刻。

游船像飘零在茫茫大海的一片叶子，随着风浪颤抖不已。

难道在命运的巨掌前，我们只能随波逐流？

在海上航行，什么情况都有可能发生，不仅会遇见巨浪也会遇见冰山，号称永不沉没的巨轮“泰坦尼克号”与冰山相撞永久沉没海底。我想起在“泰坦尼克号”出生地贝尔法斯特看到的一排排长长的名单，那名单至今仍令我触目惊心。那是随着“泰坦尼克号”一同沉没的罹难者名单。若是他们的家人看到这些名字，该是多么痛心！

“泰坦尼克号”沉没在北大西洋，而我此刻所处的位置正是北大西洋。

如此想着，眼前深不见底的海水似带着恶意的眼睛窥视着我，仿佛下一秒就要将我以及我乘坐的游船吞进巨口。

“生命太美了，死亡爱上了它。”《少年派的奇幻漂流》里的这句话陡然浮上心头，同时，对死亡的恐惧瞬间将我包围。

“阿弥陀佛！”我在心中默念，试图将关于死亡的念头驱散。

但随着巨浪裹挟着船只颠簸不停，害怕死亡的念头就越强烈。

“上帝保佑！”我重新默念。这里是大西洋，这里的人们信奉基督，或许此时祈祷上帝的佑护比祈祷佛祖的佑护更有效。

“请上帝保佑我们这艘船平安抵达海港，看不看得到鲸鱼都没关系，只要平安抵达就好。”我在心中默默念叨。

不知道上帝有没有听见，我又望着黑洞般的深海默念：“海神大人，请您不要现在将我带走，我还有许多事情没有做。我还没有写出让自己足够满意的作品，我还没有陪我的孩子长大，我还没有和我爱的人白头到老。最起码，就算让我死也不能死在异国他乡，我要回到我的祖国，我想回去吃万三蹄，吃臭鳜鱼，吃豆腐脑……”

原本我以为我们是今日唯一扬帆观鲸的幸运儿，但若是一个巨浪将我们吞噬，那我们就会成为不幸者。

原来，幸与不幸距离如此近，生与死距离如此近，就像日与夜之间的距离，永远相隔又永远相连。

死神住在生命的隔壁，就像孤独住在幸福的隔壁，痛苦住在快乐的隔壁。万事万物像硬币的两面，也像一对孪生儿。而我们就在这些孪生儿间找寻内心的平衡。

“我觉得冰岛像魔幻世界，像神话世界，偏偏不像人间。”

“我觉得像人间，有你在就是人间。”

这是昨晚临睡前，我和林知逸的对话。此刻想起，爱和温暖从内心油然而生，驱散了方才对死亡的恐惧，对人间的眷恋愈深。

人生是一段孤独旅程，但我遇见了他，从此内心就有了坚定的依靠。当我们心生恐惧时，爱和信仰是唯一救赎。

“啊啊啊——看见了！”左舷有人惊叫，我所处的右舷上几位外国游客闻声纷纷跑向左舷，我也不自觉地跟着往左舷跑，谁也不想错过观鲸的好时机。

“一叫唤大家都来了，比哪个国家的语言都好用。”左舷有人笑道。

“Can you find it？”一位金发美女问方才尖叫的女士。

“看见了，就那么一下，一闪就不见了，挺大的。”女士指着她刚才望见鲸鱼的地方。

“我也看见了，也不知是鲸鱼还是海豚，从海面上一跃而过。”同团的一个年轻女孩说。

“唉——我刚刚光顾着和你聊天，都没看到。”女孩的母亲遗憾地说。

既然方才出现过，还有可能再度出现，我凝神屏气地望着鲸鱼曾出现的海面。

甚至，我担心错过精彩的瞬间，都开了手机录像功能，渴望记录鲸鱼出现的那一刻。

等了许久仍不见鲸鱼身影，倒是看见了可爱的海鹦。海鹦是一种长得像企鹅的小鸟，背脊漆黑，腹部雪白，脚呈橘红色，最特别莫过于它那色彩鲜艳的鸟喙。

可能是离得较远的缘故，眼前的海鹦比我想象中的小多了。大风大浪的天气，仍然在海面觅食。

同团的那位女孩的母亲和我聊起天来，他们一家也喜欢旅行，除了这次的北欧，给他们留下深刻印象的是西欧和埃及。

我默默在心里“种草”，世界那么大，还有许多地方等着我去踏遍。

聊着天，时间倒过得飞快，不知不觉，船离海岸近了，连绵群山再度出现在眼前。阳光从层叠的乌云背后探出头来，乌云里的白日光镶嵌着橙黄的边，宛如大铁锅里的一只荷包蛋，煞是可爱。

待到云开日出之时，我们的游船也顺利靠岸。

尽管未看到鲸鱼，内心却并无失望之感。

准备下船时，欣宝念叨着：“我再也不想坐船了，再也不想了。”

“你平时在游乐园都白训练啦！”林知逸说。

“确实像在游乐园，身体像坐摇摆船，心情像坐过山车。”我说。

“坐趟船就能体验人生。多好！”林知逸说。

“你看到鲸鱼了吗？”欣宝问我。

“没有。这次简直不是海上观鲸之旅，而是海上受惊之旅。我在船舷上那海浪大得吓人，我都担心船会不会出事。”此刻回想起那翻涌海浪依旧心有余悸。

“那你算是经历过大风大浪的人啦！”林知逸说。

“你担心吗？”我问他。

“没有。我相信我们会安然无恙。”他淡定地说。

“虽然这回没看到蓝鲸，但是看到了海鹦，也算值回票价。”我看着船舱里海报上的海鹦图片说。

“那下次如果有机会来冰岛，你还来观鲸吗？”林知逸问我。

“当然要来。下次我们自由行。”

“我不要来，很危险啊！”欣宝说。

“活着就是历险。”我望了一眼蓝鲸跃出海面溅起水花的宣传海报，缓缓说道，“不过我们会在历险的旅程中遇见爱和光。”

# 童话王国的真实世界

很多人觉得童话是属于孩子的，其实童话也属于大人。

童话不是孩子的专利，每个大人都曾经是孩子。

“如果能回到十天前就好了。”

我们登上从冰岛雷克雅未克前往丹麦哥本哈根的航班，欣宝坐在靠窗的位置上说。

十天前，我们刚到北欧，从芬兰到瑞典到挪威到冰岛，十天时间稍纵即逝，我们前往的丹麦，是此次北欧之旅的最后一站。

“我只要能回到办理托运时就行，那样我可以拯救我的老干妈。”林知逸说。

我们的随身行李箱过安检时，工作人员请我们打开行李箱，他从中取出热水壶，打开壶盖，拿出一瓶辣椒酱问道：“What is

this?”

“Lao Gan Ma.”林知逸老实答。这是他为了节约空间塞进去的，谁知道忘记托运。

“Please speak English.”工作人员说。

“Old Mother.”林知逸急中生智。

工作人员笑了笑，说：“I'm afraid you can't keep your old mother.”

林知逸漂洋过海带过来的老干妈就这样被工作人员没收了。

“不放老干妈，泡面都没有灵魂了。”直到此时上了飞机，林知逸还在怀念他的老干妈，“世界上最痛苦的事莫过于，老干妈辣酱没了，泡面却还没吃完。”

“世界上最痛苦的事莫过于，坐上飞机去旅行，却发现假期余额不足。”欣宝说，“真的好想回到十天前我们刚来的时候。”

“想想开心的事好吗？接下来我们去的可是童话王国丹麦，那里有你最喜欢的乐高。”我说。

一听“乐高”二字，欣宝两眼放光。

时光从来不会倒流，最好的时光永远是当下。

一路睡得昏昏沉沉，醒来时发现飞机正穿越云层，棉絮般的白云之上，一道玫瑰色云彩似粉红色丝带镶在天边，美得让人心动。

云层之下，隐约望见蔚蓝色海洋。随着飞机离地面渐近，云层散去，墨蓝色大海映入眼帘。

天空如矢车菊花瓣般湛蓝，辉映着蓝丝绒般的平静海面，璀璨的城市灯火在海的尽头闪耀。一轮明月挂在天际，倒映在海面，洒下一片皎洁月光。

明朗平静的大海似一面深蓝玻璃，让人想起住在海底宫殿里的小美人鱼。

飞机抵达哥本哈根的时候，太阳刚刚落下，玫瑰色晚霞尚未褪去，在夜幕降临前描绘着天空的色彩。

飞机沿着机场跑道滑行，天边的晚霞和人间的烟火相映生辉，梦幻般美好。

初遇丹麦，眼前的一切都带有令人愉悦的童话色彩，仿佛空降童话世界。

晚上临睡前，我们躺在北欧极简风的酒店房间，欣宝让我给她讲睡前故事。

想起欣宝的书包里有她带来的课外书《安徒生童话》，便拿出来，翻到《海的女儿》那一页。在小美人鱼的故乡讲小美人鱼的故事再合适不过。

"'等你满十五岁的时候，'老祖母说，'我就会允许你浮到海面上去。那时你就可以坐在月光洒落的石头上，看着巨大的船只从你身边驶过，还可以看到树林和城市……'"

"她很高兴在王子被波涛冲击得半死的时候，是自己救了他的生命；她想着王子是怎样紧紧地躺在她的怀里，她是多么热情地吻着他。可是这些事，王子却浑然不觉，连做梦也不会想到是小美人鱼救了他……"

“‘难道我真的没有办法得到一个永恒的灵魂吗？’小美人鱼问。‘没有！’老祖母说，‘除非有一个人爱你，把你视作比他父母还重要的人。只有这样，他的灵魂才能飞进你的身体里。’”

…………

“‘要是他知道，我为了能和他在一起而永远牺牲了我的声音，那该有多好！’小美人鱼不停地舞着，尽管她的脚每次接触地面时都像踩在刀刃上一样痛苦。”

…………

“太阳从海里升起来了。阳光柔和、温暖地照在冰冷的泡沫上。小美人鱼并没有感到死亡的恐惧……‘我将到哪里去呢？’她自言自语。‘到天空的女儿那里去呀！’其他的生灵回答她，‘人鱼没有永恒的灵魂，除非她赢得一个凡人的爱情，她的永恒需要依靠一种外来的力量。天空的女儿也没有永恒的灵魂，但是，她们能够通过善良的行为创造一个灵魂。你已经升到精灵的世界中了。通过三百年的积德行善，你就可以为自己创造出一个永恒的灵魂。’小美人鱼向上帝的太阳举起了她明亮的手臂，她第一次感到自己流出了眼泪……在王子那艘华丽的游船上，她看到王子带着他美丽的新娘正在寻找她。她冥冥中亲吻着这位新娘的面庞，朝王子微笑着。然后，她就跟空气中的其他孩子们一起，浮在玫瑰色的云层之上，升入天空里去了。”

“故事讲完了，你好好睡吧。”我合上书。

“我以前看过的《小美人鱼》动画片不是这个结尾呢！那个里面，小美人鱼爱丽儿没有变成泡沫，她变成了人类，和王子在一起生活了。”

“因为我讲的故事是安徒生童话《海的女儿》,《小美人鱼》动画片的故事已经经过编剧改编。”

“童话故事不是应该王子和公主从此过上了幸福美好的生活吗？”欣宝疑惑地说。

“那是迪士尼动画片的常用套路，并不是所有童话故事的结局都是王子和公主幸福地生活在一起。”

“我还是更喜欢动画片的结局，书里面小美人鱼变成泡沫太可怜了。妈妈，你喜欢哪个结局呢？”

“小时候我会喜欢动画片的结局，现在我更喜欢安徒生写的结局。”

“为什么呢？”

“你长大就明白了。”我关上灯，拥欣宝入怀，“快睡吧。说不定小美人鱼化成的精灵会飞到我们的房间，她遇到乖孩子，就会微笑，她一微笑，就会在三百年中缩减一年，那样，用不着三百年时间，小美人鱼就可以获得永恒的灵魂了。”

次日，我们在长堤公园的海滨步行道邂逅了小美人鱼的青铜雕像。

小美人鱼坐在海边的一块岩石上，背对着大海和城市，看船只从她身侧驶过。

天色灰蒙，细雨落在小美人鱼身上，她侧头静思，眼神中隐隐透着忧伤与渴望。她似乎在望着海底的宫殿，那是她回不去的故乡；

又似乎在望着远航的游船，等待永远都不属于她的王子归来。

她沉浸在自己的世界中，浑然不顾争相与她合照的游客。

从 1837 年在安徒生笔下诞生，到 1913 年从雕塑家爱德华·艾瑞克森手中重生，其间不到百年。如今，这座美人鱼青铜雕像已成为丹麦的象征，还曾于 2010 年远赴上海参加世博会。

可能连小美人鱼自己都不知道，她用了不到百年时间，便获得了永恒的灵魂。或许在更早的时候。因为小美人鱼已经深深烙在每个听故事的人心中。

那个写故事的人现在在哪里呢？

他的雕像坐落在哥本哈根市政厅旁的安徒生大道上。

他身穿礼服，头戴礼帽，一手执着手杖，一手拿着半掩的书，回首凝望着车水马龙的街头，凝望着对面的趣伏里游乐园，神情像在构思新的童话故事。

趣伏里游乐园是世界上最古老的游乐园之一，据说大名鼎鼎的迪士尼乐园都曾向它借鉴设计理念。

趣伏里游乐园砖红色外墙上写着大大的英文名“TIVOLI”，倒过来念，刚好是“ I LOV(E) IT（我爱它）”。游乐园，一个可以让孩子欢乐玩耍、让大人重拾童心的地方，如何教人不爱它？

安徒生每天望着天真烂漫的孩子和童心未泯的大人步入游乐园，望着路上骑自行车、推婴儿车的人们，不知当下的生活是否符合他理想中的生活？

根据媒体统计的生活满意度指数，生活在丹麦的人们被评选为

"全世界最幸福的人"。《卖火柴的小女孩》的悲惨故事不再重演。安徒生看到应该感到欣慰吧?

长大后越来越喜欢安徒生童话，大概因为安徒生童话不同于其他童话，他的童话根植于现实，关照人性。虽然情节富有想象力，细节却充满生活的气息，他在童话里描写的场景都在现实世界中真实存在过。

漫步在哥本哈根，这座安徒生十五岁前来寻找理想的城市，我找寻着安徒生童话笔耕的土壤。

童话王国自然少不了城堡王宫，我们这次去参观了丹麦王室的玫瑰堡宫和阿美琳堡宫。两者的关系相当于颐和园和故宫，玫瑰堡宫是御花园，阿美琳堡宫是王室居住的宫殿。

玫瑰堡宫如今已成为博物馆，外面是红砖墙青铜顶建筑，里面陈列着皇室收藏的各种奇珍异宝。

丹麦曾是维京时代欧洲全境的海上霸主，统治过整个斯堪的纳维亚半岛。国王都有收藏的爱好，皇室四百年来的宝物收藏可列欧洲之最。

象征权力的权杖、勋章彰显荣耀，象牙、琥珀雕刻的各种工艺品栩栩如生，各种翡翠、宝石首饰闪闪发光，还有全世界独一无二的独角兽王座，由独角鲸打造。而最引人注目的莫过于女王加冕仪式上戴的祖母绿王冠。

导游说，这套祖母绿王冠首饰女王玛格丽特二世每年佩戴三次，女王戴的时候会在展览柜里留下小字条:"我借走戴了，戴完再还回来。”

传说中才华横溢又平易近人的丹麦女王因此更生动可爱了。要知道王冠是属于王室的财产，她却用了“借”字，可见是具有大智慧的人。

财产并非个人真正拥有，连生命都是向宇宙借来的吉光片羽。

除了珍宝，玫瑰堡宫作为王室生活过的地方，房间里还保留着古典奢华的家具，墙上挂着羊毛挂毯及王室成员的画像。据说成员里有安徒生童话《豌豆公主》的原型。

走到一个高及房顶的棕红色五面镜家具前，导游停下来解说，这不是一个普通的家具，而是一个大型的音乐播放器。她留有时间给我们聆听播放器里的曲子。悠扬的乐曲响起，我想起《夜莺》里获得“高贵皇家夜间歌手”称号的人造夜莺。真正的夜莺可以按照自己的意愿随意歌唱，这只人造鸟儿再华丽唱得再动听，也只会唱系统里存储的有限乐曲。

尽管安徒生写的是中国皇帝，我却觉得他描写的御花园像玫瑰堡宫。有趣的是，玫瑰堡宫里曾住过喜欢中国的国王，门楣带有满满的中国风，上面还摆放着几尊观音菩萨像。

或许安徒生借写中国皇帝暗喻丹麦国王？即便如此，也影响不了安徒生在王室心中的地位，玫瑰堡宫外的国王公园内还矗立着一座安徒生铜像。

国王价值连城的物质财富除了被游客参观，只能在玫瑰堡宫沉睡，安徒生创造的精神财富却在全世界流传。

如果参观过珍宝馆，人们能放下对物质的执念，那些奇珍异宝才真正发挥了价值。

阿美琳堡宫由四座洛可可式的淡黄色宫殿组成，是王室成员日常居住的地方，丹麦女王多半时光在此度过。

我们到达阿美琳堡宫的时候，正赶上皇家卫兵在露天广场进行换岗仪式。一排排头戴熊皮帽，身穿黑上衣、白条边蓝裤子的皇家卫兵听从口令，踏着整齐划一的步伐变换队形，站在最前方的是拿着乐器的军乐队，后面跟着警卫队。

忽然，天空淅淅沥沥地下起雨来，围观的游客们纷纷撑起伞来。

军乐队的乐手和鼓手们吹着号、敲着鼓，昂首阔步地迎着雨前行。

雨势渐大，起初雨声和乐声交织在一起，很快，高昂的乐声盖过了雨声，格外鼓舞人心。

“下雨天他们都在练习。”欣宝躲在我的伞下说。

雨幕中，望着皇家卫队器宇轩昂地穿过罗马柱搭建的宫墙门，安徒生童话里那个坚强的小锡兵浮现眼前。

直到我们走进阿美琳堡宫对面的腓特烈教堂，在圆顶大教堂温暖的烛光中，我又想起那个掉下楼漂进下水道，被鱼吞又被丢进壁炉仍不改坚毅目光的单腿小锡兵。

一个人只要有坚定的信念，就不会畏惧生活的折磨。不管是坚强的小锡兵，还是追求真爱的小美人鱼。

一百多年前，安徒生以生活的哥本哈根为童话创作的土壤；一百多年后，哥本哈根的许多角落都渗透着安徒生童话里的细节。

作家生活的现实和创作的世界总是相互衬托的。大概，上帝是想借作家的手记录人间的事。

如果说小美人鱼是安徒生童话的形象代言，新港就是哥本哈根的形象代言。

下午我们来到新港时，天空已放晴，只是蓝天依然被云海笼罩。

新港并不新，这条人工运河港口已有三百多年的历史。岸边停靠着桅杆林立的彩色帆船，与两岸糖果般甜美的彩色房屋辉映。

就是在这充满童话色彩的地方，安徒生坐在临水的窗前，写下一篇篇脍炙人口的童话。

他在新港 20 号，一栋红色楼房里，写下第一篇童话故事。之后，他搬到向阳一侧的新港 67 号居住了十七年之久。在他生命的最后两年，他再次回到新港，住在夏洛特堡宫同一侧的新港 18 号。

梦想起飞时，生命结束时，安徒生都在新港。新港承载了他人生中的许多时光。

曾经的新港是船员们寻欢作乐之地，当船员们在沿街的酒吧推杯换盏之际，安徒生听着这喧闹的声音独自坐在屋里构建他的童话世界。

现在的新港是人们休闲放松之处，曾经的船屋变成了餐厅、酒吧、咖啡厅。

我们沿着新港两岸走了一圈，路过一座桥，发现桥的栏杆上方挂满了爱情锁，一颗心两旁刻着两个人的名字。仿佛在说：只有两个人的心牢牢锁在一起，才能拿到童话爱情世界的入场券。

走累了，我们选了一家街头咖啡厅坐下，喝一杯下午茶，看相爱的情侣牵着手从路边经过；看游客乘着游船在运河观光；看古朴明亮的糖果色房屋倒映的水波光影；看天空流云缓缓散去，露出澄澈的容颜。

街头弥漫着爵士乐的美妙旋律，空气里流动着温暖的童话气息。生活中难得有如此惬意的时光，不用追赶，不用奔波，不用忙碌。

此时此刻，我终于明白，为何丹麦被评为全球最幸福的国度。

长期生活在丹麦的中国人“维京飞鸟”说，丹麦人用一个词来总结日常生活理念——“Hygge”，意为“惬意”，可以解释为一种闲适安逸的身心状态。而他理解的“Hygge”是热爱生活,善于生活，享受生活。

或许奔波忙碌不该是生活的主旋律，偶尔停下来享受生活才能领悟到生活的真谛。

吃着冰淇淋，欣宝提议去步行街买乐高。我在丹麦是找寻安徒生童话的踪迹，重温童年。正处于童年时代的欣宝心心念念的却是乐高王国的乐高。

“行李箱已经装满了，怕塞不下。”林知逸说。

“没关系，我自己拎回去。”欣宝说。

“离集合时间还有一小时，怕来不及。”

“没关系，我跑着去。”

“你妈妈脚疼，跑不动啊！”

“哼！爸爸你就是偏心！”欣宝小嘴一嘟，“我要买乐高不给我买，妈妈买 250 一双的拖鞋你都给买。”

父女俩聊天，我冷不丁“躺枪”。

昨天入住酒店时，我发现大厅的商店有双粉色拖鞋很好看，林知逸拿了鞋去结账。过了一会儿，他把鞋往我怀里一塞：“穿上你 250 的鞋。”

我不敢置信地问：“不会吧？刚好 250 块吗？”

他把购物小票丢给我，我才知道他没和我开玩笑。250 一双人字拖也太贵了，早知道看到价格就不买了。

刚才欣宝又哪壶不开提哪壶，提起那双 250 的鞋。

“这样，你不要再提我 250 的鞋，我就给你买乐高。”我对欣宝说。

“成交！”欣宝毫不犹豫地说。

新港附近有条欧洲最长的步行街，其中有家乐高旗舰店，门口摆着一辆用乐高搭建的绿色自行车，旁边站着用乐高搭建的粉衣蓝裤男孩。

只要走进这家乐高旗舰店，不管是大朋友还是小朋友，都要骑上自行车拍照留念。我让欣宝与自行车合影，她很乐意地骑上自行车，这是她最配合我拍照的一次。

看到很多成年人骑上去拍照，自行车也没塌掉，我也心生想骑一把的念头。这乐高自行车还挺牢固，我硕大的身躯也没奈它何。

来到丹麦这个童话国度，我发现自己依旧童心未泯。以为一去不复返的童年，会在某个瞬间重现。

欣宝选中乐高玩具，我们又回到新港。

“妈妈，你爱我吗？”站在新港的彩色房子前，欣宝突然问我。

“超级爱。”

“那你爱爸爸吗？”她又问。

“爱。”

“哇！我赢了！你对他只有爱，对我是超级爱。”

“是因为爸爸可以保护自己，你现在没有能力保护自己，所以需要我更多爱。”

“哦——那我什么时候才有能力保护自己呢？”欣宝问。

“等你可以独自旅行的时候。”

“不！我长大要带着爸爸妈妈一起旅行。”

“真是乖孩子。”我摸摸她的小脑袋。

雨后的哥本哈根有些凉意，我却觉得格外温暖。

“你相信童话吗？”

每年的儿童节，都会在媒体上看到类似的问题。

你相信童话吗？

我相信。

童话不仅根植于现实，也根植于内心。每个人都可以凭借想象力拥有另一个属于自己的世界，那就是丰饶的内心世界。

很多人觉得童话是属于孩子的，其实童话也属于大人。童话不是孩子的专利，每个大人都曾经是孩子。

和漫长的岁月相比，饶是活到百岁，不也是个岁月的孩童吗？

相信童话就是相信爱与美好，不失去好奇心和想象力。即使生活有时如刀刃般锋利刺骨，我们仍然可以像小美人鱼一样保持优雅的舞姿在刀尖上旋转。

童话是生活中的翅膀，只要去相信，就可以在沉重的世间让心灵轻盈地飞起来。

心灵变得轻盈，会拥有想象的力量。我们每个人都可以用自己的生活，续写安徒生童话。

## 留有遗憾是为了下次重逢

有生之年，如果可以，我想再来一次北欧。

下次我会选择寒冷漫长的冬天来北欧。我想躺在玻璃房子里看北极光划过天际，我想去圣诞老人的故乡滑雪橇，我想住在新港20号体会安徒生写童话时的心境，我想去海鹦出没的岛屿看海鹦宝宝，我想换个港口再次出海观鲸……

不知是不是北欧位于世界尽头的缘故，在这里会有种与世无争的心境，也会有不流于世俗，敢于做自己的勇气。或许是处江湖之远，宠辱皆忘吧。

人这一生，时间和精力有限，许多地方一辈子只能去一次。

然而，有些地方你会一见钟情，如同喜欢的人一样过目不忘，便想着再次与它约会。比如北欧五国。

从北欧回来后，有人问我，去一趟北欧没看到北极光遗憾吗？我不觉得遗憾。虽然没看到北极光，但我看到了其他许多风景。何况，留有遗憾是为了下次有机会重逢。

就像我和土耳其，上次去没能坐上热气球，这次再度与它重逢，圆了许多从前未能实现的梦。

# 爱的旅程

生命是一趟爱的旅程，

沿途有许多驿站，

选择哪一趟列车专线，

选择前往哪一站，

选择停靠哪一站，

都由心决定。

# 一

我从没想过时隔一年会再次来到土耳其，就像我从没想过十年间会和同一个人结婚两次。

这次我是为了他才来到这里的。

他说，他想弥补从前的遗憾，给我一个迟到十年的婚礼。

于是，他定制了这趟特别的结婚十年之旅。为了这趟旅程，他提前三个月就开始准备。做自驾游攻略，订旅拍摄影机构，订机票，订酒店……甚至坚持每周健身三次，保持身材的最佳状态。

来之前我问他："我需要做什么准备？"

"你只需要把自己和行李准备好，其他的交给我。"他说。

行李中有最重要的三项，婚纱、婚戒和花童，花童是我们的女儿欣宝。

抵达伊斯坦布尔机场，飞机刚落地，我忽然感觉左手空落落的，目光扫过去，心里一惊，左手无名指上的戒指呢？

这枚戒指是结婚对戒中的一枚，一枚套着他的无名指，另一枚套着我的无名指。我们旅行时，他常常抓住我的手，有时对着当地的地标建筑，有时对着天空的晚霞，有时对着星辰大海，留下牵手旅行的画面。不管景色有多美，两只手上的同款 LOVE 戒指都熠熠生辉，因为戴在无名指上，那是指向彼此心房的位置。

他是个不喜束缚的人，不喜欢戴任何首饰，为了配合我才戴戒指。只因我告诉他，定情诗里有句“何以道殷勤？约指一双银”，戒指是我们的定情信物。

此时，他的那枚戒指还乖乖待在无名指上，我的那枚戒指却离家出走了！

想象中牵手对着漫天飞舞的热气球拍照的心愿难道要泡汤了吗？我焦急地围绕着座位附近找寻。

“每次出来不搞点事儿就不是你。”他边说边打开手机的手电筒，帮我一起寻找。

我的座位和旁边的座位，以及座位底下都翻遍了，依然寻不着。

乘客们已经陆续下飞机，只剩我们俩弓着身不放弃地寻找着那枚戒指。

空姐过来问我们是否需要帮助，我们说明情况，空姐径自把我的座位拆卸查看缝隙，却未能发现戒指的影踪。

“算了，我们不找了，回头重新买。”我打算放弃了。

林知逸留下他的联系方式给空姐，倘若空姐找到戒指，请联系他，不胜感激。

我们下了飞机，从伊斯坦布尔转机前往达拉曼机场，林知逸租车的地方。

等待航班起飞时，我问他："林导，有没有安排购物的地方？我可以在专柜补买一枚。"

"没安排。"他很淡定地说，"还好我求婚两次，你戴了两枚戒指。"

"可是另一枚不是和你一样的同款对戒。"我还是挂念那枚戒指。

"没关系，没有人规定婚礼一定要戴同款戒指，就像没有人要求男人结婚必须也穿和婚纱相同牌子的西装，对吧？"

他安慰人的方式总是这么幽默，我不由得笑了，丢戒指的不快也缓和许多。

"可能是你变瘦了，手指变细，戒指松动就掉了。"

女儿欣宝的安慰也很管用。

## 二

抵达达拉曼机场，我们在机场外的咖啡厅用完简餐，从租车处取走预订的一辆白色小轿车，我们的旅程正式开始。

出发总是愉悦的，尤其在一个阳光明媚的午后，自己驾车上路，沿途尽是优美风景。

白墙红屋顶的小城依山临海，金灿灿的日光洒上去，整个世界明亮如新。

前行不久，车子驶入沿海公路 D400，号称"全球最美沿海公路"，它跨越了土耳其死海、地中海、爱琴海三个海域。

一侧是大海，另一侧是山峦，我们的车子就在山海间行驶。

每次见到大海，我会情不自禁心潮澎湃。不知怎么，这次感觉尤为强烈。

是因为身旁驾车的是陪伴我多年的爱侣，还是因为第一次行路时离大海如此之近？

我想和你，一起闯进森林潜入海底，
我想和你，一起看日出到日落天气，
我想和你，穿过格林尼治和时间飞行，
我想见你，穿过教堂和人海拥抱你。

车里放的音乐如此应景，一路凭窗贪看风景，满目皆是地中海的碧蓝，心情像是在低空飞行。

难怪《在路上》长盛不衰，激励了一代又一代年轻人上路远行。果然，最美的风景永远在路上。

日暮时分，路过一片海滩，路边停了不少车辆。方才沿途人烟稀少，此处还挺热闹。

附近已无停车位，林知逸将车子往前开了几步，停在公路一侧。他说这里是“网红”Kaputas 海滩，以细沙和果冻般的海水蓝闻名。

夕阳斜照，那片海闪着细碎的金光，就像夕阳为海平面开辟出一条黄金大道。

我们沿着石阶下行到海滩，沙滩上布置着一排排白色躺椅，太阳伞竖在躺椅旁。有人躺在躺椅上晒日光浴，有人坐在沙滩上看海，有人把海水当温泉泡……浓郁的度假气息扑面而来。

眼前的海水呈渐变色，从深蓝到浅蓝到碧蓝，蓝得颇有层次，蓝得赏心悦目。

“这样的海，光是看看，心情就很好。”我坐在躺椅上，望着果冻般蓝的海说。

“我要去踩沙滩，心情更好。”欣宝把鞋子甩掉，袜子脱掉，赤着脚奔向沙滩。

海水一波波地轻抚着沙滩，掀起泡沫般的雪白浪花。欣宝站在岸边的沙滩上，等待浪花打过来，她踩住浪花，在上面蹦蹦跳跳。

踏浪累了，她开始玩沙子，用沙子作画、挖沙坑、搭城堡。

我们今晚入住的酒店给林知逸打来电话，老板将要外出，让我们尽快按照预订的时间入住。

“我们现在走，还赶得上去卡什小镇看日落。”林知逸挂了电话，对我说。

欣宝玩得不亦乐乎，恋恋不舍地被我拖上岸。

她的小脚沾满白色细沙，像一粒粒白芝麻缀在上面。她坐在躺椅上，林知逸蹲在旁边用纸巾为她耐心地擦去脚上的沙粒。

这一幕让我想起我怀孕时，肚子大得无法弯腰，林知逸蹲着为我洗脚的画面。

车子沿着海岸线继续前行，山峦的岩石被夕阳映成橙红色。

根据导航小姐的指引，不出半小时，我们已到达民宿附近。

路旁一排白色阁楼，不知我们位于哪一栋，给民宿老板拨电话，她出来迎接，是一位窈窕的土耳其美女。

美女老板引导林知逸停车之际，我下车等候。就在这等候的间隙，目光全然被周围的风景吸引。

这边一大片三角梅在夕阳映红的院墙上绽放得热烈，另一边红瓦白墙的小镇人家面朝大海坐落在山谷间。天边宛如镶嵌了橙红色缎带，夕阳像一个猩红的圆盘悬在海天相接处，眷恋地望着尘世的人家、连绵的岛屿，以及港口的点点白帆。

眼前景象让人心生宁静，这不是带有地中海风情的世外桃源吗？没有落英缤纷的桃花林，却有无忧无虑的三角梅。

空气中弥漫着海水清新的气息，夹杂着似有似无的花香。我像个未见世面的人，深深呼吸着这里的空气。

“大柠上楼吧，我们的房间也可以看日落。”林知逸拖着行李箱喊我。

“听到行李箱在地面滚动的声音，感觉很好。因为这是旅行者赶路的声音，意味着要到酒店了。”欣宝说。

“这个酒店好美啊！一栋面朝大海开满鲜花的白色别墅，你订的这家酒店满足了我对理想生活的向往。”我打量了下这栋被鲜花环绕的三层阁楼说。

“我订这里，一是你喜欢‘面朝大海，春暖花开’，二是你喜欢看日落，三是你喜欢安静。你喜欢的三点这里刚好都有。”

“你忘了说我最喜欢的两点。”我提醒他。

“还有遗漏的吗？”

“当然。”我望向他和欣宝，“不管在哪里，看到什么风景，你和欣宝都是我最喜欢的风景。因为你们在身边，风景才更加生动。”

说完，我看到林知逸和欣宝的嘴角都漾起笑容。我喜欢看他们笑，他们的笑真是全世界最动人的花。

我们的房间位于二楼，两室一厅。主卧的双人床紧挨着落地玻璃窗，掀开白色纱帘，窗外便是日落光景：温柔的暮色与绛红屋顶辉映，落日余晖笼罩着宁静的小镇。

方才猩红的夕阳已坠入海面，消失不见，我爱的人却依旧陪在身边。此情此景便是“落日归山海，陪伴成告白”吧？

“真好！这是一个可以看见风景的房间。”我推门走向阳台，温润的海风吹过来，仰头间，一大丛粉白相间的三角梅自三楼的白色栏杆垂下来，像是张开怀抱欢迎远道而来的我。

原来，不仅房子外面能看到风景，房子本身也是风景。

月亮升起来，落日余晖未尽，天空是少女心的粉色。

星星亮起来，人间灯火也亮起，天空留下一片深情的蓝。

“那边是星星，这边是月亮，星月国度。”欣宝指着天边的星星月亮说。

我们本来为看卡什小镇的日落而来，却在阳台等候夜晚的过程中，看到了星星和月亮。

在星月国度看星星看月亮，我的浪漫旅行清单里又多了一项。

林知逸原计划我和他睡主卧，欣宝睡客卧，结果他和欣宝商量未果，欣宝要和我一同睡主卧。

“唉，蜜月第一晚孤枕难眠。”林知逸叹着气去了客卧。

话虽这样说，他这一天又是坐飞机又是驾车，也是极累，倒床很快睡着了。

倒是欣宝在车上睡了一觉，这会儿精神百倍，缠着我陪她聊天。

“妈妈，我长大要找柯南那样的男生做男朋友。”欣宝依偎在我怀里说。

“为什么呀？”

“因为柯南长得帅，又聪明。”

“那你喜欢‘双高’男生,颜值高,智商高。不过依妈妈来看,‘三高’男生可能更好,颜值和智商确实重要,但找男朋友情商更重要。”

“什么叫情商？”

“情商啊，就是他不仅喜欢你，还有趣，处处为你着想。是全世界给你带来快乐最多的人。”

“哦，就像爸爸对妈妈那样。”她忽然明了。

“差不多吧。”

“那我要过多久才会遇见喜欢的人呢？”

“等你读完一万本书，走完一万里路，等你从一个小娃娃长成大姑娘。”

“要等那么久啊？”

“经得起等待的往往才是珍贵的。”

“就像小兰等新一一样。”

“对的。”

“我觉得人和人之间相遇好神奇哦！我上幼儿园时都没想到上小学时班里会有两位男神。”

这是什么情况？“刚才不是还说喜欢柯南那样的男生吗？”

“柯南是小兰的，不过两位男神我也不是很喜欢啦，我也不知道未来的男朋友是什么样子。”

“别想那么远的事，赶紧睡吧，你小时候还说长大要嫁给王子。”

“哈哈，小时候的事我都忘得差不多啦。”欣宝笑道。

“快睡吧，一说起来就没完没了。”

“我睡不着，你给我讲故事吧。”

“讲什么故事呢？嗯……这个故事很长，应该能把你讲睡着。”

在很久很久以前，有个和你一般大的小女孩，住在河岸边的小村庄。

每天傍晚，她需要将在外面散步溜达的鸡鸭鹅赶回它们的家。其中一只大白鹅，她最喜欢。原因是大白鹅下的蛋个儿又大壳儿又硬，曾帮她在同学中树立威信。

她的家乡每到夏至就要吃水煮蛋，夏至那天她将大鹅蛋带到学校。同学们一个个亮出自己带的蛋，有位男同学提议“斗蛋”，就是让蛋和蛋相碰，谁的蛋壳先破谁就输了。她的大鹅蛋以一抵十，力战群蛋，其他鸡、鸭、鹅蛋都败在大鹅蛋壳下。

大鹅蛋一战成名，被封为“蛋王”。蛋王的母亲可不能没有姓名，回到家，女孩便给大白鹅取了个名字“大白”。至于那枚光荣的大鹅蛋，她没舍得吃，放到了奶奶腌制咸鸭蛋的缸里。

从此，大白鹅也成了她最好的朋友，有什么心事她会第一时间和大白鹅分享。

“大白，爸爸出差回来给我带了小皮靴，可漂亮了！他还给我带了大白兔奶糖，就是和你名字一样的‘大白’。我长大不想像妈妈一样种田，我想像爸爸一样去上班，去全国各地出差。

“大白，见到我的大人每次都关注我的耳垂，说我耳垂大有福气，你知道什么叫有福气吗？哦，你不知道呀！你只知道打不过大公鸡不服气。

“大白，妈妈以前去田里干活可勤快了，最近不知为什么成天躲在楼上，都是奶奶煮好饭送上去给她吃。是妈妈身体不舒服吗？

“大白，昨天晚上邻居四奶奶和婶婶上楼看妈妈了，她们让妈妈掀开衣服看妈妈的肚子，妈妈的肚子有点隆起。她们说看样子，这回应该是个男孩。原来妈妈是因为有了宝宝才躲楼上的呀！我挺期待妈妈生个男孩，那样她就不用再生宝宝，就会把注意力放到我身上吧？

“大白，妈妈带着妹妹去外地生小孩了。也不知生个娃娃，怎么东躲西藏。家里就我和奶奶，我挺想念妈妈和妹妹的。

“大白，你知道吗，爸爸妈妈回来了！妈妈怀里还抱了个粉嘟嘟的小娃娃，那就是妈妈肚子里的小男孩，我有弟弟啦！他好可爱！

“大白，昨天晚上我躲被子里哭了。我不小心把弟弟喝的蛇胆川贝液打翻一支，爸爸朝我脸上打了一巴掌，特别疼。我又不是故意打翻的，我好难过。弟弟来了，是不是爸爸不爱我了？

“大白，今天我在作文书上看到一个词语‘重男轻女’，我觉得爸爸有些重男轻女，就问爸爸：‘你是不是重男轻女，才会生弟弟呀？’爸爸说，他不重男轻女，他一视同仁。他之所以要生弟弟，是因为农村有重男轻女的大环境。妈妈有一次去给出嫁的人家帮忙，人家不让妈妈碰嫁妆，还说了句‘不会生男孩的一边去’！于是他和妈妈下决心要生个男孩，这才有了弟弟。我以前本来有点恨弟弟夺去了爸爸妈妈对我的爱，听了爸爸的解释，我不恨弟弟了。

“大白，我这次期末考试没考到第一名，爸爸说过年不给我买新衣服，我有些失落！”

结果，过年没新衣服穿倒不是最大的打击，最大的打击是过春节，大白被宰了！更惨的是她吃年夜饭时都没发现妈妈夹给她吃的肉有什么异样，直到她发现大白不见了，妈妈说大白成了餐桌上的美味！

因为大白离开，她茶不思饭不想了好几天，她不能原谅她居然把她吐露心事的好朋友吃了！

不管开心还是难过，日子总要过下去。后来妈妈抱了只黑色的小土狗回来，小黑狗肉嘟嘟圆乎乎，乌黑的大眼睛楚楚动人。小黑狗成了女孩的新宠,失去大白的悲伤渐行渐远。她给小黑狗取名“小黑”。小黑一天天长大，和女孩很亲近，每天都会护送她上学，是她最忠实的守护者。

女孩以为小黑可以守护她一辈子，谁知在她读小学六年级时，陪伴她五年的小黑失踪了。

那阵子有外地人夜晚到村子里捕杀狗，据说小黑就是被外地人诱杀的。女孩难过极了，为什么她的好朋友总会离开呢？

从那以后她不再养宠物，却养成了写日记的习惯。

在很久很久以前，有个和你一般大的小男孩，住在大山里的小村庄。

他放学后的工作就是放牛，他把牛赶去吃草，无聊时就叠纸飞机玩。嗖的一声，纸飞机冲向蓝天，男孩跟着纸飞机跑。谁知他光顾着仰头看纸飞机，没注意到前面有个斜坡，一不小心脚踩空，咕噜咕噜滚下去，头磕到地上。好在是草地，只留下一个小疤痕，跟随他一生。

这个放牛娃有三个心愿：拥有一个乒乓球、一块电子手表、一辆自行车。

但是爸爸妈妈穷，无法满足他的心愿。于是他自己想办法——攒钱。

他攒钱的最大来源就是过年的压岁钱，起初妈妈说帮他保管，结果妈妈日常开销都当零钱花了。他担心妈妈把他的压岁钱花光，决定自己保管。

他觉得放在家里不安全，打算找个隐秘的角落藏起来。

存钱总得有个存钱罐吧？但他舍不得拿钱买存钱罐，他要存着实现那三个心愿呢！

他在家后面的竹林晃悠，为压岁钱找藏身之处。竹叶被风吹得簌簌响，青翠笔直的竹子像一个个武林高手，他灵光一现，有了！既然竹子可以做丐帮之宝打狗棒，也可以做存钱罐啊！

他拿来小刀，选了一根竹子，沿着竹节处锯开一道小缝，将自己的全部身家小心翼翼地放进竹筒里。

“真棒！简直是纯天然的存钱罐！还足够隐秘，谁都找不到！”他心满意足地望着那根储藏他未来心愿的竹子。

如果不留意，都察觉不出那根竹子有条裂缝，里面藏着一个孩子的最大财富。

放学时，他沿着乡间小路走回家，嘴里吹着口哨。有同学骑着自行车从他身边经过：“班长好。”

放牛娃因为成绩好，班主任选他当了班长。

他羡慕地望着骑自行车同学的背影，心想，要是我也能拥有一辆自行车，我要绕着飞机坝骑上好几圈，那感觉一定很棒！

飞机坝曾经是军用飞机的停机场，现在是孩子们喜欢玩耍的地方，尤其是有自行车的同学，经常在那儿骑行。

放牛娃在心中盘算了下他现有的财富，然后跑向小镇，问卖自行车的叔叔，他现在有十二块钱，还要攒多久才能买一辆最便宜的自行车。自行车行老板嗤之以鼻地说：“等你攒到读高中，也买不起一辆自行车！”

这个叔叔虽然不是神婆，却是个预言家。放牛娃果然一直读到高中，也没拥有一辆自行车。

不过可喜的是，他小学就已学会骑自行车。整个小学六年级他都是班长，同学后来都喊他“老班长”。有了班长的职位，同学都对他有几分恭敬。在飞机坝一同玩耍时，有同学借他自行车玩，他学习能力强，很快便学会了骑车。

至于他那纯天然储蓄罐，起初他还经常关心，后来因为学业繁忙，不经意间就抛之脑后，甚至忘记自己拥有这么一笔财富。

直到他读初中，有天妈妈告诉他："你的钱长高了，不过也变少了。"

他听得一头雾水。经妈妈解释，他才知道，原来家里要扩建砖厂，将屋后面的竹林砍掉，结果有根竹子倒下来，里面窸窸窣窣滑出来一些钢镚，还有被雨水淋湿已经坏掉的纸币。

竹子一年年长高，他藏在里面的钱也一年年长高。他的钱长得比他还高，但他还是没能实现自己的心愿。

他有些难过，不知是难过于他的存钱罐被发现了，还是难过于他始终没能攒够钱实现愿望。

放牛娃和赶鹅姑娘，这两个相隔十万八千里、八竿子都打不着的人，从来都没有想到他们有一天会相遇。

不知是不是故事有些久远，还是我讲的睡前故事有催眠作用，我还没讲到男孩女孩如何相遇，欣宝已经抱着她的毛绒小牛睡着了。柔和的台灯下，她纤长的睫毛守护着心灵之窗，应该会做个好梦吧？

## 三

清晨在山海的怀抱中醒来，初升的朝阳为人间洒上一层黄金。

林知逸和欣宝还在沉睡，小镇在鸡鸣犬吠声中悠悠醒转。

我独自推门去阳台看晨光里的小镇。沿着白栏杆垂落而下的三角梅摇曳生姿，像在对我说早安。

公鸡继续扯着嗓子叫，想化身闹钟唤醒尚在沉睡的人。它不知道的是，对久居城市的人来说，公鸡的打鸣声反而衬托得这座小镇越发安静。

眼看着天色由橙灰到粉蓝到蓝白，天公以朝霞和白云作画，我不知不觉竟在阳台默默站立了一个多小时。

十月初的卡什小镇温度适宜，不冷不热，呼吸着清新如许的空气，欣赏着日光洒落的小镇，心想，倘若有一天年华老去，在这样与世无争的小镇虚度时光，好像也不失为好的选择。当然，最好身边有心爱的人陪伴。

如此想着，林知逸已来到我旁边："大柠，早安。真遗憾，没能第一时间对你说早安。"

"你是今天第一个对我说早安的人。"

"我是听到公鸡打鸣起来的，大公鸡才是第一个对你说早安的。今晚的酒店是大床房，我们就可以睡同一张床，我明天可以第一时间对你说早安。"

"……"绕了这么一大圈，我感觉，昨晚欣宝抢了他的位置让他有些遗憾。

"今天有什么安排吗？"我问他。

"我计划是吃完早餐，我们逛一逛小镇，然后出发，沿着 D400 沿海公路开往安塔利亚。今天入住的酒店是海景房，离大海更近。我们傍晚到达酒店刚好看海上日落。"

"真是完美的计划！"我对他竖起大拇指，鼓励第一次在国外当导游的他，“对了，我在微博查看了别人在卡什小镇拍的照片，发现这里有个面朝大海的古希腊剧场，想去那里打卡。”

“没问题！吃完早餐我们就去。”

“吃完早餐我想洗个头再走。”

“我怎么有种不良的预感？预感你和欣宝不到十二点出不了门。”

“请闭上你的乌鸦嘴。趁欣宝还没起床，我这就去洗头。”

结果证明，林知逸的预感是对的。欣宝拖拖拉拉起床，我拖拖拉拉收拾行李，告别这栋美丽的三层小洋楼时，已经是十二点五十。

为了傍晚能赶上去安塔利亚的海景房看日落，我改变计划：不逛小镇，只去海边剧场，然后立即出发。

车子驶入小镇，寻了一处地方停下，我们根据导航去找海边剧场。

路边繁花似锦，并伴有各种果树，火红的石榴、青涩的橘子，还有青紫相间的橄榄。

走着走着，没找到剧场，倒是找到一个造船厂。

山海间已有桅杆高立的白帆远航，造船厂里停着几艘半成品白帆，一位戴口罩的年轻男人穿条短裤，赤裸着上身，手拿呜呜作响的工具对着一艘半成品大白船作业。

以前都没看过造船的过程，难得有机会，我饶有兴致地观察着。

那艘半成品大白船前，有一只大黑狗在对着我们汪汪叫个不停，不知是不是因为我们是陌生人。

欣宝也对着大黑狗叫：“汪汪汪，汪汪汪，汪汪汪汪汪汪汪……”

小孩子和“汪星人”无障碍沟通。

“你都不看一眼这狗啊？”欣宝转头看向我，有点嗔怪地说。

“你妈看帅哥呢！”林知逸说。

“哎呀！你别看了，你这是在嫌弃爸爸吗？”欣宝说。

“不是啊！我是在看帅哥造船，重点是造船，不是帅哥。”我解释。

“不用狡辩，我都看见你对着帅哥拍视频留念了。”林知逸说。

“……”燕雀安知鸿鹄之志？我看的是船，想看下造船技术，说不定等老了也能造艘船环游四海。好吧，就算我有那样的梦想，大概也学不会造船的技术，我只是多看了两眼帅哥……身上的腹肌。

看了会儿帅哥，哦不，看了会儿造船，我们继续踏上寻找海边剧场之路。

已经看见写有“海边剧场”的路牌，应该近了。谁知越走越远，越走越没底，不敢确认方才那个写有土耳其语的路牌是否写的是“海边剧场”。

“这个时候就能体现专业导游的价值了。我们这么找下去也不是办法，万一走太远又迷路就不好了。这样，你们在这儿等我，我去取车过来接上你们，我们边开车边找剧场。”

“你顺便买几瓶矿泉水，走这么久我都渴了。”我说。

“我也渴了，我都想摘树上的橘子吃了。”欣宝说。

路旁橘子树上的果实三三两两簇拥在一起，饱满诱人，黄绿色果皮内一定撑满丰盛的果汁，不知会不会酸涩。这就是传说中的望梅止渴吧？

趁林知逸取车的空当，我和欣宝沿着海边的人行道小走几步，停下来看海。

连绵青山下，是一望无际的大海。海水的颜色酷似 Kaputas 海滩的果冻蓝，此处没有游客，海面无风镜未磨，船只仿佛停在绿莹莹的宝石上。

没看到海边剧场，只是悠闲自在地看海，竟不觉得是浪费时间。这在分秒必争的北京城简直难以想象。

我们终究未寻到海边剧场，但我们反倒因寻剧场这件事，无意间进行了小镇环岛游，一览无限风光。

海岛公路两岸风景美不胜收，一路繁花相送。

“虽然没找到剧场，但是这不在计划内的环岛游倒是意外的收获，有时候意外也是好事啊！”我感慨。

“没错，就像我上学期期末考试意外考了一百分。”欣宝说。

我笑道：“‘意外’，也可以这么用吗？好像也没错。考一百分是你意料之外的事。”

“大柠，你知道用‘意外’造句，哪一句最动听吗？”林知逸说。

“最意外的事，是你为我定制这趟十年旅程。”以往旅行，通常我是主要发起人。

“这算什么。我遇见你是最美丽的意外。”他边说边唱。

原来是孙燕姿唱的歌啊，听着怎么像表白？

离开宁静如世外桃源般的岛上小镇卡什，我们再次上路，沿着 D400 沿海公路前往安塔利亚。

只要在路上，一切都是新鲜的。

我想和你，一起闯进森林潜入海底，
我想和你，一起看日出到日落天气，
我想和你，穿过格林尼治和时间飞行，
我想见你，穿过教堂和人海拥抱你。

天高云淡，车子在山海间穿行。车窗外是宫崎骏动画般的流动风景，车厢内播放着喜欢的歌曲，心情如飞一般自由。

欣宝：“红车超过我们了！”

我：“没事，我把它当模特拍照。”

欣宝：“摩托车超过我们了！”

林知逸：“好像不止一次被摩托超过了，安全第一。”

欣宝唱：“骑上我心爱的小摩托，它永远不会堵车。”

前面有一辆敞篷观光车，车上一溜穿背心短裤的外国美女，长发随风飘扬，漂亮又帅气。

欣宝：“全车美女啊！”

我：“观光美女被观光了。”

欣宝：“渣男看到一定流口水。”

林知逸：“你爸都不敢说话了。”

我大笑：“哈哈！”

一路是看不腻的碧海蓝天。山峰树丛林立，车子沿着蜿蜒山路而行，视觉上仿佛路已到尽头，马上要冲向大海，结果一个转弯，柳暗花明又一村。

人生不也是如此吗？看似到了悬崖边上，结果一个拐弯，新的人生风景在面前铺陈开。

欣宝：“风景太漂亮了！连我这个‘风景渣’都觉得漂亮！”

我疑惑：“什么叫‘风景渣’？”

欣宝：“类似学渣，学渣不觉得学习有多好玩。‘风景渣’就是，不觉得风景有多好玩。”

我明了：“这里的风景确实很美。”

林知逸：“关键是人少，路上车子不多。”

忽然车轮好像轧到什么东西，坐在副驾上的我感觉到车身晃动了一下。

“呀！什么东西？”我吓了一跳。

“大减速包！”林知逸淡定自若地说。

“不愧是老司机。”

“放点新鲜空气进来。”林知逸打开车窗。

呼吸着带有湿润海风的空气，身心都在享受。咦，不对，为什么大腿根部有被勒得疼的感受？

我查看了下，安全带没勒到，那就是新换的平角裤勒人？我调整了下位置，好像不是。再仔细查找，找到了罪魁祸首，是袜子！这天我没穿平时的打底裤袜，而是长筒袜，长筒袜上面太紧，勒得大腿疼。我把袜子撩下来，又不冷就不穿长筒袜折磨自己了。

“怎么袜子都脱下来诱惑老司机了？”

“……”真是百口莫辩。

车子从白昼开到黄昏，从海滨大道开到山间小路。

上午没按林知逸的计划出行，自然赶不上去安塔利亚的海景房看日落。不过在路上一样可以看日落，还是壮观又梦幻的山间日落。

雾气蒸腾的群山之上，烟霞和云影护送着红日归去。

晚霞将云彩勾勒出不同形状，有的软绵绵像粉色的棉花糖，有的橙灿灿像孙悟空的筋斗云，有的烈焰焰像拉斐尔画作里史诗般的背景。

车内正在播放的是纯音乐*A Little Story*，每次自驾，夕阳西下，听这支曲子尤为合适。旋律动听又激昂，仿佛在为生命之旅唱赞歌。

“这是什么神仙山啊？”从不轻易被自然风景打动的林知逸不禁感叹。

云遮雾罩，彩霞满天，山峦隐在烟云间，平添几分朦胧感和神秘感。

然而，随着车子前行，离山峦越来越近，才发现少了烟云的笼罩，方才酷似雪山的那座山竟然光秃秃的，哪有什么魅力？

“刚才这座山云里雾里的，美得不可思议！结果靠近一看，不再是让我魂牵梦萦的那座山。”我说。

“要不怎么说这山望着那山高呢？”林知逸说，“距离产生美。”

“这年头连山都需要滤镜，缭绕云雾和夕阳彩霞就是这座山的滤镜。”

忽然想起爱情，刚喜欢一个人时觉得他怎么那么好，处处都是优点，看他自带美颜滤镜。相处久了，才发现他也有不少缺点。如果失去滤镜，立体的他你都能接受，那就是真爱了。

“我们还有多久到酒店啊？”眼看天色渐暗，欣宝问。

“马上到市区，还有半小时就到。”我看了看导航。

“今天的酒店怎么样啊？”欣宝问。

旅行时，她有个口头禅“酒店酒店，我的 happy 地点”，她最喜欢一进酒店房间就往床上一倒。

“不会让你失望的。”林知逸笃定地说。

“你爸爸订的酒店从来不会让我们失望。”我们现在出去旅行，除了跟团，自由行全部由林知逸一手操办，我对他办事很放心。

“我从出生到现在还没睡过水床呢！你知道水床吗？就是一个像大塑料袋的东西，里面裹着水，里面放着鱼，就是水床。”欣宝说。

“嘁，你两三个月的时候就睡过水床啦！”林知逸笑道。

“啊？”欣宝表示很震惊。

我也在努力回想，她睡过什么水床，难道是放个游泳圈在泡澡盆里？

“你把尿不湿尿湿了，不就是水床？”林知逸说。

“哈哈！太搞笑了！”欣宝顿时狂笑。

我也笑喷。我俩的笑声洒了一路，制造笑话的人仍在一本正经地开车。

卖花的老人坐在花店前看手机，公交车窗旁的女孩撑着头似在思考什么，五彩摩天轮卖力地变幻色彩，点亮城市的夜空。

我们的车子已驶入安塔利亚市区的道路，坐在车子里，我居然有种当地人的错觉。眼前这幅景象好像和北京也没什么两样，全世界的人们都要为生计奔波。

倘若为生计奔波时，内心也始终持世外桃源般的安宁，这样看似矛盾的调和如果能达到一种平衡，应该是不错的选择。但是，有这样的调和吗？身体在朝九晚五，心灵却静如止水。大概全凭“结庐在人境，而无车马喧”的心境。

遐想间，我们已到达酒店门口。办完手续，我们推着行李箱入住酒店房间。

按照惯例，欣宝一进酒店就会放下双肩包扑向床，这次却在客厅略停顿了下，眼神飘向淡紫沙发旁的茶几，高兴地叫着：“奶油！草莓！”然后奔向客厅后面的床。床布置得很浪漫，三只银色气球垂着长尾巴飘在屋顶，另外三只银色气球作为装饰品摆在床尾。

欣宝脱了鞋，爬上床，在床上蹦了两下，拿下飘在屋顶的三只银气球，闭上双眼，微笑着说：“带我飞。”

兴许她是受到《飞屋环游记》的启发，希望气球能带着屋子环游世界。

在这个淡紫色的海边房间，我们带着连日来奔波的疲惫沉入梦乡。

## 四

天空蓝得耀眼，与蓝天相接的不是草原，不是森林，不是大海，而是一片紫罗兰花田。风一吹，花枝摇摆，似翩跹的紫蝴蝶。那片紫罗兰繁盛至极，一眼望不到边。

我站在水晶灯照耀的洗手间，对着淡紫色墙上的椭圆形镜子洗漱，昨晚的梦境历历在目。

一时间，梦境和现实的边界不再那么清晰。

“大柠，来看海吧，这里的海蓝得不可思议，清澈到可以看见海底的岩石。”

洗漱完毕走出来，听见林知逸在阳台边喊我。

穿过客厅来到阳台，向下俯瞰，大海仿佛就在脚边。海天相接，一望无垠，一艘白色游船在海上航行。海水的颜色很特别，不似卡什小镇的果冻蓝，似一款叫“蓝蝴蝶”的饮品。

“大林，你还记得我们在花厨喝过一款叫‘蓝蝴蝶’的饮料吗？”

“当然记得。不就是欣宝说会变魔术的饮料吗？起初是蓝色的，加入柠檬汁，饮料就变成紫色的了。”

“我觉得这里的海水就像‘蓝蝴蝶’初始的颜色，晶莹透明，感觉用酒杯盛起来加点冰块，放几朵紫花瓣，就是纯天然‘蓝蝴蝶’。”提到紫花瓣，又想起昨晚那个紫色的梦境了，“我昨晚做了个梦，梦见一片紫罗兰花田，特别梦幻特别浪漫。不知道梦见紫罗兰有什么寓意。”

“我是蓝色海洋，加入大柠的柠檬汁，就是爱的紫罗兰。”

“就知道林公解梦不靠谱，不过你这脱口而出的话倒是挺动听，像一首诗，我得记下来。”我反身进屋拿手机，将他的话记到备忘录里。

“和你在一起什么都好，就这点不好，像是娶了个书记员，随时记录我说的话做的事。”林知逸跟着走进屋。

“不要身在福中不知福，知道‘起居注’不？古代只有帝王才有人帮他记言行录，你这享受的可是皇帝般的待遇。”

“我可不想当皇帝，三宫六院我承受不起，弱水三千，我只取大柠一瓢饮。”

“你早上也没喝蜂蜜水啊，怎么嘴巴跟抹了蜜似的？”

“大柠是柠檬有些酸，需要我的甜来冲一冲。”

“今天你是怎么回事，这情话信口就来？”我边说边记录他说的话，以免将来遗忘。

“大概因为这个房间很特别吧。你觉得这房间像什么？”

清晨的阳光洒进来，暖阳映着茶几上的鲜花美酒，似乎蒙上一层如梦般的轻纱。

阳光如许，他的侧脸隐在光影中，一切浪漫美好到不可思议。

“像梦幻公主屋。”我望着淡紫色的沙发说。

“其实这是我专门为我们订的蜜月套房，也可以当成我们的婚房。”他边说边拿起茶几上的一张卡片，递到我手中。

We wish you a happy honeymoon in our hotel.（愿您在我们酒店蜜月愉快。）

卡片上写着这样一句话，忽然间就明白了为何这间房布置得如此精致浪漫。

“这个房间你喜欢吗？”他的眼睛望向我，眼里映着小小的我。

“喜欢。”答案显而易见。在这个房间，连做的梦都是紫色的。

“以前每次你参加完朋友的婚礼，都会回来跟我说，婚礼现场浪漫又感人，一定会成为新郎新娘终生难忘的美好回忆。我能听出你话里的遗憾。我对此感到很抱歉，抱歉我当年没有能力许你一场婚礼，没能为你创造关于婚礼的美好回忆。结婚十年，我想要给你一场有亲友见证的海边婚礼，弥补当年的遗憾。你又说不需要用他人见证的婚礼来证明爱情。但我还是想在这趟旅程中给你一场海边婚礼，可能有些简陋，希望你不要嫌弃。

“卡什小镇的酒店相当于你的闺房，开着白色轿车沿着 D400 海边公路，将你接到这间婚房。没有其他亲朋好友，只有欣宝在场，就当山海和繁花在见证我们的爱情。真是很抱歉，迟到了十年，才给你这场海边婚礼，希望不算太晚。”

听林知逸一大早说这么一大串话，还真有些不习惯，不习惯到都有眼泪在眼眶中打转了。

去年我们结婚九周年，他在天涯海角和莫赫悬崖向我求婚两次，想在我们结婚十周年许我一场浪漫的海边婚礼，弥补当年没举办婚礼的遗憾。

起初我是欢欣雀跃的，想象着一幅画面——碧海晴空下，我穿着洁白婚纱，走向我喜欢了十多年的人，简直如梦幻般浪漫。

但是当我深思婚礼背后的意义，放弃了传统的亲朋见证的婚礼。

婚姻的幸福程度和婚礼的盛大程度并不成正比，婚姻幸福的本质是爱情，婚礼只是步入婚姻的仪式。只有陪伴能保障爱情，婚礼并不能保障爱情。

相较于邀请亲朋来参加我们的婚礼，我更喜欢牵着他的手走遍全世界。爱情从来就只是两个人的事。于是我提议，与其补办婚礼，不如来一趟蜜月旅行，顺便旅拍婚纱照，记录下结婚十年的两个人在旅途中的样子。这才有了此次旅行。

“不会晚，我们毕竟有一生那么漫长的时光。”我哽咽道。

林知逸边拿纸巾给我擦泪，边说：“感谢你不欺少年穷，当年不要任何彩礼，愿意嫁给我。你是个浪漫的人，我以前不够浪漫，让你受委屈啦。以前我没有能力给你浪漫，现在我要收集全世界的浪漫给你……”

我听到他的声音也有些哽咽，但不敢看他，怕自己眼泪决堤。这么浪漫的房间，这么阳光的日子，不应该大声欢笑才对吗？我们为何在阳光下泪流？

从前异地恋、被父母阻拦、贫穷得为房租发愁的苦日子一股脑涌上来，没有酸涩，却无比庆幸，庆幸自己当初扛住了那么多言语压力和经济压力，义无反顾地选择和眼前这个人在一起。不经意间，我们已经在一起十七年！漫长的时间足以证明，我当初的选择和坚持是对的。物质可以创造，爱情却可遇不可求，错过了就是一生。

“胡说，你也挺浪漫的……你最大的浪漫就是对我说情话说了十多年，还不厌倦。”

“傻丫头，这算什么？我还想对你说到老呢！”

“这么高兴的时刻，我俩在这里哭，真不像样，万一欣宝醒了看到就不好了。怎么爸爸妈妈像两个小孩子一样哭哭啼啼，比我还幼稚？”

“那我们擦干泪，喝点酒，开启人生新的篇章。”

林知逸打开茶几上的红酒，倒了两杯，我们坐在沙发上，就着阳光和鲜花对饮。

酒确实有缓解情绪的作用，在红酒的作用下，我平静许多。

“怎么办，待会儿你要开车去机场，是不能酒驾的！”我忽然想起下午我们要从安塔利亚机场乘坐班机前往卡帕多奇亚，去机场的路上，林知逸得开车，他是不能喝酒的！

“没关系，我已经安排好了，待会儿租车公司的人过来，他会开车送我们去机场，还车点就在机场旁边。”他淡定地说。

“你总是安排得很周到。就是我这个马大哈粗心鬼搞乱了你的计划。马上就要到卡帕多奇亚拍婚纱了，我却把你向我求婚的戒指弄丢了，不知道机场有没有的卖。”想起那枚遗失的戒指，我有些自责。

“不用买。我找到了。”林知逸像变魔术般从他的口袋里拿出来。

那一刻，我的眼睛都亮了。

“你怎么找到的？你在哪里找到的？”我将失而复得的戒指重新戴回我左手的无名指，离心脏最近的位置。

“昨天早上在你包里的侧兜里找到的，怕你弄丢，帮你暂时保管了下。今天给你正合适，新娘子总要戴婚戒嘛！”

“哈哈！经过我这么多年的改造你变化挺大嘛！你还记得第一

次结婚，就是十年前领结婚证前，我说结婚需要戒指，你说没有人规定结婚一定要戴戒指。最后你是不是发现没戒指不好求婚才买了戒指？”

“第一次结婚嘛，也不知道有哪些规定。其实都是幌子，我当时是真穷，穷得勉强支付得起房租和日常开销。老实说，我当时还有些怕结婚，担心贫穷的我不能给你幸福生活。你嫁给我以后，看到你那么拼命工作，我也很心疼，对你觉得有所亏欠。心想，如果你当初不选择我，选择其他家境富裕的人结婚，会不会就不用跟着我一起吃苦。”

“真心相爱，何来亏欠？和你在一起我从来都没觉得苦，反而觉得甜，几乎每天都会被你逗笑。笑一笑十年少，我嫁给你赚到了好吗？而且因为嫁给你，才能举办两次婚礼，一次裸婚，一次旅婚。”我说着，指指床上睡得正香的欣宝，继续说，“而且第二次结婚就有那么大一个孩子，我赚大发了好吗？”

林知逸笑了笑，没有说话，而是起身从他的背包里拿出一个笔记本。

“还记得这个笔记本吗？”他举起笔记本，问我。

笔记本的封面是桂花手绘图，我有点印象，应该是我大学时代用过的笔记本。

“这不是我大学时用过的本子吗？你怎么背到国外来了？”我不明所以地望着他。

“这上面是你记录的我的稿费明细。以前不是我不方便收稿费嘛，就留了你的地址，杂志社的稿费单都邮寄到你那里去。”

我想起来了！他当时刚毕业参加工作，收件地址不稳定，也不想让同事知道他业余时间写作，就把稿费寄到学校了。为了不和我的稿费混淆，我专门拿了一个笔记本，将他每笔稿费的明细记下来。大学学的是会计专业，毕业后一直从事喜欢的文字工作，大概做的唯一会计工作就是帮他记稿费明细了。

“以前这个本子，你用来记录的是我的稿费。现在我把它找出来给你，你记录你的理想，我帮你一一实现。”林知逸把本子递给我。

翻开泛黄的笔记本，看着从前的自己一笔一画记录的“《辽宁青年》200 元；《青年文摘》300 元；《读者》300 元……”想到当年我妈妈质问我：“他那么个家境不好工资不高的穷小子拿什么养活你？”我说：“我有养活自己的能力，只要他陪我。”妈妈语重心长地说：“闺女啊，女人嫁人后基本就是相夫教子，还是需要男人有赚钱的能力。”我拿出这个笔记本给妈妈看：“看人要看未来的发展，他除开工作，还有写作赚稿费的能力。”妈妈扫了一眼，不屑一顾地说：“写作赚稿费不稳定，纯属不务正业！”我当时虽然不再和妈妈争执，内心还是坚定不移地选择和他在一起。

“你也记录你的理想吧，我们在一起后，好像你都不怎么写东西了。你也可以继续圆你写作梦的。”

“我不用记录，你就是我的理想。”他笑道，丝毫没为自己“江郎才尽”难过。其实，他的才华一直在，幽默有趣，会说情话。只不过我们的故事他不写，都是我来写罢了，我占据了“先下手为强”的优势。

“那我先写下我的第一个理想：2019 年 10 月 3 日，我想和林知逸一起在海边散步。”

“那我们走吧，欣宝还睡着呢！”他牵起我的手。

## 五

林知逸说，卡什小镇是这趟旅程的序章，海边婚房只是其中一个驿站，这趟旅程的重头戏在卡帕多奇亚的格雷梅小镇，号称地球上最适合乘热气球飞行的地方。

热气球飞行对天气的要求很高，不仅需要风和日丽，对风速也有要求。去年我们来卡帕多奇亚坐热气球，因为风速问题取消了热气球飞行，导致在土耳其坐热气球看日出的美梦破灭。[1]

这次林知逸为了能提高坐上热气球的概率，简直无所不用其极。首先，要取个吉利的名字，他订热气球时的账号名是“爱你是最好的天气”；然后，他在卡帕多奇亚连订四晚的酒店，除开拍婚纱照那天和离开那天不能坐热气球，其余两天他都预定了飞热气球的行程。

大概上天眷顾努力的人，我们抵达格雷梅小镇的第二天早上，如愿坐上热气球观日出。

清晨六点，天刚蒙蒙亮，热气球公司安排司机到酒店门口，接上我们前往热气球起飞的格雷梅国家公园。

白昼尚年少，灰蓝天空边沿镶一抹橘色，太阳隐在地平线之下，大地一片沉寂。

1　相关故事见大柠的上本书《见山是山见水是水，见你是全世界》。

热气球需要分批充气，一颗一颗飞上天。等待我们的热气球充气的间隙，在日出的东方，一颗颗热气球已随着初升的朝阳一同升起。

“好浪漫！”望着逆光中飞舞的热气球，我的一颗心也按捺不住想要飞。

在鼓风机的吹动下，方才瘫在地上瘪瘪的热气球渐渐膨胀起来，鼓鼓囊囊的，跃跃欲飞。

飞行前，工作人员贴心地准备了红茶和面包，红茶入口，清晨的寒意消弭不少。

随着热气球开始点火，我生命中浪漫的热气球之旅即将开启。

我们登上热气球的吊篮，飞行员给我们讲解了起飞及降落时的注意事项。我发现与我们同筐的多是中国情侣,不知是不是受到“我想要带你去浪漫的土耳其”歌词的影响。

热气球缓缓起飞，和以前乘坐的滑翔伞不同，滑翔伞是从高山上滑行，热气球是从陆地上起飞，相比较滑翔伞的高空滑翔，低空飞行的热气球温和多了。

朝阳升起，天空橙蓝相间，五彩缤纷的热气球漫天飞舞，仿佛天空飞舞着五颜六色的棒棒糖。整个世界都变得甜美起来。

热气球飞过格雷梅国家公园的石头丛林，飞过小镇红屋顶的人家，飞过寸草不生的贫瘠荒原……我终于体会到《飞屋环游记》中坐气球环游世界的感觉。

清晨的阳光照耀着卡帕多奇亚独特的喀斯特地貌，金色山谷间的石柱森林与蓝天怀抱中的糖果色热气球相映成趣。

不知是谁第一个发明在这个神奇的地方放飞热气球的！如果不是投机的商人，他的内心一定盛开着绚烂的花朵，如漫天飞舞的热气球。

其实卡帕多奇亚怪石嶙峋，没有森林没有草原没有大海，空气干燥，像一个与世隔绝的石头城堡。这个地方并不宜居，若没有阳光镀上金色光芒，若没有飞舞的热气球，不见得有多浪漫。

然而，人们愣是在这片石头丛林发掘出热气球，热气球仿佛这片贫瘠之地开出来的花。

生活若是一片贫瘠的土地，理想便是漫天飞舞的热气球，只要热爱生活，心中开出鲜花，眼里的世界就可以是一座花园。

或许浪漫本身并没有意义，人们用浪漫点亮生活才有意义。

一个多小时的热气球之旅，在空中俯瞰格雷梅小镇全景，这个小镇因热气球的点缀变得分外浪漫迷人。

热气球落地时，会有人专门在篮筐边接游客下来，将每个人用公主抱的方式抱下去，男士也照抱不误。有的男生被抱得羞红了脸。

快轮到我们时，林知逸率先身手敏捷地跳出了篮筐，拒绝了别人的公主抱。

“满脸写着拒绝。”我旁边的女孩点评林知逸此时的表情。

我笑了，她大概不知道，他先下来是准备待会儿抱我的。他可不想目睹这位外国大汉以公主抱的方式抱他的老婆。

下了热气球后，喝红酒庆祝飞行顺利，发飞行证书，还蛮有仪式感的。

我们说起这场热气球之旅的仪式感应该包括公主抱环节。

欣宝说："爸爸是唯一逃脱那个人魔爪的人吧？"

"还有我啊！我是被你爸抱下来的。"我说。

"那我亏了，我是被那个人直接扛下来的。"欣宝嘟起嘴说。

我想起去年来格雷梅前，林知逸做过攻略，说是下热气球篮筐时，有专人抱下筐，有游客说会被趁机揩油，让我穿紧实点。我当时说："我不用别人抱，你抱就好了。"

没想到过去一年了，他竟然还记得。

我们这次来卡帕多奇亚的重点是拍十周年纪念婚纱照，需要保持身心舒畅的状态，所以林知逸没有订任何一日游团，他把心思花在了订酒店上，住的都是看得见风景的酒店。

第一天住的酒店旁就是欣赏格雷梅日落的最佳位置，我们从机场赶过来，刚好赶上日落时分。天空是落日弥漫的橘色，山谷是人间的璀璨星辰。温暖灯火点亮蘑菇般的石头房子，格雷梅小镇成了童话镇。

第二天要入住博物馆酒店，来之前林知逸将这家酒店渲染得无比美妙。"这家酒店特别棒，不仅足不出户就可以看日出日落，看爱情谷、鸽子谷等景点，酒店本身也装潢得很有特色，是"网红"拍照圣地。酒店里还有一座花园，里面养了孔雀。"

一听到有养孔雀的花园，欣宝对这家博物馆酒店也极为期待。

我们满怀期待地来到博物馆酒店办理入住手续，刚到门口，就有服务人员问欣宝多大，我以为是礼节性的问候，谁知这家酒店竟然不允许小孩入住！

林知逸和酒店经理沟通，得知这家酒店不允许小孩入住的原因有三点：一是酒店各处都装饰着珍贵的古董，价值不菲，怕小朋友不小心弄坏；二是酒店位于山坡上，小孩走来走去危险；三是这是家蜜月酒店，大多是情侣入住，少儿不宜。

酒店经理说到“大多数人都是来度蜜月”时，林知逸说：“我们就是来度蜜月的，我们结婚十周年的蜜月。”

酒店经理笑了。

大概她还没见过有人结婚十周年，来这里度蜜月吧？

两人沟通良久，对方终于松口，同意欣宝入住酒店，但是有两个条件：一是房间里加一张床，付加床费；二是小孩不能在酒店里出入，只能待在房间里。

我们入住的酒店房间外立着精致的鸟屋，有只鸽子在家门口梳理羽毛。房间里装饰古典雅致，陈列着瓷器、古典服装等藏品。

我走进浴室，看到双人淋浴间和大浴缸，躺在浴缸里就能看窗外风景。

洗手台上放香皂的是瓷质小花碟，一旁是绿色木质纸巾盒。

视线落在洗手台下方，发现有两种款式的拖鞋。

“这个酒店真好啊！果然是蜜月酒店，连一次性拖鞋都是情侣款的。”我拿着拖鞋给林知逸看。

“有什么好的？小孩都不让进！”欣宝噘起嘴说，“我以后要来报复！”

“你怎么报复？”我问她。

“将来带我的男朋友来报复。”她恨恨地说，大有“君子报仇十年不晚”的气魄。

我和林知逸闻言，相视一笑。

傍晚我们去观景的露台看日落，决定把欣宝暂时“寄存”在酒店大厅。

从房间去大厅，一路上遇见的都是成双入对的各国情侣。

“这酒店住的都是度蜜月的，我们是不是像外星人啊？”欣宝有些不自在地说。

“你也可以这么认为，这里是地球上最像月球的地方。电影《星球大战》就是在这里拍的。”我说。

虽然答非所问，但欣宝笑了，不再觉得自己是局外人了。

博物馆酒店充满浓郁的地中海风情，露台的圆形拱廊是天然相框，框出一幅日落格雷梅图。

鸽子在夕阳下自由飞翔，影子映在露台金黄色的墙上。

露台下面是泳池和餐厅，一位身着比基尼的美女坐在泳池边，她的伴侣蹲在前方为她拍照。

不一会儿，另一位穿波点长裙的美女走过去，她的伴侣举着相机站在泳池对面。

“这里简直是男朋友摄影比拼大赛现场！”林知逸感慨。

刚才来露台的途中，经过小花园，发现也有一对情侣在那儿拍照。

如林知逸先前所说，博物馆酒店是拍照圣地，几乎处处皆景。

担心欣宝等太久无聊，我们并未在露台逗留太久，就回去陪她了。

考虑到欣宝不方便外出，加之吃不惯西餐，林知逸煮方便面给我们当晚餐。

一碗老坛酸菜牛肉面，在国内不太想吃，在国外吃味道特别香。出国旅行，“中国胃”的感觉格外强烈。

吃完晚餐，时间尚早，我靠在床头记录早上坐热气球发生的趣事，打算分享给公众号的读者。

林知逸敦促欣宝刷牙洗脸睡。洗漱完毕，她躺到自己的小床上，对我说：“妈妈，你待会给我讲故事好吗？”

“好啊！你等我把公众号推送写完。”我头也不抬地说。

过一会儿，欣宝催问：“妈妈，你写完了吗？”

“还没呢，快了快了。”我边说边继续写。

“怎么这么慢，还没写完啊？”欣宝有些不耐烦地说。

“因为写作像织布一样，需要一点一点编织，是个很缓慢的过程。”

“那你写完……哦，不对，你织完就来陪我啊！”

发完公众号文章，我来到欣宝的床边，对她说：“住在这个酒店的这么多人，我最幸福了。你知道为什么吗？”

“为什么？”

“因为他们都没有宝宝，我有。”

欣宝闻言，眼睛弯成月牙。

“妈妈，你今天继续给我讲那天的故事好不好？就是那个赶鹅姑娘和放牛娃的故事。”

“好啊！讲完你就要乖乖睡哦！”

赶鹅姑娘和放牛娃一路通过中考、高考等各种考试，两人在大学校园相遇了。

遇到放牛娃后，赶鹅姑娘不怎么写日记了，因为放牛娃成了她倾吐心事的对象。

这个时候，放牛娃也终于拥有了人生中第一辆自行车，他用自己做家教赚的钱实现了童年的愿望。

之前，他的自行车后座从来没有载过人。遇到赶鹅姑娘后，自行车后座成了她的专属座位。

姑娘说：“最近学校食堂是不是换厨师了？饭菜不好吃。”他骑着自行车载她去学校西门的饭店吃炒菜。

姑娘说：“每次去学校澡堂洗澡，人超多，寒风中排半天队，又冷又浪费时间。”他骑着自行车载她去学校南门的民营澡堂洗澡。

姑娘说：“主楼找自习室真难，一个个教室找过去基本都坐满了，好不容易碰到个空座位，结果没坐一会儿有人走过来说：‘同学，这是我的座位，课桌下有我的书。’放本书也能占座吗？”他骑着自行车载她去远一点的逸夫楼上自习，那里人比较少。

姑娘说：“上大学这么久，学校都走遍了，对学校周围却不怎么了解。”周末他骑着自行车载她去学校周边的景点玩，看遍了那座城市的风景。

大四那年，放牛娃正忙于毕业设计，突闻噩耗：和他素来很亲近的父亲突患脑溢血晕倒，家人送到医院抢救，却一直昏迷不醒。他心急如焚，迫切想赶回家看望父亲。偏偏不巧，那年赶上非典，全校封闭，他根本无法回家。

那段时间，姑娘拉着他跟她一起上辅修班的电影课，从图书馆借了一些哲学、心理相关的书籍给他看，和他一起祈祷，祈盼父亲能闯过这关，早日康复。

最终，父亲还是没能熬过那个春天，撒手人寰。而他也没能见父亲最后一面。

父亲离开的那天，姑娘坐在他自行车后座上，默默陪他把学校绕了一圈又一圈。

姑娘看到男儿有泪不轻弹的他掉下珍珠般的泪水，姑娘看得很心疼，心想，这是个至情至性的人，或许值得托付终身。

放牛娃毕业时，骑自行车载着姑娘将他们走过的地方，又重新走了一遍。然后，他把车钥匙郑重其事地交到姑娘手里："我的'宝马'，从此就交给你了。"

他交给她的何止生命中第一辆自行车，还有他的文曲星、随身听、磁带……他虽然很穷，但他把他当时所拥有的一切财产都给了姑娘。

"妈妈，如果放牛娃建一个博物馆酒店，他一定会在里面放上一辆自行车，对不对？”故事讲到一半，欣宝打断我说。

“你真聪明！放牛娃一直对车子情有独钟，尤其是自行车。”

“后来呢？放牛娃毕业后还和赶鹅姑娘联系吗？”

放牛娃毕业后，姑娘留在学校继续读书，他们开始用手机联系。他们每次一通电话总能说上好长时间，俗称“煲电话粥”。

至于放牛娃最珍惜的那辆自行车，已经成了赶鹅姑娘的宝座，她骑着自行车驰骋校园内外。只不过，她在每次骑车的时候，总会想念放牛娃骑车载她的画面。同样的风景，好像也不如从前好看了。

他们一年会见上几回，每次见面都如同初见。有一回见面，两人晚上舍不得睡，搭了一晚上的拼图。

从深夜搭到清晨，一幅星空下的恋人图终于搭完了。

“星空下的恋人，我们在星空下拼完更有意义。”姑娘说。

“人生像一张大拼图，我的那张拼图偏偏少了一块，你愿意帮我补全吗？”放牛娃问姑娘。

姑娘笑了笑：“我的那张人生拼图也偏偏少了一块，只有你可以补全。不如，在一起成就彼此的人生拼图吧。”

欣宝睡着后，我去浴室洗澡。

“这么好的浴缸，不用一用太可惜了。”林知逸走进来坐在圆形大浴缸边上，“这个浴缸可以……”

“想什么呢？不正经！”我睨他一眼。

“我没想别的，我只想说这浴缸可以按摩泡澡，一定很舒服。”

“……”我想啥了？怎么对话有些暗流涌动？不是暗流涌动，是春色满园。

洗完澡，林知逸拿着吹风机帮我吹头发。

看着浴室镜子里他帮我吹头发的画面，想起朋友的爷爷奶奶，爷爷给奶奶吹了一辈子头发。

什么是爱呢？

或许，一件微不足道的小事，能坚持一辈子，就是爱。

## 六

你知道女孩一生最美的时刻是哪一刻吗？

大概是她披上婚纱的那一刻。

那一刻，她周身被爱包围，脸上洋溢的笑容胜过世界上最美的花。

尽管不是第一次拍婚纱照，但那份期待又激动的心情和十年前第一次拍婚纱照时没有两样。

拍婚纱照那天，我五点就起床了。

新娘的妆发相对复杂，化妆师小雪先给我化妆。化完妆，小雪帮我披上白纱，套上婚纱，系婚纱的绑带。

我想起旅行前夕，林知逸陪我去摄影工作室试穿婚纱的画面。

当我穿上洁白的婚纱，站在试衣镜前，仿若时光倒流，回到十年前我拍婚纱照的时候。

“大林，你觉得这件婚纱怎么样？”我问林知逸。

他盯着我看了一会儿。

我紧张地望着他，不会是觉得白色显胖吧？

“也就六七分吧。”他轻描淡写地说。

“啊，评分这么低，那我换一件。”我说。

“不用，在我看来最好看的婚纱也就值七分，只有穿你身上，才是十分美丽。”

“……”我笑了，居然有种心跳加速、脸颊发热的感觉。

正回想着，林知逸化完妆走过来，他已换上卡其色西服，白衬衣领口配咖色领结，帅气又清爽。

奇怪，我怎么有种初见他的感觉？

林知逸牵着我的手走出酒店门口，说：“今天有种交卷的感觉。”

“拍婚纱照又不是考试，怎么会有这种感觉？”我不解。

“我这一年坚持每周健身三次，不就是为了这一天能给你交一份满意的答卷吗？”

我笑了笑，原来如此。

这天虽然没有飞热气球，却是个阳光明媚的好日子。

我穿着婚纱坐上车，在格雷梅小镇穿梭，居然有种刚出嫁的错觉。

朝阳初升，世界还是新鲜的，我们来到卡帕多奇亚最具特色的石头城堡前。

秋日的阳光温柔地照着土黄色石头丛林，照着并肩而立的我们。

十七年前的秋日，我们在校园相遇相恋相知；十年前的秋日，我们携手步入婚姻的围城；这个秋日，我们用七天时间开启结婚十年之旅。

秋日并非一直和风暖阳，就像生活并非一直风平浪静，然而围城因为有他守护，总能抵挡生活中的风霜。

此刻，阳光照着他轮廓分明的侧脸，一如初见。

“两人深情地望着彼此，微笑。”

拍照时，摄影师让我和林知逸看着彼此。看着他灿烂的笑脸，我忍不住想笑。

这个人对我而言，就像是老天爷赏赐给我的一颗永不过期的糖果。

“大柠别憋着笑，露齿笑一下，你笑起来很好看！”

“大林，你亲下大柠的额头。”

“闭上眼睛，鼻尖碰鼻尖，就像即将亲吻。”

“嘴唇对嘴唇，来一个真的亲吻。”

“……”

摄影师韦一边指导我们摆姿势边拿相机咔嚓不停。

“刚才咱们是站着，现在坐着再拍一组。对，侧身坐着……”

伴随着一阵阵咔嚓声，我们跟随摄影师的口令，相视而笑，轻轻拥抱，牵手对鼻尖……然后，摄影师还没发出口令，林知逸猝不及防在我唇边亲了一口，亲得我脸红心跳。原来，结婚十年拍婚纱照的感觉，依旧和十年前一样幸福！

“咦，我还没让亲，怎么亲上了？”韦一疑惑地说。

“前面不都是对望、相拥、展望未来等一系列动作后，就会来几个亲吻的动作吗？我下意识地就亲上了。”林知逸一脸无辜。

“哈哈，你确定不是想亲大柠吗？没事，你想亲就亲比较真实。”韦一笑道。

“哈哈，没想到你也有被套路的时候。”我也笑了。

“从摄影师切换成演员，还不太适应。”林知逸说。

“还甭说，大林真长得像一名演员，叫什么来着？”韦一琢磨道。

“像黄轩对不对？”视频摄影师小伟说。

“对！还真有点像呢！”韦一附和道。

“十年前刚结婚拍婚纱照时，人家说他像裴勇俊，十年过去，他怎么长得像黄轩了？岁月真沧桑！”我感慨。

“岁月对他可不是沧桑，是仁慈，他这是越活越年轻了。而且从裴勇俊变成黄轩，说明可塑性极强。”韦一说。

“你们说得我好像适合当演员，我现在去当演员还来得及吗？”林知逸说。

“来得及，有一个角色你天生适合。”韦一说。

“什么角色？”林知逸问。

“大柠的老公。”韦一说。

我和林知逸都笑了。

我们拍照的氛围十分轻松，摄影师拍得也很顺利。

一上午拍摄了三个场景，从洒满金色阳光的石头丛林到摆满鲜花绿植的酒店庭院，再到风情华丽的“网红”地毯店，我身穿婚纱和林知逸相视相拥相吻的甜蜜画面一一定格在相机中。

当然欣宝小朋友也会“蹭拍”几张，作为爱情结晶和小花童出场。

吃午餐前，我和林知逸换上便装。等饭店上菜的间隙，韦一带我们去街拍情侣照，于是我们在格雷梅小镇牵手旅行的画面也在相机中定格。

“我的嘴唇到底经历了什么？”用餐前，林知逸用纸巾擦拭自己的嘴唇。

“经历了和我嘴唇甜蜜的往返。”我说。

“不只是甜蜜，我感觉嘴唇上粘了粉底、睫毛膏、口红……这调料的滋味比我吃的辣椒都重口味。”

也是难为他了！刚刚拍照亲了我的脸、我的眼睛、我的唇……

“我还是喜欢亲纯天然的你。”顿了一下，他继续说，“不过，你今天穿婚纱的样子真好看。”

“……”到底是喜欢化妆的我还是不化妆的我？

下午，摄影师以我们住的洞穴酒店为取景地，拍了一组便装照。摄影师看着镜头里的画面煞是满意，说颇有《罗马假日》的感觉，说得我都开始期待成片了。

拍婚纱照比较隆重，拍便装情侣照则比较自在。

这次我需要穿两套婚纱，有一套摄影师选在朝阳时分拍了，还有一套摄影师选在黄昏时分拍。还蛮有寓意的，寓意着两人从日出相伴到日落。

为了日落时分的这套婚纱照能拍出大片的效果，林知逸还预订了一辆宝石蓝敞篷老爷车作为拍摄道具。

林知逸坐在蓝色老爷车的驾驶座上，我身穿白色婚纱坐在副驾上。风吹得我头顶的婚纱飘扬，突然间我有了当新娘的强烈感觉。仿佛我刚结婚，正被我心爱的人接去幸福的城堡。

“虽然有些冷，但坐敞篷车的感觉真好！”我说。

“你以前不是坐过敞篷车吗？”

“啊？”

“我在学校时就用敞篷车带过你啊！”

我恍悟，原来他说的敞篷车是自行车啊！

“我其实是想说，穿着婚纱坐在敞篷老爷车上，特别有当新娘的感觉。”

“只要你愿意，你可以当我一辈子的新娘。因为，每天你对我来说，都是新鲜的娘子！”

林知逸的话让我想起朋友楚涵曾对我说：“你是一下子走到了婚姻的最高境界——美好得好像这婚没结，一直谈恋爱。”

大概正因为我和林知逸当初没举办婚礼，所以才一直处在恋爱中吧？这可能也算是“因遗憾得圆满”了。

蓝色老爷车在一个空旷的山坡上停下来，天空积着厚厚的云层，风也越吹越大。

摄影师说云层太厚，应该看不到日落了，落日会被云层挡住。

山坡的风带着尘土飞扬，我不仅冻得瑟瑟发抖，嘴里还进了沙子。婚纱照看起来幸福甜蜜，拍婚纱照却是体力活啊！

林知逸给我披上外套，让我休息一会儿，请摄影师给自己拍了几张在老爷车前耍酷的照片。

过一会儿，我“复工”继续拍照。

“那边有日落！”忽然听见化妆师小雪喊。

我顺着小雪手指的方向，看见了对面云层之下的橙亮夕阳。

林知逸拉着我的手，朝着落日的方向狂奔。风很大，尘土飞扬，但是挡不住我俩追逐落日的步伐。

“好感人啊！”我听见摄影师韦一在身后说。

“这是我第一次拍到这件婚纱被风吹起来的形状。”摄影师又说。

这件婚纱是缎面质地，一般都是纱裙婚纱，缎面婚纱的特质是垂感很好。只有风很大，缎面婚纱才可以被风吹起。

就那么短短几十秒时间，落日就沉到山峦之下，只留下余晖在大片云层中闪耀。

“刚才怎么有种我牵着新娘让她和我私奔的感觉？”林知逸看着我说。

“我的感觉是，只要人生路上和你同行，就总能看到云开日出。”我说。

人生路上有艳阳高照，也有风尘仆仆，狂风大作，但与你同行的每一天，都是好天气。

拍完婚纱照收工，摄影师韦一看着我们，疑惑地说："你们都结婚十年了，怎么感觉还在热恋中？"

我笑道："因为他是个有趣的人。"

韦一问："你们到底怎么让爱情保鲜的？"

"一直爱啊。"林知逸自然而然地答。

没错，一直爱才是让爱情保鲜的必要条件。

假如爱情可以一直在婚姻中保鲜，结婚时有没有举办过婚礼，就显得无足轻重了。

爱情是一匹华美的锦缎，婚礼只是锦上添花。

## 七

七天旅程如梦般美好，也如梦般易逝。

不管旅程多么美好，我们总要踏上回家的路。

一早从格雷梅小镇前往开塞利机场的路上，正值日出时分，邂逅了起飞的热气球。

我们前两天坐热气球看日出的美好画面又浮现眼前。

忽然想到上次来土耳其错过日出也错过日落，而这次来土耳其几乎看遍了每一天的日出日落，过上了"晨餐朝晖，夕枕晚霞"的理想生活。

而这一切都是托林知逸的福，因为上一趟旅程是旅行社安排的，这一趟旅程是林知逸为我量身定制的。

他了解我是个浪漫的理想主义者，这趟旅程才如此贴心，近乎完美。

“谢谢你安排了这次旅程，这应该是我生命中最美的旅程。”我对林知逸说。

“从我遇见你，最美的旅程就已经开始了。”他说。

可不是吗？从遇见他的那一刻，我生命中最美的旅程就开始了。

生命是一趟爱的旅程，沿途有许多驿站，选择哪一趟列车专线，选择前往哪一站，选择停靠哪一站，都由心决定。就是这些选择影响了一个人的人生。

带着对这趟旅程的恋恋不舍，我们踏上返程的航班。

飞机升上高空，云层之下是红屋顶人家，我挥手作别这个给我创造美好回忆的星月国度。

飞机在云海中穿行，欣宝坐在舷窗旁，伸手做出摘云朵的手势。

“妈妈，你有没有觉得那朵云像什么动物？”

“像一只猫对不对？”我顺着她的手指望过去。

“对了！那边还有一朵云像小狗。”

“敢情动物园开到天上来了。”

“对啊，还有小象小老虎呢！”

“那边还有一朵云，像不像你居家旅行必备的小牛牛？”

欣宝看了一眼云，又看了一眼她怀里的毛绒小牛，举起小牛对着云朵说：“牛哥，你看，那边有你的云朵妹妹。”

“妈妈，那朵‘牛云’前面像不像一个人牵着它？”

“对哦！”

“哈哈，那就是天空的放牛娃！对了，妈妈，赶鹅姑娘和放牛娃的故事，还有后续吗？”

“有啊，后来赶鹅姑娘成了织女，天天织布；放牛娃成了牛郎，天天独守空床。”林知逸代我回答。

欣宝却一脸迷惑地望着我，不知道爸爸在说什么。

我把这个满脸问号的小姑娘揽入怀中，在她耳边轻声说道：“后来啊，赶鹅姑娘和放牛娃结婚了，他们还生了一个女儿，名字叫——欣宝。”

一侧是大海，另一侧是山峦，我们的车子就在山海间行驶。

“不管在哪里，看到什么风景，你和欣宝都是我最喜欢的风景。因为你们在身边，风景才更加生动。”

烟霞和云影护送着红日归去，我爱的人却依旧陪在身边。

此情此景便是“落日归山海，陪伴成告白”吧？

车子沿着蜿蜒山路而行，仿佛路已到尽头，
结果一个转弯，柳暗花明又一村。人生不也是如此吗？
看似到了悬崖边上，结果一个拐弯，新的人生风景在面前铺陈开。

或许浪漫本身并没有意义，人们用浪漫点亮生活才有意义。

你知道女孩一生最美的时刻是哪一刻吗?
大概是她披上婚纱的那一刻。

生活若是一片贫瘠的土地，理想便是漫天飞舞的热气球，

只要热爱生活，心中开出鲜花，眼里的世界就可以是一座花园。

人生路上有艳阳高照，也有风尘仆仆，狂风大作，
但与你同行的每一天，都是好天气。

# 你是我此生
# 不愿醒来的梦

四时如书，

你是属于春天的那一页，

不小心嵌在我的冬天，

从此我的世界四季如春。

生日那天清晨，我从噩梦中醒来，厚重的窗帘将白昼隔绝，仿佛犹在梦中。

身旁呼吸声均匀，我却因梦惊魂未定。

“大林，我刚才做了个噩梦，感觉好难受。”我觉得要把噩梦说出来，才能破解噩梦。

他拥住我道：“只是梦而已嘛！”

“但是梦里感觉就像真的。”

和林知逸说完梦境里发生的故事，我补充道：“梦真可怕，好像全世界要与我为敌，不过，即使是个噩梦，你也站在我这边，你是我噩梦里的唯一温暖。”

“你晚上往我怀里钻，搂住我亲我，我还以为你在做春梦呢！”林知逸说。

“哦，那是上半夜的梦。”我想起夜晚醒过一次，上半夜的梦倒是香甜。

“你这一晚过得很丰富啊！又是春梦又是噩梦，不过，现在让我们来重温鸳鸯蝴蝶梦吧。”某人说着，拉上被子，吻落在我的额头……

后来睡了一会儿懒觉，起来刷牙洗脸。

林知逸忽然对我说：“大柠，你来一下！我给你看个东西。”

我跟着他，他让我闭上眼睛。

我暗忖，这么神神秘秘，莫非是想给我看生日礼物？

他拉着我的手，带我走到客厅，然后说：“可以睁开眼睛了。”

睁开眼，发现客厅的投影幕布缓缓落下，心想，难道他要和我一起看一场爱情电影？

结果，屏幕上显示的画面居然是我俩的婚纱照！

“我们的婚纱照修好了？”我欣喜地问。

“没有。摄影师又出国旅拍还没时间修，为了给你过生日，我拜托摄影师提前给我修了几张。”林知逸说。

“老公，你太好了！”

“你有没有看出什么区别？”

“什么区别？就是更精致了。”我说。

“你再仔细看看。”

“上面有热气球！”这回我终于看出来了！

我们拍婚纱照的那天，由于天气原因没能飞热气球，摄影师修图时把热气球 P 上去了。

在土耳其拍婚纱照本来就浪漫，现在有了热气球的点缀，感觉更浪漫了。

“我想起了周杰伦的《告白气球》，‘拥有你就拥有全世界’。大林，这真像一场美梦！”我说。

“这样的美梦，你可以做一生。”林知逸说。

人生如梦，你是我最不愿醒来的那个梦。

生日这天，昼夜交替，噩梦和美梦更迭。现实和梦境交织在一起。

我想对身边这个陪伴我十七年之久的人告白——

四时如书，

你是属于春天的那一页，

不小心嵌在我的冬天，

从此我的世界四季如春。

# 番外 九月是你的誓言

2009 年 9 月 9 日，

我们花费 9.9 元领了一纸婚书，

签下今生的誓约。

从此，我从你的女朋友变成了你的妻。

2002 年 9 月，女孩站在偌大的校园茫然四顾，她在寻找一台可以将纸稿敲成 Word 文档的电脑。正值桂花盛开的季节，桂花甜美的香气将她包围，她完全不知道，有一颗比桂花还甜美的爱情糖果即将击中她。

与此同时，男孩拎着两个热水瓶从开水房走出来，其中一个是帮室友打的。前面一对情侣好像在闹别扭，男生两只手各提一个热水瓶，女生嘟着嘴赖在原地不走。男生问她缘由，女生径自接过男生手中的热水瓶，很自然地牵住男生的手。刚才还不明就里的男生会心一笑，两人手牵手，一人一个热水瓶继续前行。

已读大四的男孩望着这一幕内心仰天长啸："简直屠狗！老天爷什么时候赐给我一个女朋友？！"

老天爷听见了男孩的心声。没过两天，他的高中同学就在 QQ 上敲他："你有个学妹需要名打字员，你出手援助下？还是个才女哦！"男孩一听才女就发怵，觉得应该长相酷似恐龙。结果，他第一次见到女孩就对她一见钟情。可能是不抱期望反而充满希望。

他在学校打的第一份工就是做她的打字员，将她的手稿敲到Word文档里，免费的。只是，他没想到，他会给她打一辈子免费的工，因为，后来他竟然成了她的老公。

2003年9月，男孩已经毕业，女孩每天除了学习、看书、写作，就是想他想他想他，于是用他录的一段语音作为短信提示。

结果有一回上课，女孩忘记将手机调成静音，课堂上就响起了男孩用方言说的这段话："大柠，短信来咯！我是你朝思暮想日夜思念的大林啊……"

女孩简直羞愤得想找个地洞钻进去。

2004年9月，开学前，女孩去北京和男孩鹊桥相会。男孩知道女孩想从事文化产业，毕业后想去北京，于是男孩率先到北京探路。两人一起去了王府井，去了没有红叶的香山，更多的时候两人窝在只容得下一张床一张桌子的小屋子里看电影。

女孩踏上返程的火车，男孩拖到列车快要开了，才依依不舍地下车。女孩坐在火车上，透过玻璃窗看着站在月台上的男孩朝她挥手。直到火车开走，男孩还没有离开，跟着火车跑了好远。女孩想：哪怕将来不能在一起，只要记住离别时分他追逐火车的身影，就足够温暖我一辈子。

2005年9月，女孩和男孩结束两年异地恋，在北京团聚。在北京过的第一个中秋节，男孩请女孩吃香辣蟹。晚饭结束，他们步行走回住处，要步行二十分钟。走到中途，女孩说："太累了，脚都不想活了。你可以背我吗？"

男孩内心挣扎了几秒钟，终于下定决心，蹲下身："好吧。"

女孩趴在他背上，附在他耳边说："不是说每个成功的男人背后都有个伟大的女人吗？我这是让你成功的节奏。"

他回应："……这也伟得太大了，感觉最起码胖了五斤。"

夜晚的北京灯火通明，男孩背着女孩，像在延续老家结婚背媳妇的传统，沿着三环向他们住的小区走去。

2009 年 9 月，男孩和女孩结束七年恋爱长跑，于 9 月 9 日那天坐公交车去民政局领了结婚证。没有宴席，没有婚礼，没有亲朋好友的见证，只有小红本上两人依偎在一起微笑的合影。

2010 年 9 月，一个小生命住进女孩的宫殿，悄然生长，女孩的肚子也随之越来越大。男孩贴着女孩的肚子说："宝宝，今天我要给你讲个故事。从前有个小孩，他很困，于是他讲故事的时候讲着讲着就睡着了。"

说完男孩就闭上眼睛准备睡了。

女孩极度鄙视他的行为："你讲这样的故事，宝宝得多失望啊！"

男孩却一脸无辜地说："做人要实事求是的嘛！我这是以身作则，我困了当然要睡了。"

2011 年 9 月，男孩和女孩家里多了个吵吵闹闹的小女孩，名叫欣宝，来源于歌词："我能想到最浪漫的事，就是和你一起慢慢变老，直到我们老得哪儿也去不了，你还依然，把我当成手心里的宝。"

男孩说，他要把女孩当成手心里的宝，宠爱一辈子。

女孩对此表示欣慰，有了小宝，还没忘了她这个大宝。

男孩却说："这样，你以后每次叫女儿的名字，就能感受到我对你的爱，就不需要问我'你还爱不爱我'这样的傻问题了。"

2015 年 9 月，男孩和女孩有了平生第一次游轮之旅。也是这一年 9 月，女孩注册了一个微博叫"大柠爱吃鱼"，开始在微博上更新她和男孩的日常。

后来，这些日常出版成一本书叫《和你在一起才是全世界》。

2016 年 9 月，男孩和女孩结婚七周年，男孩填词《蝶恋花》一阕送与女孩：

桃李年华初会晤，桂花飘香，情定泰山麓。
汽笛一声情难驻，鸿雁南去心难赴。
浮生一梦秋月露，轻拥伊人，尽释相思愫。
情深不负共白头，余生只愿与君度。

女孩说："词写得好不如行动好，我们一起去旅行吧。"

于是两人牵手去欧洲四国旅行。在希腊雅典帕特农神庙、圣托里尼悬崖酒店前，在瑞士阿尔卑斯山铁力士山巅、卢塞恩天鹅广场前，在法国巴黎凯旋门、埃菲尔铁塔前，在意大利罗马斗兽场、威尼斯叹息桥前，他们都留下了相爱的印迹。

他们结婚时没有举办婚礼，他们就在佛罗伦萨圣母百花大教堂和威尼斯圣马可大教堂前握紧彼此的手，他跪着拍下他们牵手的照片，仿佛这是一次郑重的婚礼，这是另一种誓言。

2018 年 9 月，男孩和女孩结婚九周年，他们在伊斯坦布尔的纯真博物馆流浪，乘坐滑翔伞在地中海上空翱翔，站在爱尔兰的莫赫悬崖边看大西洋……

在欧洲最高的莫赫悬崖，男孩用有三百年历史的克拉达戒指向女孩求婚，为的是想在他们结婚十周年许女孩一场浪漫的海边婚礼，弥补当年没举办婚礼的遗憾。以爱为名的女孩在以爱为名的爱尔兰，第一次感受到什么叫海誓山盟。

旅途中他们错过了一趟班机，错过了坐热气球看日出，错过了坐四轮摩托车追夕阳。女孩感慨："现实中很多事情，都没有想象美好。"男孩说："没关系，现实和想象的落差，我来给你填补。"女孩瞬间心动，现实往往不如想象美好，唯有和男孩恋爱，现实比想象更美好。

这一年 9 月 9 日，他们携手踏上列车，前往一个带"九"的地方：江西九江庐山。两人游玩庐山诗兴大发，男孩写诗给女孩："庐山胜地骚客聚，孑然赋诗多无趣。花径天池三叠泉，与子同游悄声叙。"

礼尚往来，女孩也赋诗一首《庐山同游》送与他："如琴湖畔眉眼弯，锦绣谷中云雾漫。千山万水携手游，朝朝暮暮长相伴。"

因为女孩爱旅行，“宅属性”的男孩升级成“浪属性”，化身导游兼摄影师，带着女孩乘风破浪。

他们一起携手走过那么多地方，女孩问男孩：“你最喜欢的美景在哪里？”

男孩指指女孩：“不就在这里吗？为了这‘美景’我才跟着到处走。见山是山见水是水，见你是全世界。”

2019 年 9 月，男孩和女孩结婚十周年，两人回到母校，他们的爱情梦开始的地方，与“那些年，我们在一起”的石碑合影。男孩说要给女孩补办一场海边婚礼，女孩说不如把举办婚礼的钱用来蜜月旅行，顺便拍十周年纪念婚纱照。

于是，男孩研究了很久的自驾游攻略，带着女孩再度去土耳其自驾游，环着世界最美的海边公路 D400 疾驰，每天陪她看日出日落。然后他们去有着月球地貌的卡帕多奇亚坐热气球，留下了相拥相吻的甜蜜身影，也留下了相恋十七年、结婚十周年仍然热恋的美好回忆。

2020 年 9 月，女孩在他们结婚十一周年前夕，坐在台灯下，一边回顾他们一起走过的那么多个九月，一边微笑着给男孩发了一条微信：“2009 年 9 月 9 日，我们花费 9.9 元领了一纸婚书，签下今生的誓约。从此，我从你的女朋友变成了你的妻。林先生，结婚十一周年快乐，一生一世我爱你。”

她知道，九月是他的誓言，他们还会一起走过往后余生很多个甜美的九月。

# 后记 与你相逢，来日可期

那一年，我工作不顺，友情变故，生活失序。随之而来的是夜晚噩梦连连。

我不由心生疑惑：现在的生活是我想要的吗？理想中的生活究竟是什么模样？

为了找寻理想中的生活模板，我在恋人林知逸和女儿欣宝的陪同下，踏上了漫漫寻梦之旅。

踏上的是寻梦之旅，回顾的却是人生之旅。

那些在岁月中遗失的、保留的，那些在生命中恐惧的、深爱的，那些在生活中困惑的、执迷的，那些没来得及告别的人以及弥足珍贵的爱，似镜像在旅途中一一浮现。

在寻梦的旅程中，我发现：现在的自己和过去的自己、远方的自己重叠了，拼出了完整的“自我”拼图，找回了真正的自己。

木心说：“所谓理想主义，要么是向未来看，要么，其实是向古代看。”

若说江南古镇的慢节奏和烟火气，是古人的生活范本，北欧五国的仪式感和亲近自然，则是现代人的生活范本。

两者之间有共通性，那就是慢，让快节奏的生活慢一点。

生活有时需要按下暂停键，暂停就是生命中的休止符，停下来观望生命，也是为了更笃定地前行。

每逢节假日，我就停下来去旅行，从繁忙的工作中抽离、暂停。去到陌生的地方，我却发现了久违的感动和美好。我在江南古镇找回了过去的自己，找回了逝去的亲人和友人，找回了一直不曾消逝的爱情和友情。而在北欧五国，我看到了世界尽头的奇妙风景，看到了北欧人们的生活方式，对未来也有所向往。

达·芬奇素描里的方和圆，象征宇宙。“宇”是上下四方，“宙”是古往今来；“方”是空间，“圆”是时间。

在这次漫长的旅程中，我找到了我的方圆，找到了我的宇宙。

若你问我，那你找到你理想中的生活了吗，我不能给你确切的答案，但这本书本身就是答案。答案往往就在寻找之中。很多时候，寻找答案的过程，比答案本身更重要。

你生活中或许也有一些困惑，也有一些烦恼，希望这本书可以递给你一把寻找答案的钥匙，也希望这本书可以带你去远方遇见另一个自己，并帮你找到对生活满满的热情。热爱生活，才能收集到岁月的糖果。

世界变化那么快，生活那么忙，愿你在看这本书的时候，像在花园里休憩。找到慢时光，找到共鸣，找到理想的生活。

这本书中有山河岁月，也有人间冷暖。如果哪天我想躲避俗世烦恼，我愿躲到这本书里。这本书是我的人间理想，也是我的世外桃源。

人生是一场旅行，读书也是一场旅行。

这本书旅行到你手中，也是一种缘分。你可以放在枕边，陪你入梦；可以陪在你身边，为你解闷；也可以陪你去旅行，跟着你一起在人间流浪。

唯愿这本书在你身边时，你的内心踏实可依。

这本书能顺利写完并出版，要特别感谢十多年来陪伴在我身边不离不弃的爱人林知逸，感谢可爱乖巧聪明伶俐的女儿欣宝。

感谢我的伯乐沈文婷，感谢愿意倾听我心声的好友小西，感谢多年来陪伴我的家人和朋友们。感谢这几年一直陪着我、鼓励我、支持我的读者朋友，感谢支持我创作的李国靖先生，感谢白马时光的策划编辑夏童和杨帅女士，感谢百花洲文艺出版社的游灵通和程玥老师。

感谢生命中遇见的每个人，不管是一路相陪还是擦肩而过，都感谢有那么一瞬间，我们曾碰撞出生命的火花。

感谢亲爱的生活，是你不断让我汲取能量；感谢生命中的得失，是你让我懂得珍惜。

与你相逢，来日可期。我知道，我和未来更好的你，一定会在某趟旅程的某个时间点相遇。

2021 年 1 月于北京